Escuela de espías

STUART GIBBS

Escuela de espías

TRADUCCIÓN DE ALEXIS ROMAY

Simon & Schuster Books for Young Readers

New York   London   Toronto   Sydney   New Delhi

SIMON & SCHUSTER BOOKS FOR YOUNG READERS
Un sello editorial de Simon & Schuster Children's Publishing Division
1230 Avenue of the Americas, New York, New York 10020

SIMON & SCHUSTER BOOKS FOR YOUNG READERS es una marca de Simon & Schuster, Inc.
Para obtener información sobre descuentos especiales para compras al por mayor, por favor póngase en contacto con Simon & Schuster. Ventas especiales: 1-866-506-1949 o business@simonandschuster.com.
El Simon & Schuster Speakers Bureau puede llevar autores a su evento en vivo. Para obtener más información o para reservar a un autor, póngase en contacto con Simon & Schuster Speakers Bureau: 1-866-248-3049 o visite nuestra página web: www.simonspeakers.com.
Diseño del libro: Lucy Ruth Cummins
El texto de este libro usa las fuentes Adobe Garamond Pro
Fabricado en los Estados Unidos de América
Primera edición
0720 BVG
10 9 8 7 6 5 4 3 2 1
Library of Congress Cataloging-in-Publication Data
Names: Gibbs, Stuart, 1969– author. | Romay, Alexis, translator.
Title: Escuela de espias / Stuart Gibbs ; traducción de Alexis Romay.
Other titles: Spy school. Spanish
Description: Primera edición. | New York : Simon & Schuster Books for Young Readers, [2020] | Series: Spy school ; vol 1 | Audience: Ages 8 to 12. | Audience: Grades 4–6. | Summary: Twelve-year-old Ben Ripley leaves his public middle school to attend the CIA's highly secretive Espionage Academy, which everyone is told is an elite science school.
Identifiers: LCCN 2019046876 (print) | LCCN 2019046877 (ebook) | ISBN 9781534455405 (hardcover) | ISBN 9781534455399 (paperback) | ISBN 9781534455412 (eBook)
Subjects: CYAC: Schools—Fiction. | Spies—Fiction. | Spanish language materials.
Classification: LCC PZ73 .G4812 2020 (print) | LCC PZ73 (eBook) | DDC [Fic]—dc23
LC record available at https://lccn.loc.gov/2019046876
LC eBook record available at https://lccn.loc.gov/2019046877

A mi maravillosa esposa, Suzanne

agradecimientos

Esta es una historia que he querido contar desde hace mucho, mucho tiempo. Donde primero se me ocurrió la idea de una escuela de espías fue en el patio de recreo de mi escuela primaria y, aunque la trama ha cambiado bastante desde entonces, mi deseo de compartirla es el mismo. Por tanto, estoy profundamente agradecido a mi maravillosa agente, Jennifer Joel, y a mi igualmente maravillosa editora, Courtney Bongiolatti, por hacer que esto ocurra. Gracias a ambas. Gracias, gracias, gracias.

contenido

Memo

De:
Oficina de Investigaciones Internas de la CIA (Central Intelligence
Agency, por sus siglas en inglés)
Cuartel General de la CIA
Langley, Virginia

A:
██████████
Director de Operaciones Encubiertas
La Casa Blanca
Washington, DC

Adjunto: Documentos clasificados
Nivel de seguridad AA2
Sólo para sus ojos

Como parte de la investigación en curso a la Operación Tejón
Escurridizo, las siguientes páginas han sido transcritas de 53 horas de
interrogatorio al Sr. Benjamín Ripley, alias Cortina de humo, de doce
años de edad, estudiante en el primer año de la Academia de Espionaje.

La aceptación del Sr. Ripley a la academia, aunque sin precedentes, fue
aprobada por ████████ y ████████, Director de la CIA, como parte de la
operación.

Debido a que la Operación Tejón Escurridizo no transcurrió según lo
planificado, dados los sucesos de ████████████████████████████████
█████████████████████████,
se ha lanzado esta investigación para determinar exactamente qué salió
mal y a quién se debe eliminar a consecuencia de ello.

Luego de leer estos documentos, los mismos deben ser destruidos de
inmediato, de acuerdo con la Directiva de Seguridad 163-12A de la CIA.
Ningún tipo de discusión sobre estas páginas será tolerado, excepto
durante la revisión del caso, que será llevada a cabo en ████████
███████████████████████████████. Por favor,
tenga en cuenta que no se permitirán armas en esa reunión.

Quedo a la espera de escuchar lo que piensa.

██████████
Director de Investigaciones Internas

CC:

RECLUTAMIENTO

Residencia Ripley

Calle del Ruiseñor #2107

Vienna, Virginia

16 de enero

15:30 horas

—Hola, Ben —dijo el hombre en mi cuarto—. Me llamo Alexander Hale. Trabajo para la CIA.

Y así como así, mi vida se volvió interesante.

No lo había sido hasta entonces. Ni remotamente. Ese día había sido un ejemplo supremo: día 4.583, siete meses después del duodécimo año de mi mundana existencia. Al despertar, me había levantado a rastras, había desayunado, había ido a la escuela secundaria, me había aburrido en clase, había mirado fijamente a chicas a las que estaba demasiado avergonzado como para acercármeles, había almorzado, me había movido a paso lento en el gimnasio, me había quedado dormido en la clase de matemáticas, había sido acosado por Dirk el Cretino, había tomado el autobús a casa...

Y había encontrado a un hombre en un smoking sentado en el sofá.

No dudé que fuese un espía ni un segundo. Alexander Hale lucía exactamente como siempre me había imaginado que un espía debería lucir. Un poquito más viejo —parecía tener unos 50 años—, pero, aun así, elegante y gallardo. Tenía una pequeña cicatriz en la barbilla, de una bala, supuse, o quizás de algo más exótico incluso, como una ballesta. Había algo en él muy a lo James Bond; me podía imaginar que había estado en una persecución de coches cuando venía y que se había encargado de los tipos malos sin siquiera despeinarse.

Mis padres no estaban en casa. Nunca estaban cuando yo regresaba de la escuela. Alexander obviamente había entrado furtivamente. El álbum de fotos de nuestras vacaciones familiares en la playa de Virginia estaba abierto en la mesa de centro frente a él.

—¿Me metí en problemas? —le pregunté.

Alexander se rio. «¿Con qué? Tú nunca has hecho nada incorrecto en tu vida. Excepto si cuentas la vez en que pusiste un laxante en la Pepsi de Dirk Dennett... y, a decir la verdad, el chico se lo había buscado».

Mis ojos se abrieron con la sorpresa. «¿Y usted cómo sabía eso?».

—Soy un espía. Mi trabajo consiste en saber cosas. ¿Tienes algo de beber?

—Ah, claro —mi mente rápidamente catalogó cada bebida que había en la casa. Aunque no tenía idea de qué era lo que este hombre hacía ahí, me encontré en la imperiosa necesidad de querer impresionarlo—. Mis padres tienen de todo. ¿Qué le gustaría? ¿Un martini?

Alexander se rio de nuevo. «No estamos en las películas, muchacho. Estoy en horario de trabajo».

Me sonrojé y me sentí tonto. «Oh. Por supuesto. ¿Agua?».

—Pensaba más en una bebida energética. Algo con electrolitos, por si acaso tengo que entrar en acción. Tuve que deshacerme de un par de indeseables cuando venía para acá.

—¿Indeseables? —Hice lo posible por sonar relajado, como si hablara de cosas por el estilo a diario—. ¿Qué tipo de...?

—Me temo que esa información es clasificada.

—Por supuesto. Tiene sentido. ¿Gatorade?

—Eso estaría fabuloso.

Me fui a la cocina.

Alexander me siguió. «La Agencia te ha seguido pie y pisada desde hace algún tiempo».

Hice una pausa, sorprendido, con la puerta del refrigerador a medio abrir. «¿Y eso por qué?».

—En primer lugar, tú nos lo pediste.

—¿Yo? ¿Cuándo?

—¿Cuántas veces has entrado a nuestra página web?

Hice una mueca y me volví a sentir como un tonto. «Setecientas veintiocho».

Alexander lució un poquitito intrigado. «Eso es exactamente correcto. Por lo general, sólo juegas en los juegos de las páginas para niños —en los que, dicho sea de paso, lo hiciste muy bien—, pero también has buscado en las páginas de empleo y pasantías con cierta regularidad. Y cuando tú expresas un interés en la CIA, la CIA se interesa en *ti*».

Alexander sacó un sobre grueso de su esmoquin y lo puso en el mostrador de la cocina. «Nos has impresionado».

El sobre ponía: *Para ser entregado EXCLUSIVAMENTE en las manos del Sr. Benjamín Ripley.* Tenía tres sellos de seguridad, uno de los cuales requería un cuchillo de bistec para abrirlo. Adentro había un bulto grande de papeles. La primera página solamente tenía una oración: *Destruya estos documentos inmediatamente después de leerlos.*

La segunda página comenzaba: *Estimado Sr. Ripley: Es un privilegio para mí aceptarlo a la Academia de Espionaje de la Agencia Central de Inteligencia, con entrada en vigencia inmediata...*

Puse la carta en el mostrador, a la vez sorprendido, emocionado y confundido. Toda mi vida había soñado con ser un espía. Y sin embargo...

—Piensas que es una broma —dijo Alexander, leyéndome la mente.

—Bueno... Sí. Nunca he oído hablar de la Academia de Espionaje de la CIA.

—Es que es súper secreta. Pero te aseguro que existe. Yo mismo me gradué de ahí. Una excelente institución dedicada a crear hoy los agentes de mañana. ¡Felicidades! —Alexander alzó su vaso de Gatorade y reveló una sonrisa deslumbrante.

Choqué mi vaso con el suyo. Esperó a que bebiera un poco del mío antes de terminarse el suyo, cosa que supuse era un hábito que se adquiere luego de una vida en la que la gente intenta envenenarte.

Le eché un vistazo a mi propio reflejo en el microondas... y me asaltó la duda. No parecía posible que él y yo hubiésemos sido seleccionados por la misma organización. Alexander era apuesto, atlético, sofisticado y tenía estilo. Yo no. ¿Cómo iba yo a ser apto para mantener al mundo a salvo para la democracia cuando me habían quitado el dinero del almuerzo tres veces esa misma semana?

—¿Pero cómo...? —comencé.

—¿... entraste a la academia cuando ni siquiera hiciste la solicitud?

—Eh... Sí.

—Las solicitudes tan sólo brindan oportunidades para que les cuentes a las instituciones a las que te postulas sobre ti mismo. La CIA ya tiene toda la información que necesita —Alexander sacó una pequeña computadora portátil del bolsillo y la consultó—. Por ejemplo, eres un estudiante que recibe puras A's en sus clases, habla tres idiomas y tiene habilidades matemáticas de nivel 16.

—¿Y eso qué significa?

—¿Cuánto es 98.261 multiplicado por 147?

—14.444.367

Ni siquiera lo tuve que pensar. Tengo un don para las matemáticas —y, como resultado, una increíble habilidad para siempre saber exactamente qué hora es— aunque durante gran parte de mi vida no me había dado cuenta de que esto era algo especial. Pensaba que *cualquiera* podía hacer complejas ecuaciones matemáticas en la mente... o calcular al instante cuántos días, semanas o minutos habían vivido. Yo tenía 3.832 días cuando me enteré de lo contrario.

—*Eso* es nivel 16 —dijo Alexander. Luego volvió a mirar a su computadora—. Según nuestros archivos, también sacaste notas excelentes en nuestros exámenes PELO, tienes una fuerte aptitud para la electrónica y estás severamente enamorado de la señorita Elizabeth Pasternak, aunque, tristemente, ella parece no tener idea de que tú existes.

Yo había supuesto algo por el estilo sobre Elizabeth, pero aun así fue doloroso escuchar la confirmación. Por la CIA, nada más y nada menos. Por tanto, intenté distraer mi atención. «¿Exámenes de pelo? No recuerdo haberlos tomado».

—No podrías. Ni siquiera sabías que los *estabas* tomando. Preguntas Estándar Lanzadas Oblicuamente: PELO. La CIA las inserta en cada examen estandarizado para evaluar la potencial aptitud para el espionaje. Las has respondido todas bien desde el tercer grado.

—¿Ustedes insertan sus propias preguntas en los exámenes estandarizados? ¿El Departamento de Educación lo sabe?

—Lo dudo. No saben mucho de nada en Educación —Alexander puso su vaso vacío en el fregadero y se frotó las manos con emoción—. Bueno, suficiente cuchicheo. Empaquemos tus cosas, ¿no? Te espera una tarde ajetreada.

—¿Quiere decir que nos vamos *ahora*?

Alexander se volvió hacia mí, ya a medio camino hacia las escaleras. «Recibiste notas en el percentil noventa y nueve punto nueve en la sección de percepción de tus PELOs. ¿Qué parte de 'entrada en vigencia inmediata' no entendiste?».

Tartamudeé un poco; todavía andaba con un centenar de preguntas rebotando en mi cerebro, pugnando por ser respondidas en el acto. «Yo... eh... bueno... ¿Y por qué tengo que empacar? ¿Cuán lejos está esta academia?».

—Oh, no está nada lejos. Al otro lado del Potomac en Washington. Pero convertirse en un espía es un trabajo a tiempo completo, así que todos los estudiantes tienen que vivir en el campus. Tu entrenamiento durará seis años; comienza en el equivalente de séptimo grado y va hasta duodécimo. Tú serías estudiante de primer año, obviamente —con eso, Alexander subió a brincos los peldaños hasta mi cuarto.

Cuando llegué, veinte segundos después, ya él tenía mi maleta abierta y miraba con desdén el contenido de mi closet. «Ni un solo traje que valga la pena». Suspiró. Seleccionó unos cuantos suéteres y los tiró en mi cama.

—¿La academia funciona en un calendario diferente al de las escuelas normales? —pregunté.

—No.

—¿Entonces por qué me aceptan *ahora*? Estamos en mitad del año escolar —señalé a las cuatro pulgadas de nieve fresca que se amontonaban en el alféizar de mi ventana.

Por primera vez desde que lo había conocido, Alexander Hale lució como que se quedaba sin palabras. No duró mucho. Menos de un segundo. Como si hubiese algo que quisiera decir, pero no lo hizo.

En su lugar, me dijo: «Hubo una vacante repentina».

—¿Alguien se dio de baja?

—Suspendió. Tu nombre era el próximo en la lista. ¿Tienes algún arma?

En retrospectiva, me doy cuenta de que la pregunta estaba diseñada para distraerme del tema en cuestión. Cumplió su propósito extremadamente bien. «Eh... tengo una honda».

—Las hondas son para las ardillas. No nos enfrentamos a muchas ardillas en la CIA. Quise decir armas *reales*. Armas de fuego, cuchillos, quizá un par de nunchakus.

—No.

Alexander negó levemente con la cabeza, como si se sintiera decepcionado. «Bueno, no importa. La armería de la escuela te puede prestar alguna. Mientras tanto, supongo que *esto* será suficiente». Sacó mi vieja y polvorienta raqueta de tenis del armario e hizo un swing como si fuese una espada. «Por si acaso hay problema, ya sabes».

Por primera vez se me ocurrió que el propio Alexander podría estar armado. Había un bulto leve en su esmoquin, justo debajo de su axila izquierda, que ahora pensé que era un arma.

En ese momento, todo el encuentro con él —que hasta entonces tan sólo había sido extraño y emocionante— se volvió un poquito perturbador también.

—Quizás antes de que tome ninguna decisión importante debería hablar sobre esto con mis padres —dije.

Alexander me contrarrestó. «De ninguna manera. La existencia de la academia es clasificada. Nadie debe saber que tú asistes a ella. Ni tus padres, ni tus mejores amigos, ni Elizabeth Pasternak. *Nadie*. En lo que a ellos respecta, asistirás a la Academia de Ciencia de San Smithen para Niños y Niñas».

—¿Una academia de ciencias? —Fruncí el ceño—. Voy a entrenar para salvar al mundo, pero todos pensarán que soy un menso.

—¿No es eso lo que casi todo el mundo piensa de ti ahora?

Me retorcí. Sí sabía muchísimo acerca de mí. «Van a pensar que soy más menso aun».

Alexander se sentó en mi cama y me miró a los ojos. «Ser un operativo de élite requiere sacrificio», dijo. «Esto es sólo el comienzo. Tu entrenamiento no será fácil. Y si tienes éxito tu *vida* no será fácil. Muchísima gente no lo aguanta. Así que si te quieres echar para atrás... esta es tu oportunidad».

Supuse que ésta sería la prueba final. El último paso en mi reclutamiento. Una oportunidad para demostrar que yo no iba a ser disuadido por la amenaza de trabajo duro y de tiempos futuros difíciles.

No lo era. Alexander estaba siendo honesto conmigo, pero yo estaba demasiado inmerso en la emoción de haber sido seleccionado como para notarlo. Yo quería ser igual a Alexander Hale. Quería ser sofisticado y tener estilo. Quería entrar frutivamente en las casas de la gente con un arma metida con indiferencia dentro de mi esmoquin. Quería deshacerme de los indeseables, mantener al mundo a salvo e impresionar enormemente a Elizabeth Pasternak. Ni siquiera me importaría una elegante cicatriz de ballesta en mi barbilla.

Y entonces, devolví la mirada a sus ojos de un gris metálico y tomé la peor decisión de mi vida.

—Cuenten conmigo —dije.

INICIACIÓN

Academia de Espionaje de la CIA

Washington, DC

16 de enero

17:00 horas

La academia no se parecía en nada a como yo esperaba que una institución que enseñaba espionaje debería lucir. Lo que, por supuesto, era exactamente la idea. En su lugar, lucía como una desaliñada y vieja escuela preparatoria que debería haber sido popular por los días de la Segunda Guerra Mundial, pero que desde entonces había perdido el salero. Estaba ubicada en un igualmente desaliñado y raramente visitado rincón de Washington, DC, escondido del mundo por un gran muro de piedra. Lo único que parecía un poco sospechoso acerca del lugar era el grupo de guardias de seguridad que estaban en la puerta delantera, pero debido a que la capital de nuestra nación también es la capital del crimen, un poco de seguridad extra en los alrededores de una escuela privada no causaría mucho asombro.

Dentro, los terrenos eran sorprendentemente grandes. Había enormes extensiones de césped que supuse serían hermosos en primavera, aunque en el momento estaban enterrados bajo un pie de nieve. Y más allá de los edificios se veía una gran inmaculada franja de bosque, sin tocar desde los días en que nuestros antepasados habían decidido que un fétido pantano plagado de malaria en el río Potomac era el lugar perfecto para construir la capital de nuestra nación.

Los edificios como tal eran feos y góticos e intentaban imitar la majestuosidad de lugares como Oxford y Harvard, pero fracasaban miserablemente. Aunque estaban reforzados por ondulantes muros de contención y dotados de gárgolas, eran grises y poco interesantes, diseñados para que cualquiera que accidentalmente fuera a dar con la Academia de Ciencias de San Smithen se diera la vuelta y jamás volviera a pensar de nuevo en ella.

Pero comparado al feúco bloque de cemento en el que yo asistía a la escuela secundaria, el campus era precioso. Llegué con Alexander en un momento inapropiado, minutos antes de que cayera la noche y en medio del invierno. La luz era lúgubre, el cielo estaba plomizo, y los edificios estaban cubiertos por las sombras. Y, aun así, yo estaba entusiasmado. El hecho de que hubiéramos venido en el lujoso coche personalizado y con algunos botones extra en el tablero de control de Alexander posiblemente incrementó mi entusiasmo. (Aunque él me había advertido de que mantuviera mis manos fuera de su alcance por temor de lanzar artillería pesada en medio del tráfico de la hora pico).

Mis padres no habían protestado mucho mi partida. Alexander los había impresionado con su argumento promocional de la academia de "ciencia" y les aseguró que tan sólo iba a estar a unas pocas millas de distancia. Mamá y papá estaban ambos orgullosos de mí por ser aceptado en tan prestigiosa institución... y encantados de que no tendrían que pagar por ello. (Alexander les dijo que me había ganado una beca completa, y me dijo a *mí* que la factura entera corría a cuenta del gobierno de Estados Unidos). Aun así, habían estado sorprendidos de que me tenía que ir tan repentinamente y decepcionados de que mamá no podría ni siquiera hacerme una cena de despedida. A mamá le encantaban las grandes cenas conmemorativas y las hacía por cosas tan mundanas como que yo fuera elegido capitán del equipo de ajedrez de la escuela, a pesar de que yo era el único estudiante en el equipo de la escuela. Pero Alexander había aplacado su ansiedad con la promesa de que yo podría regresar a casa a visitarlos pronto. (Cuando le preguntaron si podrían visitarme en el campus, él les aseguró que sí podían, aunque muy artísticamente evitó decirles exactamente *cuándo*).

Mike Brezinski no había estado tan entusiasmado con respecto a mi partida. Mike ha sido mi mejor amigo desde primer grado, aunque si nos hubiésemos conocido más tarde en nuestras vidas, no creo que habríamos sido amigos. Mike se había convertido en uno de esos estudiantes de buena onda y bajo rendimiento que deberían haber tomado todas las clases de nivel avanzado, pero prefería cursos remediales porque no tenía que esforzarse en ellos. La secundaria era un gran chiste para él. «¿Vas a ir a una academia de ciencias?», había preguntado cuando lo llamé con la noticia, sin hacer ningún intento de ocultar su asco. «¿Por qué no te tatúas 'perdedor' en la frente?».

Me hizo falta cada onza de autocontrol que tenía para no decirle la verdad. Más que nadie, Mike se habría quedado de piedra con la idea de que *yo* había sido seleccionado para ser entrenado por la CIA. De niños, nos pasábamos incalculables horas recreando películas de James Bond en el patio. Pero no le podía revelar nada; Alexander estaba sentado en mi cuarto, escuchando desinteresadamente mi conversación telefónica. En su lugar, lo único que había podido decirle a Mike era: «No es tan aburrido como te imaginas».

—No —Mike había respondido—. Probablemente es más aburrido aún.

Así que, al llegar a la Academia de Espionaje, escoltado por un verdadero agente federal, no pude evitar pensar que, si Mike estuviera ahí, por primera vez en nuestras vidas él habría estado celoso de *mí*. El campus parecía ofrecer un futuro prometedor y estar lleno de intriga y emoción.

—¡Vaya! —dije con la nariz pegada a la ventanilla del coche.

—Esto no es nada —me dijo Alexander—. Hay mucho más de lo que puedes ver a simple vista.

—¿Qué quieres decir con eso?

Alexander no respondió. Cuando me volví hacia él, su expresión normalmente confiada se había nublado.

—¿Qué anda mal? —pregunté.

—No veo ningún estudiante.

—¿No están en la cena?

—La cena no empieza hasta dentro de una hora. Este periodo está reservado para deportes, condicionamiento físico y entrenamiento de defensa personal —Alexander frenó de pronto frente a un destartalado edificio de cuatro pisos con un letrero que lo denominaba como el dormitorio Armistead—. Cuando te diga, corre hacia esa entrada. Yo te cubriré —resulta que sí *había* un arma enfundada bajo su axila izquierda. La sacó y se estiró para alcanzar la manija de mi puerta.

—¡Espere! —en un segundo, yo había ido de dichoso a aterrorizado—. ¿No es más seguro quedarse en el coche?

—¿Quién es el agente aquí? ¿Tú o yo?

—Usted.

—¡Entonces corre! —con un movimiento fluido, Alexander me abrió la puerta y prácticamente me sacó a empujones por ella.

Salí embalado. El camino de piedras rumbo al dormitorio estaba resbaladizo con musgo aplastado por un centenar de zapatos. Mis pies resbalaron y patinaron sobre él.

Algo crujió en la distancia. Una pequeña explosión estalló en la nieve a mi izquierda.

¡Alguien me estaba disparando!

Inmediatamente comencé a cuestionar mi decisión de asistir a la academia.

Otra serie de crujidos se hizo eco en el aire frío, esta vez detrás de mí. Alexander estaba devolviendo los disparos. O, al menos, *supuse* que lo hacía. No me atreví a darme la vuelta para mirar por temor de que gastaría preciosos milisegundos que podrían ser mejor empleados en correr para salvar mi vida.

Una bala rebotó en el piso cerca de mis pies.

Golpeé la puerta del dormitorio a toda velocidad. Se abrió de par en par, y yo me caí dando tumbos en una pequeña área de seguridad. Había una segunda puerta más segura más adelante, junto a una cabina de seguridad de cristal, pero la puerta estaba abierta y el vidrio estaba perforado por tres impecables y redondos agujeros de bala.

Me arrastré por el piso y fui a dar a una sala de estar.

Era el tipo de sitio en el que los estudiantes normalmente estarían pasando el tiempo. Había sofás raídos, un viejo televisor, una mesa de billar desequilibrada y unos antiquísimos videojuegos. Había pasillos a ambos lados y una avejentada escalera central que conducía a...

Algo de repente me barrió los pies. Caí de espaldas. Un segundo después, alguien se me subió encima, cubierto todo de negro excepto los ojos. Cada rodilla clavaba uno de mis brazos contra el piso. Una mano me tapó la boca antes de que pudiera gritar.

—¿Y tú quién eres? —siseó mi atacante.

—B-B-B-Benjamín Ripley —farfullé—. Soy un estudiante de aquí.

—Nunca antes te he visto.

—Tan sólo me aceptaron esta tarde —expliqué y luego se me ocurrió añadir—: por favor, no me mates.

Mi atacante soltó un gemido. «¿Un novato? ¿Ahora? Este día se sigue poniendo cada vez más bueno». Ahora que la voz estaba modulada con sarcasmo en lugar de agresión, el timbre era un poco más alto de lo que esperaba. Miré al cuerpo que estaba sentado sobre mi pecho y me di cuenta de que era delgado y con curvas.

—Eres una chica —dije.

—Vaya —respondió—. No en balde te aceptaron. Tus

poderes de deducción son increíbles —se quitó la máscara y reveló su rostro.

No podría haber pensado que mi corazón iba a latir más rápido de lo que lo había hecho cuando tuve que correr para salvar mi vida bajo una lluvia de metralla, pero de repente se aceleró a todo un nivel superior.

Elizabeth Pasternak ya no era la chica más hermosa que jamás hubiese visto.

La chica sentada sobre mi pecho parecía ser un poco mayor que yo por unos años, quizá catorce o quince, con un grueso cabello negro y unos increíbles ojos azules. Su piel era inmaculada, sus mejillas esculpidas y sus labios voluminosos. Era de complexión ligera —casi delicada— y aun así había sido lo suficientemente poderosa como para derribarme en medio segundo. Incluso *su olor* era increíble, una embriagadora combinación de lilas y pólvora. Pero quizá la cosa más atractiva con respecto a ella era cuán calmada y confiada estaba en medio de una situación de vida o muerte. Parecía mucho más irritada de que yo me hubiera metido en la acción a trompicones que de la idea de que afuera volaban las balas.

—¿Tienes algún arma? —preguntó.

—No.

—¿Sabes usar un arma?

—Me las arreglo bastante bien con la escopeta de balines de mi primo...

Suspiró pesadamente. Luego bajó el zíper de su chaleco antibalas y reveló una bandolera de cuero que le cruzaba el pecho, atestada de armas: pistolas, cuchillos, estrellas de ninja, granadas. Saltó todas estas y seleccionó un pequeño objeto romo para mí. «Esta es una *taser*, una pistola de descarga eléctrica. No es efectiva a largo rango, pero lo bueno de eso es que no puedes matarme accidentalmente con ella».

Me la soltó en la mano con un manotazo, me dio un tutorial rápido —botón de encender/apagar; gatillo; puntos de contacto—; luego se levantó y me indicó que la siguiera.

Lo hice. No es que yo tuviera ideas mejores. Pasamos la gran escalera y enfilamos hacia el pasillo al sur del dormitorio. La chica parecía saber lo que hacía, así que me sentí un poco más seguro con ella. Imité sus movimientos, gateando cuando ella lo hacía y agarrando mi *taser* del mismo modo en que ella agarraba su pistola.

Como esta era mi primera secuencia de acción, no estaba del todo seguro de cuál sería el protocolo. Me pareció que me debería presentar. «Por cierto, soy Benjamín».

—Eso dijiste. Te propongo un trato. Si sobrevivimos este incidente, entonces podemos conocernos un poco más.

—Vale. ¿Y aquí qué es lo que hay?

—Por lo visto, hemos tenido una falla en la seguridad. Esta tarde había una asamblea sobre la diplomacia para todo el estudiantado. Durante la misma, el enemigo se infiltró en el campus y rodeó la sala de actos. Todos los estudiantes y el profesorado están dentro, de rehenes.

—¿Cómo te escapaste?

—No lo hice. Me volé la asamblea. A mí me importa un pepino la diplomacia.

—¿Hay alguien más contigo?

—Hasta donde sé, somos solo tú y yo. Intenté pedir refuerzos, pero el enemigo de algún modo está interfiriendo todas las transmisiones.

—¿Cuántos hay?

—He contado cuarenta y uno. Hasta el momento. Los que he visto son muy profesionales, están armados hasta los dientes y son extremadamente peligrosos.

Tragué en seco. «Tan sólo he estado aquí cinco minutos y se supone que me enfrente con nada menos que una *taser* a un pelotón entero de comandos letales».

Por primera vez desde que la había conocido, la chica sonrió. «Bienvenido a la escuela de espías», dijo.

CONFRONTACIÓN

Edificio administrativo Nathan Hale

16 de enero

17:10 horas

Pensar que puedes ser emboscado por operativos del enemigo en cualquier segundo es un estado mental terrible en el cual pasar tu primera visita guiada por la escuela. Aunque seguí a la chica a través de muchas locaciones que serían importantes para mí en caso de sobrevivir, no podía enfocarme en ninguna de ellas. Mientras tanto, la chica continuaba increíblemente compuesta dadas las circunstancias, incluso indicando cosas de interés en el camino, como si esta fuese una orientación estándar.

—Este es el único dormitorio de la escuela —me informó

mientras nos arrastrábamos a través de un corredor en el primer piso con las armas en alerta—. Aquí viven los trescientos estudiantes de la escuela. Fue construído hace un siglo, así que, como seguramente has notado, su sistema de defensa contra el enemigo es bastante maluco. Además, la fontanería es prehistórica.

»El comedor está por allá. Las comidas son exactamente a las 07:00, 13:00 y 18:00 horas... Ahora nos dirigimos al pasadizo sur entre el dormitorio y el edificio administrativo. Por lo general es más rápido ir por fuera, pero este modo es mejor cuando el clima está malo... o cuando hay francotiradores enemigos en el recinto».

Afuera se escuchaba el sonido distante de la metralla. Aunque esto transcurría a casi más de cien metros al otro lado de un grueso muro de piedra, me agaché instintivamente. Esto provocó otro suspiro más de la chica.

—Espera —dije. En medio de la emoción se me había olvidado algo—. No estamos solos aquí. Yo vine con Alexander Hale.

Esperaba que esto la fuera a aliviar, incluso a emocionar. Pero, para mi sorpresa, en su lugar, ella parecía enojada. «¿Dónde está?».

—Afuera. Batiéndose con esos francotiradores. Creo que me salvó la vida hace un rato.

—Estoy segura de que él pensará eso también —dijo.

Llegamos a una bifurcación en el camino en donde las ventanas se abrían a unos céspedes cubiertos de nieve. La chica me indicó que me quedara agachado; luego dio un vistazo a través del cristal. Se había hecho demasiado oscuro como para que yo pudiera distinguir nada más allá de las siluetas de los edificios, pero ella pareció ver algo. «Han cubierto todo el perímetro del campus», dijo, frunciendo el ceño. «No vamos a poder salir del recinto. Así que este es el plan: hay un faro de radio emergencia en el último piso del edificio administrativo». Indicó con la cabeza un edificio gótico de cinco pisos que se alzaba inmediatamente al sur de nosotros. «Es un enlace directo al cuartel general de la Agencia. Tan anticuado que el enemigo probablemente ni siquiera sabe que todavía existe. Si logramos llegar allí, probablemente podamos pedir refuerzos».

—Me parece bien —hice mi mejor esfuerzo por sonar calmado, aunque me estaba aterrorizando más cada minuto.

—Quédate cerca de mí y haz lo que te diga —la chica avanzó por la bifurcación del corredor de la izquierda, pero hizo una pausa para señalar a la derecha—. El gimnasio está por allá, por cierto. Y el campo de tiro, sólo para futura referencia.

La seguí, manteniendo la cabeza por debajo de las ventanas, por temor a un ataque inminente. Mi primer tiroteo no estaba transcurriendo en lo absoluto del modo en que yo esperaba. ¿Dónde estaban los malos?, me preguntaba. ¿Estábamos inteligentemente dándoles la vuelta o acaso nos esperaban para emboscarnos? ¿Dónde estaba Alexander Hale? ¿Y por qué la chica no se había alegrado al oír su nombre? Y quizá lo más importante...

—¿Hay un baño de hombres por aquí cerca? —pregunté—. Es que en serio tengo que orinar —esta sería la primera vez en la que sentiría lo que es comúnmente conocido en la escuela de espías como "la teoría de Hogarth sobre la orina provocada por el miedo": la cantidad de peligro en la que estás es directamente proporcional a tu necesidad de orinar. Abraham Hogarth era uno de los primeros agentes de la CIA y, por ende, uno de los profesores originales de la escuela de espías. Había escrito el libro de texto esencial del espionaje basado en sus experiencias (y se rumoraba que siempre llevaba puesto un pañal para adultos, en caso de que hubiera problemas).

La chica suspiró otra vez. «¿Por qué no fuiste al baño antes del tiroteo?».

—No sabía que iba a haber un tiroteo —expliqué—. De hecho, creo que tengo que ir *producto* del tiroteo.

—Pues aguántate, monada. No nos podemos dar el lujo de bajar la guardia.

Intenté hacerle caso lo mejor que pude.

En breve llegamos al edificio administrativo Nathan Hale, que resultó estar en medio del campus. Afuera, todos los edificios formaban un radio a su alrededor, como si fuese el centro de una rueda. Adentro, el pasadizo por el que habíamos venido culminaba en una imponente entrada flanqueada por extensas escaleras. Gruesas puertas de cedro a un lado de la habitación conducían al exterior, mientras que, al otro, dos puertas considerablemente más grandes se mantenían abiertas, cosa que revelaba la biblioteca escolar que estaba más allá.

La chica avanzó hacia la escalera más cercana, entonces de repente me agarró la mano de repente. Me quedé helado.

Puso sus labios a un milímetro de mi oído y habló tan bajo que casi no pude escucharla: «Dos agentes enemigos. Arriba». Las palabras eran de lo más terrorífico que jamás hubiese escuchado y sin embargo su aliento cálido en mi oído casi hizo que el peligro valiera la pena. «Tendré que demorarlos. Corta camino a través de la biblioteca y sube por las escaleras traseras».

—¿Adónde? —intenté estar tan tranquilo como ella, pero no podía. Incluso mi susurro pareció multiplicarse en ecos por toda la habitación.

En el nivel del entresuelo, una forma humana emergió de las sombras. «¡A la oficina del director!», siseó la chica mientras me daba un empujón. «¡Corre!».

Quizá yo no hubiese sido capaz de disparar un arma o combatir cuerpo a cuerpo, pero lo que se dice correr, eso sí lo podía hacer. Había tenido que huir de Dirk Dennett muchísimas veces. Sin embargo, nunca antes había tenido que correr con un subidón de adrenalina en una situación de vida o muerte. Recorrí las veinte yardas hasta la biblioteca en un pestañeo.

La metralla roció la alfombra detrás de mí y astilló el marco de la puerta en lo que me tiraba en busca de protección.

La biblioteca era cavernosa: cuatro pisos de anchos balcones que encerraban en círculo un espacio central abierto. El piso principal era un laberinto de estantes. Normalmente, habría estado encantado con estos acres de libros, pero en ese momento, la biblioteca tan sólo me parecía una trampa gigantesca; había miles de lugares en los que los asesinos se podrían ocultar.

En cada esquina, ascendía una escalera de caracol. Me moví en zigzag a través de los estantes de uno a otro lado de la habitación y subí a zancadas mientras el eco del sonido de un tiroteo llegaba desde la entrada.

Una bala rebotó en el pasamanos justo cuando llegué al tercer piso. Me tiré al suelo.

En el primer piso, un hombre vestido de negro con una ametralladora se abalanzó hacia mi escalera.

Mi *taser* no me iba a servir absolutamente de nada desde esa distancia.

Pero había un estante lleno de libros de referencia cerca.

Agarré el más pesado que pude encontrar —*La guía pictórica de Cooper del armamento de la era soviética*—, estimé rápidamente la velocidad de mi agresor en relación a la fuerza de gravedad y determiné el momento exacto para dejar caer el libro por la baranda.

De abajo llegó el nítido ruido sordo de un libro al chocar con un cráneo, seguido del gruñido del asesino al desmoronarse.

Contrario a todo lo que Mike Brezinski hubiese asegurado siempre, había acabado de encontrar una aplicación en el mundo real al álgebra.

Salí como un bólido al cuarto piso y encontré una puerta que lucía como si no la hubiesen abierto en años. Conducía a una vieja escalera sucia. Un piso más arriba me llevó a un pasillo largo y ancho pautado con las imponentes puertas de una oficina. Entré a la carrera, escaneando las placas de identificación en cada una: Decano de asuntos estudiantiles; "Vice-decano de evaluación de riesgo". "Director de contraespionaje". Por fin, en el medio, encontré una puerta que ponía "Director".

De la dirección en la que había venido escuché pisadas que subían las escaleras. Más de un par.

Me tiré contra la puerta de la oficina del director.

Estaba cerrada. Reboté y me caí de culo en el pasillo.

Había un panel computarizado a la derecha de la puerta con una pequeñísima pantalla encima que ponía INSERTE CÓDIGO DE ACCESO.

Nadie había dicho nada de códigos de acceso.

Di un vistazo atrás a la escalera sucia. Las pisadas se oían cada vez más alto, como si mis enemigos estuviesen casi en la puerta. Emergerían en cuestión de segundos, muy poco tiempo para que pudiera correr al refugio del otro extremo del pasillo.

La puerta del director era la única ruta de escape y solo podía pensar en un modo de cruzarla.

Encendí mi taser y lo incrusté en el panel. La pantalla parpadeó cuando hice el corto circuito al sistema. Entonces la electricidad se sobrecargó y todas las luces en el pasillo se fundieron, dejándome en la oscuridad. Ese no había sido mi plan.

Se oyó un ruido seco al otro lado del pasillo al estrellarse un agente enemigo contra la puerta, seguido de lo que supuse serían palabrotas en un idioma que no conocía.

Dos segundos después, la potente luz de tres linternas se encendió a ese extremo del pasillo.

En el extremo opuesto se encendieron tres luces.

Lo que quería decir que ahora estaba rodeado por seis hombres fuertemente armados en la oscuridad total.

Así que hice la única cosa que se me ocurrió: me preparé

para rendirme. Levanté las manos sobre la cabeza y retrocedí hasta pegar la espalda a la puerta de la oficina del director, tropezando sin querer con la manilla.

Se bajó con un chasquido.

Por lo visto, la había abierto.

Las seis linternas apuntaron hacia el sonido.

Me colé en la oscura oficina, la cerré de un portazo y de inmediato tropecé con una mesita de sala. Me dio en las rodillas y me caí de cara sobre la alfombra.

Las luces se encendieron de nuevo.

Instintivamente me acurruqué en un ovillo y grité: «¡Por favor, no me maten! ¡No sé nada! ¡Sólo empecé aquí hoy mismo!».

—¿Suplicando piedad? —dijo una voz decepcionada—. Eso es un comportamiento de D-, sin dudas.

Hubo murmullos de asentimiento.

Lentamente levanté los ojos de lo hondo de la alfombra. En lugar de una horda de asesinos apuntándome con sus armas, me encontré de cara a una mesa de conferencias. Dos hombres y una mujer de mediana edad estaban sentados al otro extremo, negando con la cabeza mientras escribían sus apuntes en sendos blocs de notas. A un lado estaba Alexander Hale de pie. Escuché un zumbido electrónico detrás de mí y di un vistazo por encima de mi hombro.

Ahí, un panel de pantallas presentaba una vista de cada

sitio del campus en el que había estado.

Me puse rojo como un tomate una vez que comprendí. «¿Esto era una prueba?».

—Por suerte para ti —dijo el hombre al centro de la mesa, el dueño de la voz decepcionada. Era un hombre bajo y fornido que parecía pensar que era un tipo mucho más duro de lo que era en realidad. Su traje estaba salpicado con manchas de comida, su cintura estiraba la portañuela de sus pantalones hasta el punto de casi romperlos y, aunque su pelo era grueso y estaba perfectamente peinado, era bastante obvio que se trataba de un tupé. «Si esto hubiese sido un incidente real de agresión interna, ahora estaríamos enviando a casa tus restos por correo en un una bolsita de comida para perros».

—Pero todavía no he aprendido nada —contrarresté—. Acabo de llegar.

—Estoy muy al tanto de eso —dijo el hombre bruscamente—. El examen EDCYS es estándar para todos los estudiantes no más llegar.

Miré a Alexander en busca de ayuda.

—Evaluación de Destrezas de Combate Y Supervivencia —explicó, luego, se volvió al panel—. Me pareció que ese truco que hizo con el libro de referencia en la biblioteca fue bastante ingenioso.

—Fue una chiripa —dijo Mal Tupé despectivamente.

—¿Y lo de usar la *taser* en el panel? —preguntó Alexander—. Esa no la habíamos visto nunca.

—Y por buenas razones. Fue una idiotez —Mal Tupé se puso en pie y me enfiló con una mirada dura. Tenía un leve tic nervioso en su ojo izquierdo, lo que parecía exacerbar su ira—. Soy el director de esta academia. Ellos son los subdirectores: agentes Connor y Dixon. Ya has conocido a Alexander Hale... y, por supuesto, a Erica.

Me di la vuelta. La chica estaba detrás de mí. Había entrado en la habitación sin hacer ruido.

La saludé con un leve gesto de la mano, pero no recibí nada a cambio.

—Creo que todos estamos de acuerdo en que tu actuación de hoy fue deplorable —continuó el director—. Has mostrado los niveles de destreza de un aficionado o peor en cada categoría: combate sin armas, evasión, *savoir faire*...

—¿Hay una parte de escritura en esta prueba? —pregunté esperanzado—. Por lo general, salgo bien en esas.

El director me miró furiosamente, con el tic en el ojo izquierdo fuera de control. «A ti tampoco se te da muy bien eso de saber cuándo dejar la boca cerrada. Para serte franco, si no hubieses sacado buenas notas en tus exámenes PELO y demostrado una extraordinaria aptitud para la criptografía, ahora mismo te enviaba de vuelta a casa con mamá y papá. Pero tendremos que ver qué podemos hacer contigo. Tienes muchísimo trabajo por delante, Ripley. Y, desde ya, un promedio de D–.

Y diciendo esto, me despidió despectivamente.

Dejé la oficina sintiéndome vacío por dentro. Nunca en mi vida había recibido una nota por debajo de una B... y aquello fue un 89 en caligrafía en el tercer grado.

También me quedé levemente confundido por algo que el director había dicho. Nunca me había enterado de que tenía una extraordinaria habilidad criptográfica. De hecho, a pesar de mi don para las matemáticas, siempre había encontrado difícil la criptografía. La matemática y la lógica tan sólo te pueden ayudar hasta cierto punto con muchos códigos; también tienes que ser dotado con los juegos de palabras, por lo que podía calcular exactamente cuántos segundos había estado en la escuela de espías (1.319), pero aun así atascarme con el crucigrama diario del periódico con bastante regularidad.

Había habido unos cuantos juegos de criptografía en la página web de la CIA. Yo tenía la impresión de que yo había suspendido miserablemente, pero a lo mejor estaban diseñados para detectar alguna destreza dormida de la que ni siquiera yo tenía idea.

Erica salió al pasillo detrás de mí.

—No es algo de lo que avergonzarse, ¿verdad? —le pregunté—. Es decir, yo no he recibido entrenamiento en *nada* todavía. Estoy seguro de que nadie sale bien en este examen al llegar aquí.

—Yo partí el bate en ese examen —me dijo. Y luego se fue sin ni siquiera un hasta luego.

Por tanto, a unos escasos veintitrés minutos de mi llegada a la escuela de espías, había aprendido algo extremadamente importante al respecto: esto no iba a ser fácil.

INTIMIDACIÓN

Dormitorio Armistead

16 de enero

17:50 horas

Mudarme de casa a un internado en el que no conocía a nadie habría sido difícil bajo circunstancias normales. Sin embargo, luego de mi aterradora y humillante iniciación, era traumático. Estaba tentado a ir directamente al teléfono para llamar a mis padres y pedirles que me vinieran a buscar. Pero entonces me di cuenta de algunas cosas.

1. El examen EDCYS había sido *diseñado*, probablemente, para deshacerse de candidatos. Ser un espía no consistiría en pasárselo bomba y en la gloria todo el tiempo. Si yo no podía lidiar con un falso escenario de vida o muerte,

¿cómo jamás se podría esperar que me encargara de uno real?

2. No le había causado una buena impresión a Erica, pero si me iba, aquella sería la *única* impresión que le causaría. Si me quedaba, al menos tendría una oportunidad de restaurarla.

3. Los cosas de ningún modo, podrían salir *peor*. Por lo tanto, tendrían que mejorar.

Así que decidí quedarme en la escuela de espías por al menos un poco más de tiempo.

Inmediatamente luego de que el director me pusiera como un zapato y Erica me hiciera el caso del perro, encontré mis pertenencias amontonadas en una pila ligeramente húmeda en el pasillo afuera de la oficina con un paquete de orientación que se balanceaba sobre ellas. Dentro del mismo estaba mi horario de clases, un mapa del campus con direcciones a mi habitación y un panfleto que detallaba los procedimientos de emergencia para todo, desde envenenamiento hasta ataques con gas nervioso.

Mi cuarto estaba en el piso más alto del dormitorio Armistead. A todos los estudiantes de primer año los acuartelaban allí. Originalmente supuse que sería agradable tener una habitación en lo alto con vista, pero esto, como el cien por ciento de mis suposiciones sobre la escuela de espías, había sido incorrecto. El piso más alto era en esencia un ático que había sido dividido de cualquier modo en cuartitos en los que no cabía ni un alfiler. Nuestro perro tenía más espacio cuando lo dejábamos en la guardería de animales durante nuestras vacaciones.

Las paredes eran lo suficientemente estrechas como para que se oyera todo a través de ellas y el techo, que era en realidad el tejado a dos aguas del edificio, se inclinaba de manera tan precipitada que tan solo me podía poner de pie en la mitad de la habitación. Había una pequeña claraboya en la pendiente que dejaba que entrara un poco de luz y una abrumadora cantidad de aire frío. Por lo visto, la última vez que la impermeabilizaron fue durante la administración Kennedy. Los muebles eran un excedente del ejército, de cuando la Segunda Guerra Mundial: un catre larguirucho con un colchón que era casi de piedra, una insignificante mesita de noche de madera, un escritorio de hierro con esquinas lo suficientemente filosas como para sacarte un ojo, un baúl pequeño y una silla plegable.

No había baño independiente. En su lugar, había un baño común al otro extremo del pasillo, con tres inodoros antiquísimos que hacían ruidos perturbadores cuando los descargabas, y cuatro duchas que parecían ser caldo de cultivo para unos raros hongos de los pies.

Había una pequeña sala de estar en lo más alto de las escaleras —unos cuantos sofás maltratados y una mesa de centro comprada en una venta de garaje—, pero, como el piso estaba frígido, nadie pasaba tiempo ahí. Podía escuchar a algunos de mis condiscípulos en sus habitaciones, pero ninguno salió a darme la bienvenida a la escuela de espías o ni siquiera a saludarme.

Mientras desempacaba mis cosas en mi pequeñísima habitación, mi teléfono vibró. Era un mensaje de texto de Mike.

¿Qué tal la escuela de ciencias para perdedores?

Se suponía que fuera un chiste, pero de algún modo me hizo sentir patético.

Patético y solo.

Espectacular.

Le escribí. Lo mejor de enviar mensajes de texto es que nadie nunca puede saber cuándo mientes.

Alguien tocó mi puerta.

Pegué un brinco, sobresaltado. La mayoría de los días probablemente no lo habría hecho, pero estaba un poco asustadizo luego de mi iniciación. Me arrastré a gatas hasta la puerta y miré a través de la pequeñísima mirilla.

El chico en el pasillo parecía como si hubiese salido de la portada de una revista de moda. Era varios años mayor que yo, ya había pasado hacía mucho la fase de la adolescencia embarazosa. Tenía un pelo castaño perfectamente peinado, un mentón hecho a cincel y era ancho de hombros. Llevaba puesta una costosa chaqueta deportiva y un aún más costoso suéter. Si me hubieran pedido que diseñara al prototípico espía futuro, yo lo habría dibujado a *él*. Saludó con la mano y a sabiendas a la mirilla. «Abre la puerta, Ben. Sé que estás ahí».

Acerqué la mano al picaporte, luego hice una pausa, preguntándome si esta sería otra prueba.

—No es una prueba —dijo el tipo al otro lado de la puerta—. Si quisiera hacerte daño, habría derribado la puerta de una patada hace treinta segundos. Yo sólo soy el comité de bienvenida.

Abrí la puerta.

El chico entró como Pedro por su casa, mostrando un acre de dientes al sonreír. «Todavía estás un poco tembloroso luego de tus EDCYS, ¿no?». Me extendió una mano amistosa.

—Chip Schacter. Encantado de conocerte.

La estreché, complacido de por fin haber conocido a alguien amistoso. «Ben Ripley. Pero supongo que eso ya lo sabías».

Chip se rio. «Sí. Todos los estudiantes reciben expedientes completos de toda la carne fresca. El tuyo era mejor que el de la mayoría, aunque no lo parezca».

—¿En serio?

—Absolutamente. Sobre todo, esas notas de criptografía —Chip silbó con admiración—. No he visto criptos así desde Chandra Shiksavelli... y ella salió de aquí a ser nivel 6 en la Agencia de Seguridad Nacional.

—Qué bárbaro —dije, haciendo lo posible por parecer tranquilo aunque estuvieses secretamente entusiasmado. Todavía no estaba seguro de cómo podía ser tan diestro en criptografía y no tener idea de serlo, pero era agradable por fin tener buenas noticias. Por primera vez desde mi llegada a la escuela espías en realidad sentí que tal vez pertenecía allí.

—En cualquier caso —continuó Chip—, tus primeros días aquí pueden ser bastante duros. Se me ocurrió que te vendría bien un amigo.

—Me vendría bien —admití—. ¡Gracias!

—Te llevaré por ahí, te enseñaré por dónde le entra el agua al coco y te voy a presentar a la gente que te hace falta conocer. En unos pocos días vas a tener a este sitio en la palma de tu mano. Y lo único que pido a cambio es un favorcito.

—Eso sería fenomenal —dije... y luego me interrumpí—. ¿Qué favor?

Chip dio un vistazo a la puerta como para cerciorarse de que nadie nos podría escuchar. Luego la cerró y pasó la cerradura. «No es mucho. Tan sólo un poquito de pirateo inofensivo en una computadora. El tipo de cosa que siempre se hace por los amigos».

Todo el entusiasmo que tenía se me desinfló como el aire

de un globo pinchado por una aguja. «Ah... es que no se me da bien eso de piratear».

—Eso no importa. Yo te puedo mostrar cómo se hace la parte más difícil. Pero hay una contraseña de dieciséis caracteres en cadena que cambia regularmente y protege al cortafuegos. No la puedo descifrar, pero pensé que sería pan comido para alguien con tus habilidades espectaculares — Chip me dio un golpecito en el hombro con orgullo, con la intención de levantarme el ego.

Lo triste del caso es que en cierto modo funcionó. Ya yo sabía que este tipo era problemático y, aun así, de alguna manera, quería ganarme su aprobación. «¿De qué computadora estamos hablando?».

—Tan sólo de la computadora principal de la escuela. Contiene información clasificada que me hace falta para una clase.

—¿Qué tipo de información?

La cara de Chip se nubló. «¿Y a qué vienen todas estas preguntas? Estoy intentando ser tu amigo y tú me haces un interrogatorio».

—Perdona, pero… acabo de llegar. No quiero hacer algo que me vaya a meter en problemas.

—¿Sabes qué es lo que *en realidad* te metería en problemas? Hacer de mí un enemigo en lugar de un amigo. Porque yo puedo ser un muy buen amigo... o un enemigo muy malo —los músculos de Chip se tensaron, estirando las costuras de su chaqueta deportiva.

Tragué en seco. Esto era increíble. En la escuela normal había una cosa en la que había sido excepcionalmente bueno: evitar a los matones. (El truco consistía en mezclarse en la multitud y dejar que escogieran presas más obvias que tú). Pero ahora no había ni llegado a mi primera comida en la escuela de espías cuando uno ya me había el echado el ojo.

Y lo peor era que Chip Schacter no era como los matones de la escuela pública. Aquellos tipos lo que hacían por lo general era causarte más vergüenza que dolor; lo peor que te podían hacer era bajarte los pantalones mientras el equipo de las porristas pasaba cerca.

Había algo mucho más amenazador con respecto a Chip. Él obviamente buscaba algo mucho más allá de mi dinero y el castigo por llevarle la contraria parecía ser doloroso.

—Yo no quiero ser tu enemigo —dije, retrocediendo todo lo que podía en mi cuartito pequeñísimo.

Los músculos de Chip se relajaron. Mostró una sonrisa falsa. «Me alegra escucharlo. Manos a la obra». Me indicó la puerta. Me quedé en mi sitio.

—¿Quieres hacer esto *ahora*? Ni siquiera he desempacado.

—Exacto. *Nadie* jamás podría esperar que tú fueras a hacer algo así ya. Además, todos van a estar en el comedor. La cena comienza en cinco minutos.

—Por pura curiosidad... ¿lo que vamos a hacer va en contra de las reglas?

—No hay reglas en la escuela de espías.

—Entonces... ¿si nos atrapan...?

—Ben, yo soy tu amigo, ¿verdad?

—¿Verdad?

—Y los amigos se cuidan las espaldas. No voy a dejar que te atrapen —Chip me sujetó el hombro con una mano y apretó, enviando una punzada de dolor a través de mi cuerpo—. Ahora dejemos de cuchichear como niñas y metámosle mano.

Se volvió hacia la puerta, esperando que lo siguiera. Inmediatamente intenté evaluar qué otras opciones tenía, pero no se me ocurrió ninguna, más allá de huir a través de la pequeña ventana de mi cuarto, lo que tan sólo me habría dejado en un muy inclinado techo cubierto de hielo a cuatro pisos del suelo.

Seguirle la corriente a Chip tampoco parecía una opción muy segura. Ya yo sabía que no podía confiar en él. Si metía la pata al piratear la computadora —cosa que iba hacer, ya que yo no tenía idea de lo que *era* una contraseña de dieciséis caracteres en cadena, y mucho menos iba a saber cómo descifrarla—, Chip con toda certeza dejaría que la culpa cayera en mí. Lo que quería decir que me podrían expulsar de la escuela de espías a tan sólo unas horas de haber llegado.

En lo que titubeaba, Chip avanzó hacia la puerta. Cuando agarró el picaporte, hubo un repentino chisporroteo, como al poner un bistec en una parrilla caliente. El cuerpo de Chip se puso rígido y los pelos se le pusieron de punta mientras pequeñísimos rayos azules de electricidad salían de sus dientes. Por fin pudo dar una queja de sorpresa, y luego se desplomó, titiritando, en el suelo de mi cuarto.

La puerta se abrió y un chico de más o menos mi edad con un bulto de pelo oscuro que le caía por encima de un ojo se asomó. Tocó a Chip con el pie para cerciorarse de que estaba inconsciente y levantó una mano, mostrando un pequeño artefacto que él había conectado al picaporte al otro lado de la puerta. «Un generador electrostático portátil de Van de Graaff. Muy efectivo, pero sólo durante cinco minutos. Si te quieres mantener sano y salvo, sugiero que te alejes de aquí durante ese tiempo».

INFORMACIÓN

Comedor

16 de enero

18:20 horas

—Esta es la primera cosa que deberías saber acerca de la escuela de espías: es una porquería.

Murray Hill, el chico que me había rescatado de Chip, se metió otro tenedor lleno de espagueti en la boca. Estábamos en el comedor —al que todos sencillamente llamaban "El Hedor"— durante la cena. La mayoría del estudiantado —trescientos estudiantes de 12 a 18 años— estaban amontonados alrededor de nosotros. Aunque nadie se había tomado el trabajo de venir a presentarse, todos estaban obviamente al tanto de mi presencia. Cada vez que echaba un vistazo hacia uno de los grupos, daba con alguien que rápidamente apartaba sus ojos de mí.

El hedor no quedaba terriblemente lejos de mi habitación; estaba justo al lado del dormitorio. Yo andaba preocupado de que ese sería el primer lugar al que Chip iría a buscarme, pero Murray dijo que, cuanta más gente, menos peligro. Y, además, él estaba muerto de hambre.

—¿Todo lo que odiabas de la escuela normal? —prosiguió Murray—. Aún tenemos todo eso aquí: grupos sociales rígidos, maestros de cuarta, administradores incompetentes, comida terrible, matones. Y encima de todo eso, de vez en cuando alguien intenta matarte.

Murray tenía trece años y debería haber sido estudiante de segundo año, pero había tenido que repetir el primero luego de suspender su examen de supervivencia la primavera anterior. Durante el simulacro del combate final, accidentalmente le había volado el tupé al director. (En ese momento, sólo usaban balas de salva, así que el director no resultó herido, pero su querida peluca fue dañada hasta el punto de que no se podía reparar). Tener que repetir su primer año no parecía molestarle mucho a Murray, pero, a decir verdad, nada en realidad parecía molestar mucho a Murray. A diferencia de todos los que estaban en El Hedor, a él no parecía importarle su apariencia... ni lo que nadie fuera a pensar de él. Nuestros condiscípulos estaban sentados correctamente en las banquetas e iban impecablemente vestidos, como si les preocupase que alguien pudiese estarlos evaluando en postura y cuidado personal. En su mayoría, llevaban vaqueros planchados y suéteres lindos, ropas con una pinta profesional pero que también les permitirían moverse con libertad en caso de una emboscada repentina. Por otra parte, Murray parecía estar haciendo un esfuerzo por ser deliberadamente desaliñado. Su pelo estaba descuidado, llevaba la camisa por fuera, su sudadera tenía una docena de manchas... y en el momento recibía una nueva pátina de salsa de espagueti. Tenía la postura de un fideo de linguini mojado y sus medias no eran del mismo par. Sin embargo, era obviamente inteligente, y cuando tenía algo que decir —como era el caso ahora— estaba resuelto a decirlo. A mí me estaba costando insertar una palabra.

—Aguanta un momento —dije—. Quieres decir que Chip intentaba…

—¿Matarte? No. Entonces ya no tendría nadie más a quien intimidar. ¿Qué te pidió que hicieras?

—Que pirateara la computadora principal de la escuela.

—¿Para qué?

— "Información clasificada". Para una de sus clases.

Murray asintió a sabiendas. «Respuestas a los exámenes probablemente. Chip ha intentado forzar a casi todos los estudiantes de aquí a que lo ayuden a hacer trampa de un modo u otro».

—¿Y nadie se lo ha dicho a la administración?

— Oh, la administración lo sabe.

—¿Y no lo han expulsado?

— Esta no es tu escuela promedio. Nos entrenamos para ser espías, no Boy Scouts. Aquí puedes sacar una A por hacer trampa, siempre que lo hagas de una manera lo suficientemente inteligente.

Me recosté al espaldar, buscándole sentido a aquello. «¿O sea, que yo *debería* haber intentado piratear el sistema?».

—Oh, diablos, no. Nunca habrías podido pasar al primer cortafuegos. El Consejo de Seguridad te habría atrapado, Chip habría proclamado su inocencia y tú habrías sido sacrificado como una lección a tus condiscípulos de que mantengan los guantes fuera de la computadora central.

— Pero acabas de decir que hacer trampa funciona...

—Si la haces de manera suficientemente inteligente. Piratear es una idiotez.

—Pero Chip me obligó a hacerlo.

—Y así habría mantenido sus manos limpias. Hacer algo estúpido no es tan estúpido si puedes lograr que alguien lo haga por ti.

Sacudí la cabeza, pasmado con todo esto. «Eso es una locura».

—Bueno, no en balde llaman a este sitio un asilo. ¿Te vas a comer eso?

Miré a mi propio plato de espagueti. Estaba sin tocar. Luego de la emoción del día, no tenía mucho apetito, cosa que tampoco mejoraba por el hecho de que la comida lucía asquerosa. No es fácil echar a perder el espagueti, pero de algún modo, los cocineros habían logrado hacerlo. Los fideos apenas estaban cocinados y las albóndigas sospechosamente parecían comida enlatada para perros.

Deslicé mi cena a través de la mesa hacia Murray, que se zambulló al instante. «Error grave», me dijo. «Los espaguetis son lo mejor que hacen aquí. Un consejo sabio: acapara mantequilla de cacahuetes y mermelada. Nadie lo va admitir, pero creo que hacen esta comida tan terrible a propósito. Están incrementando nuestra inmunidad para que, si alguien alguna vez intenta envenenarnos, no funcione. El arsénico no puede competir con el pastel de carne de aquí».

—¿Hay *algo bueno* en este lugar? —pregunté.

Murray señaló con la mano alrededor de la habitación.

—Esto está que arde en relación a las chicas. Y algunas de las clases no son tan malas.

—¿Como por ejemplo?

—La cuestión de las computadoras es bastante sólida. Buenos programas de lengua. O, y definitivamente recomendaría el ISAE: Introducción a la Seducción de Agentes Enemigos. Para esa sí que hice mi tarea.

—¿Y qué hay de clases de armas y combate?

Murray se quedó de piedra, con un tenedor lleno de espagueti a medio camino hacia su boca. «Ah, por Dios. No me vayas a decir que tú eres un Fleming».

—¿Qué es un Fleming?

—Alguien que viene aquí pensando que en realidad se va a convertir en James Bond.

Entendí la referencia: Ian Fleming había inventado a James Bond y, por tanto, había creado varias generaciones de gente que inocentemente suponía que el espionaje era una profesión glamorosa. Como yo. Sentí que se me enrojecían ligeramente las orejas por la vergüenza, pero intenté que no se notara.

—*Se supone* que esta escuela nos enseñe a ser espías.

—Sí. En la vida real, lo cual es diferente a las películas. Hollywood te vendió gato por liebre con aquello de que espiar es vestir de esmoquin, artefactos excelentes y persecuciones en carro a lugares maravillosos como Monte Carlo y Gstaad. Cuando, en realidad, es un trabajo monótono en cuchitriles del tercer mundo como Mogadishu y Newark.

Intenté ocultar mi desilusión. «Debe haber *alguna* misión buena. Alexander Hale no tiene pinta de estar haciendo mucho trabajo monótono».

—Sí, quizás hay uno o dos trabajos que son como ganarse la lotería. Pero esos son para la crema y nata. Si te quieres sumar a esa carrera de locos, rompiéndote el fondillo durante los próximos seis años para demostrar quién eres, adelante. Pero no vas a llegar a la cima. *Ella* estará ahí —Murray indicó detrás de mí con su tenedor.

Yo sabía a quién señalaba incluso antes de darme la vuelta.

Había notado a Erica en el momento en que entré. Era la única estudiante sentada sola, aunque su exilio parecía auto-impuesto. Todos los chicos en El Hedor lucían como si quisieran estar charlando con Erica, y cada chica lucía como si deseara que fuesen amigas. Pero Erica era inmune a todo eso. Tenía la nariz en un libro de texto, aparentemente desinteresada en nada —o nadie— más. Debido a mi breve encuentro con ella, sin embargo, sospechaba que su distanciamiento era una fachada; Erica estaba al tanto de cada cosa que acontecía en El Hedor en ese momento, si no en todo el campus.

—¿Ella es la mejor estudiante aquí? —pregunté—. No luce mucho mayor que nosotros.

—No lo es. Tan sólo está en tercer año. Pero, en cierto modo, ella ha estado haciendo esto mucho más tiempo que el resto de nosotros. Por cuenta de su legado.

Me volví a Murray, a punto de preguntarle por qué.

—Ahí tienes a Erica *Hale* —me explicó.

Fue como caerme de la mata. «¿Ella es la hija de Alexander?».

—Sí, y además es la nieta de Cyrus Hale, la bisnieta de

Obadiah Hale, la tataranieta de Ulysses Hale y así por el estilo. Esto se extiende hasta su tatara tatara tatara tatarabuelo, nada más y nada menos que el mismísimo Nathan Hale. Su familia ha espiado para los Estados Unidos antes de que *existieran los* Estados Unidos. Si hay alguien que se va a graduar a la fuerza de élite es ella.

—¿Así que tú ni siquiera lo vas a intentar?

Murray echó a un lado su segundo pozuelo vacío de espagueti y se lanzó al postre, que era una gelatina verde con objetos inidentificables que flotaban en ella. «Yo era como tú cuando llegue aquí por primera vez. Yo era un Fleming gatillo alegre como el que más. Pero entonces un día, en medio de mi segundo semestre, estoy aquí en el gimnasio aprendiendo a esquivar a un agresor con un machete, cuando tengo esta revelación acerca de convertirme en un agente operativo: la gente intenta *matar* a los agentes operativos. Por otra parte, muy poca gente intenta matar a los tipos que trabajan en el cuartel general.

—Espera un momento —dije—. ¿Tú *quieres* un trabajo de oficina?

—Absolutamente. Trabajas de nueve a cinco, te mudas a los suburbios, pones tus treinta años de servicio y te retiras con una enorme pensión del gobierno. ¿A quién le importa un comino si no es glamoroso? A mí dame mundano y seguro en vez de glamoroso y muerto cualquier día.

Había que admitir que Murray tenía razón. Y aun así sentí que, si trabajaba muy duro, algún día podría ser tan bueno como Erica... y, una vez que lo fuera, yo sería muy difícil de matar.

—Por supuesto, no puedes dejar que la administración *piense* que tú quieres ser un jinete de escritorio —Murray sorbió la gelatina con un largo sorbo—. Te expulsarían por no estar con el programa. Tienes que intentar lucir como si *intentaras* ser un agente operativo, pero sencillamente no tienes el talento. Ojo: intentar ser malo no es fácil... aunque *es* mucho más fácil que intentar ser bueno.

—¿Por qué me dices todo esto?

—¿Qué quieres decir?

Señalé con la mano a la habitación con todos los montones de estudiantes.

—¿Has compartido esta sabiduría con el resto? ¿Por qué *me* salvaste de Chip?

—No, no le dicho esto a todo el mundo —admitió Murray—. Aunque he *intentado* decirles a algunos, sin éxito. Como decía, yo era como tú. En camino a una vida escolar miserable, seguida de una vida laboral miserable. Pero alguien *me* cambió de sendero y me mostró la luz. Ese tipo ahora es un exitoso jinete de escritorio en el buró de París, con una novia francesa que es un caramelo y una larga y feliz vida por delante. Sencillamente estoy devolviendo el favor.

En lo que respecta a Chip, bueno... en pocas palabras, no me cae bien. Aprovecharé cualquier excusa que tenga para dejarlo inconsciente. Ya que estamos... —Murray indicó con la cabeza hacia la puerta.

Chip había entrado. Había tomado tiempo para arreglarse el pelo luego de haber sido electrocutado y ahora estaba flanqueado por dos chicos incluso más grandes que él. Ambos eran enormes masas de músculo con un corte de pelo militar y mala actitud, aunque pensé que uno de ellos podría ser una chica.

—Greg Hauser y Kirsten Stubbs —me dijo Murray—. Ninguno de los dos es exactamente un genio, aunque la Agencia siempre se puede valer de unas cuantas gentes que tan sólo son grandes y malvados y no cuestionan sus órdenes.

Todos en la habitación hicieron una pausa en sus conversaciones para enterarse de a quién le habían echado el ojo Chip y sus secuaces. Cada par de ojos lo siguió... excepto los de Erica. Ella se quedó inmersa en su libro, como si no estuviese al tanto de otras cosas que ocurrieran allí.

Los otros 294 estudiantes dejaron escapar un suspiro colectivo de alivio al ver que Chip, Hauser y Stubbs venían hacia Murray y a mí, no a ninguno de ellos. Sin embargo, nadie regresó a su conversación. Ahora éramos el centro de atención.

Chip dio un puñetazo tan fuerte en nuestra mesa que

los platos saltaron. «Yo sé que tú hiciste ese truquito hace un rato», le gruñó a Murray.

—No sé de qué estás hablando —Murray se quedó sorprendentemente tranquilo, dado que los demás en la habitación parecían estar aterrados y preocupados por su seguridad—. Estuve en el laboratorio de computación toda la tarde y tengo fuentes que lo pueden corroborar.

—¡No me vengas con esa basura! —lo cortó Chip—. Tú sabes exactamente a qué me refiero.

—Oh, apuesto a que lo sé —dijo Murray—. ¿Te refieres al incidente en el que intentaste intimidar a Ben para que te ayudara a hacer trampa porque no eres capaz de hacer tu propio trabajo sucio por ti mismo, pero luego bajaste la guardia y dejaste que alguien te noqueara? Sí, todos hablan de eso. Puedo entender porque estás molesto. Yo estaría súper avergonzado si me hubieran atrapado así, con los pantalones en el piso.

En toda la habitación hubo algunas risitas disimuladas a expensas de Chip, aunque fueron rápidamente silenciadas antes de que Hauser y Stubbs pudieran descifrar quién las hacía.

Chip se puso carmesí de la ira. Unas venas del tamaño de lombrices sobresalían en su cuello. «Tú piensas que eres muy listo, ¿no?».

—En lo absoluto, Chip —respondió Murray—. Yo *sé* que soy listo. Por ejemplo, si yo te hubiera hecho ese truco, primero habría colado una cámara de fibra óptica por debajo de la puerta y habría grabado el evento completo, para que, si alguien como tú o tus amigas aquí me amenazara con tomar represalias físicas, yo en cambio podría amenazar con enviar el video al director. A él probablemente le importe un pepino lo de la coerción o lo de hacer trampa, pero seguramente no iba a estar complacido al ver cómo te noquearon tan fácilmente. Eso es una F- en supervivencia.

Chip miró fijamente a Murray un largo rato, indeciso de si se trataba de un farol o no, intentando dar con su próxima movida. Por último, optó por guardar las apariencias. «Pero tú no me diste el choque eléctrico, ¿verdad?».

—Por supuesto que no —replicó Murray—. Y Ben tampoco tuvo nada que ver con eso.

Chip asintió con la cabeza de manera amenazadora. «Bueno, dile a quienquiera que lo haya hecho que, que un día de estos, yo tendré las de ganar. Y cuando eso ocurra, deseará jamás haberse cruzado en mi camino. ¿Quedó claro?».

—Más claro que el agua —dijo Murray.

Chip volvió su atención a mí. «Si fuera tú, dejaría de pasar mi tiempo con este perdedor. Le va a causar serios daños a cualquier oportunidad que tengas de una vida social aquí. Podría incluso causarte serios daños a *ti*».

Para enfatizar esto, Hauser le arrebató la cuchara de la mano a Murray, contrajo el puño y apretó. Cuando volvió a abrir la mano, el utensilio de acero estaba estrujado, como si se tratara de la envoltura de un caramelo. Lo tiró en el vaso de leche de Murray.

—Te voy a tener el ojo echado —me advirtió Chip. Luego él y sus matones se fueron, echando humo por las orejas, a buscar la cena.

—Idiotas —murmuró Murray—. Grandes músculos. Cerebritos muy pequeños. Cualquiera remotamente inteligente sabría que no había tiempo suficiente para conectar una cámara de fibra óptica *y* un generador electrostático portátil de Van de Graaff. Yo no les tendría miedo si fuera tú.

Excepto que yo *tenía* miedo. De hecho, se me ocurrió que había pasado un tiempo considerable desde mi llegada a la escuela de espías en varios estados del miedo, desde moderadamente asustado hasta completamente aterrorizado. En una manera, le tenía incluso más miedo a Chip que a los agentes enemigos durante mi examen EDCYS. Ellos simplemente me querían matar (o eso pensaba yo en aquel momento); Chip podría hacerme la vida miserable en los años venideros. Recordemos que yo había vivido una vida protegida, pero hasta ese punto Chip Schacter era la persona más escalofriante que jamás hubiese conocido.

Hasta esa noche.

El próximo tipo hizo que yo pensara que Chip era más como un buñuelo.

ASESINATO

Dormitorio Armistead

17 de enero

01:30 horas

—Levántate y espabílate, niño.

Hay bastantes formas terribles de despertarse: que destrocen tu sueño de movimientos oculares rápidos a las cuatro de la mañana cuando un mapache tropieza con la alarma contra ladrones; despertar de golpe en una aburrida clase de matemáticas y descubrir que has estado hablando de Elizabeth Pasternak mientras dormías y todo el mundo te escuchó; que te salte encima uno de tus primitos, quien accidentalmente te encaja la rodilla en el bazo.

Pero todas esas son bendiciones comparadas con que

un asesino te hunda el cañón de su pistola en la nariz.

Entreabrí mis cansados ojos, vi al hombre cubierto de negro… y mis instintos primarios inmediatamente se activaron.

Salté a la acción, brincando lo más alto que pude. Para mi desgracia, había una pared a seis pulgadas de mí. Choqué contra ella lo suficientemente fuerte como para que me repiquetearan los dientes, reboté hacia mi catre y fui a parar adonde había comenzado. Con la pistola apuntándome a la nariz. Excepto que ahora el asesino se estaba riendo.

—Macho, deberías haberte visto la cara —se rio—. Daban ganas de enmarcarla.

No podía ver nada de él en la habitación oscura. Una franja de la luz de la luna a través de la ventana iluminaba exclusivamente su arma. Él no era más que una sombra inmersa en una sombra más profunda.

—Por favor, no me mates —dije, por segunda vez ese día. Se estaba convirtiendo en mi mantra.

—Si te mato o no depende únicamente de ti. Vamos a ver cuán bien cooperas.

No sabía a ciencia cierta cómo el asesino había entrado en mi cuarto. Había tomado la precaución no sólo de poner el seguro a la puerta, sino que también había apuntalado mi escritorio contra el picaporte… aunque en ese momento solo se me había ocurrido que me estaba protegiendo de Chip, sus secuaces u otros potenciales matones.

Después de la cena, Murray me había presentado a unos cuantos estudiantes, quienes hablaron un poco conmigo de cosas sin importancia y luego se fueron a hacer la tarea. Había regresado a mi habitación para encontrarme con un paquete de una pulgada de grosor con documentos que tenía que llenar: formularios de matrícula, evaluaciones de destrezas personales, solicitudes para identidades falsas, acuerdos de arrendamiento de armas, tarjetas de donación de órganos y cosas por el estilo. Una vez que hube terminado con todo eso, había comparado mi calendario de clases con el mapa del campus para descifrar todos los sitios en los que tenía que estar el día siguiente, había entrado al sistema computarizado de la escuela para crear mi perfil de estudiante y procurarme una cuenta de email, había llamado a mis padres —les había mentido con respecto a cuán fabuloso era todo— y había descubierto, algo tarde, que ninguno de los pestillos en los inodoros individuales del baño colectivo funcionaban. Entonces había cerrado mi habitación —o eso pensé—, había leído unas cuantas páginas de un libro y me había quedado rendido.

Según mi reloj despertador, era la 1:30 de la madrugada.

—¿Qué quieres? —pregunté.

—Cuéntame del Molino —replicó el asesino.

—¿El Molino? ¿Qué es el Molino?

—Tú sabes muy bien qué cosa es. ¡No te me hagas el sonso!

—¡No me estoy haciendo el sonso! ¡En realidad lo soy! —hay que admitir que esa no fue la mejor selección de palabras, pero estaba en un estado de pánico. Yo era un novato en eso de que me apuntaran con armas y le habría dicho a mi asaltante cualquier cosa que supiera con tal de salvar mi vida, pero él me había tirado una curva de grandes ligas al preguntarme acerca de algo de lo que no sabía absolutamente nada—. ¿Estás seguro de estar hablando con el tipo correcto?

—Tú eres Benjamín Ripley, ¿no es cierto?

—Uh... no —valía la pena.

Y durante medio segundo pareció funcionar. El asesino dudó, ligeramente confundido, luego preguntó: «¿Entonces quién eres?».

—Jonathan Verruga de Mono —dije con una mueca. Había sido el primer nombre que flotó en mi cabeza. Hice una nota mental de estar mejor preparado para la próxima vez que esto ocurriera.

Ni siquiera vi al asesino moverse en la oscuridad. Tan sólo lo sentí. Me arrebató las sábanas con tanta fuerza que fui catapultado de la cama.

Me caí duro, dándome un cabezazo contra la mesa de noche. «¿A ti eso te parece gracioso? ¿Tú piensas que esto es un juego?».

—No, para nada —el ataque me había atrapado completamente con la guardia baja. La habitación me daba vueltas y unos destellos de luz bailaban ante mis ojos. Si este tipo podía causar tanto dolor tan solo usando una sábana, me aterrorizaba pensar en qué podría hacer con un arma.

Había aterrizado en mi maleta, que no había terminado de desempacar antes de acostarme. Su contenido se había desparramado por el suelo debajo de mí. Ropas y libros, en su mayoría, aunque sentía algo duro que se me clavaba en el muslo.

—Entonces hagamos otra prueba —dijo el asesino—. Y si intentas hacer otra cosa por el estilo, te voy a dar un tiro. ¿Qué… es… el Molino?

Mi cerebro nublado por el dolor de repente se dio cuenta de qué era la cosa dura. Mi raqueta de tenis. La que Alexander Hale había sugerido que trajera, por si acaso, para que la usara como un arma. En ese momento, había pensado que se trataba de un chiste irónico e improvisado, pero ahora parecía siniestramente profético.

Agarré el mango, me senté a encarar al asesino e intenté alargar el tiempo. «¿Quién te dijo que yo sabía del Molino?».

—¿Qué te piensas? Está en tu expediente.

Eso no me ayudaba en lo absoluto. No tenía ni la más mínima idea de qué decir, teniendo en cuenta que habría varios millones de respuestas incorrectas que harían que me matara. «Lo que pasa… es que… bueno… ».

—Deja de perder tiempo o te meto un tiro.

Tuve un repentino instante de inspiración. A lo mejor

este tipo buscaba la misma cosa en mi expediente que le había interesado a Chip. «Tiene que ver con la criptografía».

El asesino no me disparó, cosa que tomé como una buena señal. En su lugar, contestó: «¿En serio? No me digas que tiene que ver con criptografía. Quiero saber qué *hace*».

Me escurrí el cerebro, intentando desesperadamente recordar mi conversación con Chip. «Te ayuda a evadir una cadena de dieciséis caracteres que cambia con frecuencia».

—¿De veras? —el asesino en realidad sonó un poquito impresionado.

—Sí.

—¿Cómo?

Demonios. No tenía ni la más mínima idea de qué decir para salir de este enredo. Pero lo intenté. A lo mejor si lanzaba palabras grandes a este tipo y sonaba confiado al respecto, él iba a pensar que yo era mucho más inteligente que él. «Lo primero es crear una matriz cuadrilateral subterránea, luego osificar la sintaxis y fibrilar los coprolitos...».

—Antes de que digas nada más, hay dos cosas que deberías saber —dijo el asesino—. No soy ningún idiota. Y se me ha agotado la paciencia. No digas que no te lo advertí.

La luz de la luna se reflejó en el arma cuando él la apuntó hacia mí.

Mi instinto primario se volvió a activar. Sólo que en esta ocasión lo hizo mucho mejor.

Antes de que ni yo mismo supiera lo que hacía, me había agachado hacia la izquierda mientras tiraba un raquetazo.

Le dio al asesino en la muñeca, tumbándole el arma en el momento en que disparó.

Sentí el calor de la bala cuando paso por encima de mi hombro y descuartizó mi ventana.

El arma desapareció en las sombras. Ambos la escuchamos escabullirse por el piso y hacer un ruido seco al chocar contra la pared en alguna parte detrás de mí.

Tiré otro raquetazo a lo loco, sin importarme a qué le diera siempre que fuera doloroso. Escuché el chasquido del grafito contra el hueso Y el sobresaltado quejido del asesino.

—¡Auxilio! —grité, con algo de suerte lo suficientemente alto para despertar al dormitorio—. Alguien intenta matarme...

El asesino se me lanzó encima antes de que pudiera terminar. Mis ojos se habían adaptado lo suficiente a la oscuridad como para ver las cosas ahora.

Salté a mi catre, deslizándome más allá del asesino mientras trataba de darme un golpe de karate, que en su lugar rompió mi mesa de noche a la mitad. Yo tenía la intención de salir disparado hacia la puerta, pero los pies se me enredaron en las sábanas y el tipo se recuperó más rápido de lo que había esperado.

Se dio la vuelta, buscando derribarme por las rodillas.

Así que pegué un brinco en la cama, tirando un raquetazo al mismo tiempo.

Yo en realidad tengo un golpe de efecto con la derecha muy bueno. Es la mejor parte de mi juego. Le di al asesino justo encima de la oreja, lo suficientemente duro como para destrozar la raqueta. Hizo un gorjeo de dolor y se desplomó, rebotando en el colchón y dando a parar al piso con un ruido seco.

Salí disparado, abrí la puerta de un tirón y corrí por el pasillo. Fui dando golpes con el mango descabezado de la raqueta en cada puerta que pasé. «¡Auxilio! ¡Socorro! ¡Esto es una emergencia!».

Podía escuchar a la gente medio aturdida despertarse en sus habitaciones, vi que la luz se encendió debajo de una puerta. Pero no me detuve a esperar por temor de que tan sólo hubiera incapacitado temporalmente a mi asesino. Seguí corriendo rumbo a las escaleras, gritando durante todo el trayecto.

Casi la había alcanzado cuando la puerta al extremo del pasillo se abrió y mi consejera residente salió. Era la primera vez que nos encontrábamos, pero mi paquete de bienvenida me había informado de que se llamaba Tina Cuevo y era estudiante de sexto año. Era alta y hermosa, de pelo color azabache y con la piel del color del chocolate caliente. Tenía unos pijamas de franela, chanclas de conejito y una pinta que decía que no estaba feliz de haber sido despertaba de sopetón… sin embargo esto se convirtió en un gesto de sorpresa cuando me vio.

Yo duermo en ropa interior.

Desde el momento en que había sido atacado, sólo había estado pensando en sobrevivir. Ahora, por primera vez, se me ocurrió que estaba prácticamente desnudo.

Me di la vuelta para encontrar a todo el mundo en el piso saliendo de sus habitaciones.

La mayoría inmediatamente se echó a reír.

Por fortuna, Tina no lo hizo. Creo que la apariencia de terror absoluto en mi cara la convenció de que esto no era una broma pesada. «¿Qué pasó?», preguntó.

—Hay un asesino en mi cuarto. Acaba de tratar de matarme.

Había esperado que Tina evacuara el piso y pidiera ayuda, pero eso iba contra su entrenamiento. En su lugar, sacó un arma del bolsillo su pijama —por lo visto, dormía con ella— y entró en modo de acción. «Yo me encargo de esto. Hay una bata en mi habitación. Por el amor de Dios, póntela». Se pegó contra la pared y avanzó rápidamente hacia mi puerta.

Me escurrí en su habitación, que era más grande que la mía y estaba mucho mejor decorada. También había toda suerte de detalles hogareños, como fotos enmarcadas, adornos de tocador y alfombras que me hicieron sentir extrañamente sano y salvo, dado que unos segundos antes yo andaba huyendo para salvar mi vida. La bata de felpa estaba colgada en un gancho al lado de la puerta. Me la puse. Era cálida y olía a canela.

No estaba seguro de qué era lo próximo que tenía que hacer. Huir todavía parecía una opción perfectamente racional. Pero no me sentaba bien salir corriendo envuelto en una bata de mujer mientras ella se enfrentaba a un asesino por mi causa. Ya había corrido por todo el pasillo casi desnudo; no tenía necesidad de hacer otro papelazo esa noche. Encontré una cómoda silla poltrona enterrada bajo un montón de manuales de tutoría y me acomodé en ella.

Un minuto después un condiscípulo de mi edad asomó la cabeza. «Uh... Tina quiere hablar contigo».

—¿Dónde está?

—En tu habitación. Obvio.

Salí otra vez al pasillo. Cada puerta ahora tenía a alguien que miraba en mi dirección. Regresar a mi cuarto parecía una idea terrible, dado que yo había dejado a un asesino allí, pero todos parecían mucho más calmados de lo que lo estarían si todavía hubiese un agente enemigo en medio de una matanza. Así que caminé de regreso ante esa turba de chismosos.

Tina salió de mi habitación en lo que me acercaba. «Con respecto a ese asesino tuyo...».

Tragué en seco, preocupado. «¿Lo maté?».

—Eso es difícil de determinar —Tina me indicó con la mano que entrara—. Me está costando un poco de trabajo encontrarlo.

Volví a entrar a mi habitación. La luz ahora estaba encendida. El sitio estaba destrozado. Los muebles, hechos pedazos. Mis pertenencias estaban tiradas por todas partes.

Pero el asesino se había ido.

INVESTIGACIÓN

Dormitorio Armistead

17 de enero

02:05 horas

—Dices que alguien intentó matarte. Esta noche.

—¿No me cree? —pregunté.

El director me miró fijamente durante un rato. Era difícil determinar si estaba siendo cuidadoso con su respuesta o si sencillamente estaba medio dormido. Eran las 2:05 de la madrugada. El director había sido despertado tan sólo hacía 10 minutos y daba la impresión de tener una imperiosa necesidad de cafeína. Como él vivía en el campus escolar, tan sólo se había tenido que envolver en una gruesa bata de dormir sobre sus pijamas e ir apresuradamente al dormitorio.

Sus chancletas felpudas estaban empapadas por la nieve.

—No hay ningún rastro del asesino —dijo—. Ni del arma.

—Su disparo atravesó mi ventana —repliqué.

—Muchísimas cosas pudieron haber roto esa ventana.

— Debe haber una bala.

—Seguramente. En alguna parte a la intemperie bajo cinco acres de nieve.

Me estaba exasperando. Es probable que esa no fuese la movida más inteligente, pero yo también estaba cansado. «¿Usted en verdad piensa que yo destrocé mi propia habitación y me tiré de un lado a otro para hacer *parecer* como si alguien hubiese intentado matarme? ¿Por qué iba a hacer eso?».

—No lo sé —respondió el director—. Para llamar la atención, quizás. La pregunta más importante es ¿por qué alguien querría matarte *a ti*? Tú acabas de empezar aquí. Pasaste por los pelos tu examen EDCYS de hoy. Si alguien quisiera tomarse el trabajo de colarse en un dormitorio para matar a alguien, pensarías que se enfocaría en alguien que *valiera la pena* matar.

Hice una pausa para pensar. Aunque la declaración era ofensiva, tenía que admitir que tenía su lógica.

El director había requisado la habitación de Tina para interrogarme. Mi cuarto había sido sellado hasta que un equipo de investigadores expertos en escenas del crimen pudiera llegar. Ni me habían permitido ir a buscar mi propia ropa. Todavía llevaba puesta la bata de baño felpuda de Tina. Juntos, el director y yo parecíamos los modelos de una página de un catálogo de Bed Bath & Beyond.

Alguien llamó a la puerta.

—¿Y ahora qué? —refunfuñó el director.

—Pensé que podría servir de ayuda —Alexander Hale se escurrió dentro de la habitación. A diferencia del director, él estaba absolutamente despierto. De hecho, parecía que todavía no se había acostado a dormir. Aún llevaba puesto su esmoquin, aunque el corbatín estaba zafado y los botones del cuello desabrochados. Había una pequeña marca de algo que parecía lápiz labial en su cuello—. Vine tan pronto escuché lo que había ocurrido.

El director probablemente habría masticado y escupido a cualquier otra persona que interrumpiera su interrogatorio, pero se encogió respetuosamente ante Alexander. «¿Dónde estabas?», preguntó.

—Haciendo un poco de trabajo encubierto en la embajada rusa —Alexander dio un guiño pícaro, luego se volvió hacia mí—. Pero eso ahora no es importante. ¿Estás bien, Benjamín?

—Sí.

—¿Cómo te escapaste? ¿Quién te rescató?

—Lo hice por mi cuenta.

Alexander dio un silbido de apreciación. «¿En serio? ¿Cómo? ¿Karate? ¿Jujitsu? ¿Krav Maga?».

—La raqueta de tenis.

—¡Ah! Te dije que te vendría a mano. ¡Muy bien hecho!

El director se encogió de hombros, poco impresionado. «Habría estado *verdaderamente* bien hecho si no hubiese permitido que el asesino se escapara».

—Es su primera noche aquí —respondió Alexander—. Ni siquiera ha recibido todavía una introducción a defensa personal, mucho menos subyugación y arresto del enemigo.

—¿Y aun así se enfrentó a un asesino profesional? ¿Con tan sólo una raqueta de tenis? —preguntó el director incrédulamente—. A lo mejor no había ningún asesino. A lo mejor sólo fueron unos chicos mayores haciéndole una novatada y él no la puedo soportar.

Mis pensamientos brevemente se enfocaron en Chip Schacter. Él parecía lo suficientemente cretino como para pensar que amenazar a alguien con un arma era gracioso.

Pero entonces se me ocurrió algo. Algo que había olvidado en mi pánico.

—Me preguntó por algo que se llama el Molino —dije.

El director y Alexander ambos se volvieron hacia mí, sorprendidos. Entonces los dos intentaron ocultar que estaban sorprendidos. Alexander lo hizo considerablemente mejor.

—¿El Molino? —preguntó al director, actuando como si ésta fuese la cosa más rara que jamás hubiera escuchado.

—¿Qué es? —pregunté.

—No lo sé —respondió el director en un modo que sugería que estaba mintiendo—. Nunca lo he oído mentar.

—Pues *él sí* —repliqué—. Él dijo que eso estaba en mi expediente.

El director y Alexander intercambiaron miradas. Un destello de comprensión —y tal vez de preocupación— se cruzó entre ellos.

—Benjamín, quiero que pienses en esto muy cuidadosamente —dijo Alexander—. ¿Qué fue, exactamente, lo que el asesino quería saber de este Molino?

Intenté reconstruir la conversación en mi cuarto. Aunque no había pasado mucho rato, no era fácil de hacer. Mis recuerdos del evento eran un revoltijo, producto del miedo y la adrenalina. «Él solo quería saber qué cosa era. Creo».

Alexander se sentó en la cama de Tina y me miró a los ojos. «¿Y tú qué le dijiste?».

—Que yo no tenía idea de qué era.

—¿Estás seguro?

—Sí... No, espera. Le dije que tenía que ver con criptografía. Pero eso sólo lo estaba inventando.

—¿Te lo creyó? —preguntó el director, intrigado.

—Dijo que él ya sabía que tenía que ver con criptografía

—respondí—. Él quería saber qué *hacía*. Traté de inventar algo más, pero él sabía que yo estaba mintiendo, así que intentó matarme.

—¿Estás seguro de que eso fue *exactamente* lo que pasó? —dijo Alexander.

—Bueno, me apuntó con el arma… —comencé a decir.

—Pero, ¿cuándo apretó el gatillo? —preguntó Alexander—. ¿Antes de que te defendieras… o después?

—Si no me hubiese defendido, él me habría matado —expliqué.

Alexander me puso una mano en el hombro, dándome a entender que me relajara. «Toma un momento y piensa en ello. Intenta recordar todo lo que ocurrió del modo en que ocurrió. Tómate tu tiempo. No hay apuro. Determinar la secuencia exacta de eventos es importante».

Cerré los ojos y pensé un poco más. Con toda certeza *parecía* que el asesino había estado intentando matarme. En eso consistía todo el rollo de ser asesino, después de todo. Pero todo había ocurrido tan rápidamente… y además en la oscuridad. Finalmente, tuve que admitir: «No estoy seguro de si estaba intentando darme un tiro o no. A lo mejor tan sólo intentaba asustarme… y la pistola sólo se disparó cuando lo golpeé con la raqueta.

Alexander y el director se miraron a los ojos por un momento. «¿Eso significa algo?», pregunté.

—A lo mejor. A lo mejor no —dijo el director, aunque yo sabía que me estaba mintiendo nuevamente.

Alguien llamó otra vez a la puerta.

—¿Qué? —dijo bruscamente el director.

Entró una mujer muy atractiva. Llevaba puesto un traje ceñido y, a pesar de tan sólo tener unos 30 años, no apareció impresionada por la actitud iracunda del director. «Soy la agente Coloretti, investigadora de escenas del crimen. Tengo un informe preliminar sobre el asesino en potencia.

—Ya era ahora —gruñó el director—. ¿Qué hay de nuevo?

—Nada —respondió Coloretti—. Ni huellas digitales. Ni sangre. No dejo ni un solo pelo.

—Entonces... ¿no hubo un asesino? —preguntó el director.

—Yo no dije eso—replicó Coloretti—. Tan sólo que no hay evidencia concreta de uno.

—¿Y qué hay de las cámaras de vigilancia en los dormitorios? —preguntó Alexander—. Deberían haber grabado algo.

—Sí, deberían haberlo hecho... si no hubieran sido desarmadas.

El director se puso de pie de un salto. «¿Todas?».

—No, no todas —dijo Coloretti—. Pero las suficientes, comenzando con las de la pared del perímetro norte, unos 20 minutos antes del incidente. Luego las que están en la ruta al dormitorio. Y, por último, las que están *dentro* del dormitorio. Él sabía exactamente dónde estaban todas... y se deshizo de cada una de las que podría haberlo grabado. Eso, en sí, es evidencia de que *alguien* se infiltró en el campus.

—Alguien que sabía lo que estaba haciendo —añadió Alexander—. Alguien profesional.

—Y, aun así, no lo suficientemente profesional como para no ser derrotado por un novato con una raqueta de tenis —se burló el director.

—A lo mejor subestimó a su objetivo —replicó Alexander—. Todos lo hacen de vez en cuando.

—¿De veras? —preguntó el director—. ¿Lo has hecho tú?

Alexander pensó un poco, luego admitió: «No».

La agente Coloretti me estaba mirando fijamente con tanta intensidad que revisé que no tuviera la bata abierta. «Dada la naturaleza de este evento, quizás el resto de esta conversación debería ser de nivel de seguridad 4C», les dijo a los demás.

Ahora también me miraron el director y Alexander.

—Sí —acordó el director—. Creo que esa es una buena recomendación.

Los tres se dirigieron a la puerta sin decirme ni otra palabra a mí.

—¡Esperen! —dije.

Hicieron una pausa.

—¿Y a mí me van a dejar aquí por mi cuenta? —pregunté—. ¿Luego de que alguien intentara matarme esta noche?

—Te salvaste a ti mismo una vez —dijo el director—. Si alguien más viene a atacarte, tan sólo hazlo de nuevo.

—Pero mi cuarto es una escena de crimen —protesté—. ¿Dónde se supone que duerma esta noche?

El director suspiró como si yo intentara ser una constante patada en su fondillo. «¿En dónde si no? En La Caja».

REVELACIÓN

La Caja

17 de enero

05:00 horas

Hasta aquí llegamos, pensé en el momento en que vi mi nueva habitación. *Me voy.*

La Caja no había sido diseñada para ser usada como un cuarto. Había sido diseñada como una celda de detención. Si yo de hecho hubiese logrado atrapar a mi asesino esa noche, *él* habría ido a parar a La Caja. En su lugar, me tocó a mí. Suerte que tiene uno.

Mi reubicación ahí oficialmente no era un castigo. La Caja era simplemente el sitio más seguro en el campus para mí. Había sido diseñado para evitar que los enemigos se escaparan… pero eso también quería decir que era extremadamente difícil que pudieran *entrar* los enemigos de uno.

Era un búnker de cemento reforzado en el sótano subterráneo del edificio administrativo. Las paredes tenían tres pies de grosor y había una puerta de acero con tres cerrojos. Afuera, estaba protegida por una matriz de láseres; tropezar con uno activaría una alarma… y soltaría un gas nervioso. También había siete cámaras de seguridad, las cuales eran supervisadas en el centro de mando de seguridad de la academia.

Aunque todo esto me protegía, no estaba exactamente cómodo. El personal de seguridad había hecho unos cuantos gestos simbólicos para hacer más atractiva La Caja para mí —una sobrecama de guinga, unas cuantas novelas de espías de la biblioteca con las esquinas de las páginas dobladas, una planta ornamental de plástico—, pero seguía siendo un frígido bloque de concreto sin ventanas muy distante de cualquiera de mis condiscípulos. Luego de un largo día de haber sido amenazado y humillado, La Caja era la gota que colmaba la copa. Si no hubiera sido en mitad de la noche, habría llamado a mis padres ahí mismo para que me vinieran a buscar y me llevaran de vuelta a mi vida normal. Pero supuse que me podía apertrechar y llegar a la mañana. Poner pies en polvorosa sería humillante y tal vez lo lamentaría por el resto de mi vida, pero el resto de mi vida prometía ser mucho más largo si abandonaba la escuela de espías.

Aunque La Caja era el sitio más seguro en el campus, no me podía dormir. Mi cuerpo estaba exhausto, pero mi mente estaba conectada luego de la emoción de la noche. Cada vez que escuchaba un ruido, me imaginaba a otro asesino que se infiltraba para matarme.

Pero más allá de eso, docenas de preguntas me carcomían. ¿Qué era el Molino? ¿Cómo era posible que tuviera habilidades criptográficas sin saberlo? ¿Por qué el director se comportaba de un modo tan raro? Algo misterioso ocurría en la escuela de espías y nadie me estaba diciendo la verdad.

Me senté de un tirón en la cama por enésima vez, creyendo que había escuchado crujir la puerta. El reloj de mala muerte en mi mesa de noche decía que eran las cinco de la mañana. Eché un vistazo a las sombras de La Caja. No vi nada, y me reproché por dejar que los nervios otra vez me sacaran del paso.

Y entonces una de las sombras me saltó encima.

Me golpeó con toda su fuerza en el pecho, derribándome al catre. En el momento que abrí la boca para chillar pidiendo auxilio, me metió un trapo dentro. Levanté la rodilla con la esperanza de pegar al plexo solar de mi asaltante, únicamente para acabar con mis piernas en una tijereta entre las suyas.

—Cógelo con calma —siseó mi atacante—. No estoy aquí para hacerte daño.

Si cualquier otra persona hubiera dicho eso, probablemente no le habría creído, pero reconocí la voz. Y su olor: lilas y pólvora. Era la segunda vez ese día que Erica Hale me inmovilizaba.

Intenté decirle que entendía, pero con el trapo en la boca, lo que me salió fue: "Mmmmthmmpphffthh." Así que me relajé y asentí con aprobación.

—Ok, vale —susurró Erica—. Te voy a soltar y te voy a quitar el trapo. Pero si haces cualquier intento de defenderte o pedir auxilio, *te voy a hacer daño*, ¿entendido?

Volví a asentir con la cabeza.

Erica zafó la tijereta y me quitó el trapo de la boca.

Extendí la mano hacia mi lámpara de noche, pero me la agarró. «No. Hay cámaras dentro de la habitación. Preferiría que nadie supiera que estuve aquí». Se sentó en la cama a casi medio metro de distancia, ya que no había otro sitio al que pudiese ir en mi pequeñísima habitación.

Cuando mis ojos se ajustaron a la oscuridad, comenzó a tomar forma. Estaba enfundada en negro, con el pelo recogido en una bufanda negra y con camuflaje de comando negro en la cara. Por un momento, en la extrema quietud, pensé que podía escuchar su corazón latir emocionadamente, pero entonces me di cuenta de que era el mío.

—¿Cómo te colaste aquí? —susurré.

—Soy mejor en allanamiento de morada de lo que ellos piensan. Y quería hablar contigo.

—¿De qué?

—¿De qué tú crees? El asesino. El Molino. Aquí hay algo sucio Y tú estás en el medio del meollo.

—¿Sabes por qué?

— Claro que lo sé. ¿Acaso no es obvio?

Contemplé la idea de mentir y decirle a Erica que yo no era un cateto inocentón, que, por supuesto que yo también estaba al tanto de lo que ocurría, pero sabía que no me saldría con la mía por más de treinta segundos y terminaría luciendo aún peor. Así que opté por la verdad: «No».

Erica puso los ojos en blanco. «El tipo de esta noche vino por ti producto del Molino, ¿no es cierto?».

—¿Y tú cómo sabes eso?

—Estudio para ser espía. Mi trabajo es saberlo todo.

—¿Sabes qué cosa es El Molino?

—No. Pero lo verdaderamente interesante es que *tú* no lo sepas.

—¿Y eso por qué?

—Porque, según tu expediente, tú lo *inventaste*.

Me senté erguido. «¿Qué? Eso no puede ser cierto».

—Exacto.

Había un rompecabezas desarmado en mi mente, pero de pronto las primeras dos piezas encajaron en su sitio. Mi supuesto don para los códigos. El Molino. *Clic. Clic.* «Alguien puso información falsa en mi expediente».

—Eso parece.

—¿Quién?

—¿Quién creó tu expediente?

—No lo sé. Alguien en la administración, supongo.

—No. *Mucha* gente en la administración: la oficina administrativa, reclutamiento, evaluaciones de futuros estudiantes...

—¿Y uno de ellos insertó información falsa sin que el director lo supiera?

Erica me dio un largo y duro vistazo lleno de decepción.

La comprensión me bajó de sopetón. Clic. «El director les dijo que lo hicieran».

—Sí. Pero él con toda certeza lo hizo porque alguien *le dijo* a él que lo hiciera. Él no es precisamente un pensador independiente.

—No tienes muy buena opinión de él.

—¿Alguna vez escuchaste la expresión "quienes no pueden, enseñan"?

—Sí.

—Bueno, el director ni siquiera puede enseñar. El tipo es un caso perdido. Aunque, en su defensa, ha tenido un pasado atormentado.

—¿Qué le pasó? —pregunté.

—Lo torturaron —dijo Erica—. Muchísimo, ya que estamos. Cada vez que la CIA lo envió a una misión, lo atraparon. No era muy buen espía.

—¿Y entonces la CIA lo puso a cargo de la escuela de espías? —pregunté, incrédulo.

—Así funciona nuestro gobierno —dijo Erica con un suspiro—. Sin embargo, los mandamases probablemente saben que es terrible. Ellos tan sólo quieren a alguien que no cuestione sus órdenes. Por ejemplo, lo han puesto a falsear tu expediente para lidiar con esta situación.

—¿Qué situación?

—Se supone que tu expediente sea clasificado. Todos los documentos correspondientes al reclutamiento de nuevos agentes encubiertos —así como cualquier cosa correspondiente a la existencia de la academia— son del nivel de seguridad A1. Sólo Para Sus Ojos. No se permite ningún tipo de diseminación. Y, aun así, a ocho horas de tu llegada aquí, un agente enemigo traspasa el perímetro, sabiendo exactamente dónde encontrarte y conociendo detalles íntimos de tu vida.

—Entonces… ¿aquí hay un topo? —pregunté.

—Vaya —dijo Erica sarcásticamente—. Eso lo descifraste tú solito, ¿no?

—¿Y quién es?

—Esa es la pregunta del millón de pesos… que es donde *tú* entras a figurar.

Clic. Otra pieza del rompecabezas encajó en su sitio. La razón por la que mi expediente decía que yo tenía talentos de los que no sabía nada era porque no existían. «¡Oh, no! ¿Yo soy la carnada?».

No podría haberlo asegurado en la oscuridad, pero, por una vez, *pareció* que Erica podría haber estado impresionada una milinésima con mis habilidades deductivas. Lo que brindaba tan sólo el más mínimo confort, dado lo que recién había aprendido. «Diste en el blanco», dijo. «Te trajeron como parte de la Operación Tejón Escurridizo.

—¿Tejón Escurridizo? —pregunté, incrédulo.

—Me parece que tienen la impresión de que los tejones cazan a los topos —explicó Erica—. En realidad, no lo hacen, pero los tipos que la nombraron son espías, no biólogos. En cualquier caso, parece que el plan era traerte, hacer el paripé de que tú eras el chico fenómeno de la criptografía y atraer al enemigo, pero el enemigo se movió mucho más rápido de lo que la escuela esperaba, porque al director y a todos los demás los sorprendieron fuera de base esta noche.

Mi corazón latía incluso más rápido, pero ahora no era por Erica. «¿La escuela me usó de carnada para que un asesino viniera a por mí?».

—Bueno, ellos probablemente no contaban con un asesino. Pero, sí, esa es la idea básica.

Otra pieza del rompecabezas encajó en su sitio. Sólo que mientras más miraba el panorama general, menos me gustaba.

—¿Entonces mi reclutamiento fue una farsa?

—Sí.

—¿Yo no cumplo los requisitos para ser espía?

—En verdad, no —dijo Erica—. Creo que te escogieron porque tienes fuertes habilidades matemáticas, así que en el papel *luces* como si fueras un genio de la criptografía. Y porque vives cerca.

Bajé la cabeza. Había muchísimas cosas intensas con las que había tenido que lidiar hoy, pero esta era la más pesada de todas. Ir de la euforia de saber que podría ser un espía de élite a descubrir que todo era una trampa —y una que me podría haber matado, nada menos— era desbastador. Pero mientras más lo consideraba, más furioso me ponía.

Recordé el momento en que el director me atiborró con preguntas en el cuarto de Tina. «El director me envolvió en este rollo y luego actuó como si fuese yo quien hubiera metido la pata», dije. «Pero fue *él* quien metió la pata. ¡Esta noche por poco me matan!».

—Probablemente no se esperaba que nuestro perímetro pudiese ser traspasado tan fácilmente —dijo Erica con un suspiro—. El muy idiota. Si el enemigo supiera lo que está en nuestros expedientes más secretos, ¿por qué no iban a conocer un modo de evadir nuestro sistema de seguridad? Este asesino desconectó cada cámara que tenía que desconectar. Él sabía exactamente dónde estaban todos. El enemigo probablemente conoce mejor este campus que el director mismo.

—Al menos tu papá está involucrado ahora —dije—. Él no cometerá errores de ese tipo.

Para mi sorpresa, en lugar de estar de acuerdo con esto, Erica se puso tensa con la mención de su padre. La temperatura, de por sí ya fría en la habitación, pareció descender unos grados. «Sí, Alexander está involucrado», dijo evasivamente.

Parecía mejor intentar cambiar de tema. «Él pasó mucho rato tratando de que yo recordara la secuencia de lo que ocurrió en mi habitación. ¿Por qué?».

—Para evaluar quién podría ser el enemigo. No sabemos casi nada de ellos, más allá de que tienen acceso a nuestra información. Así es como funciona la caza de un topo: traen a una presa fácil —en este caso, tú— a quien hacen parecer como si fuese un nuevo recluta fenomenal, un prodigio en descifrar códigos. Y tu presencia cambia las reglas del juego. No sólo todo su material codificado está en riesgo ahora, sino que has inventado algo (código: El Molino) que va a cambiar todo lo concerniente a la criptografía. El Molino es lo que llamamos "un anzuelo". No especifican lo que es, sólo que es muy avanzado, para que el enemigo se interese. Entonces se sientan a esperar a que aparezca el enemigo. Ahora, lo que el enemigo haga con esa información nos dice algo sobre ellos. Si simplemente intentan matarte, son unos matones. Te perciben como una amenaza y quieren eliminarte. Pero si intentan forzarte a que les expliques El Molino, entonces la cosa cambia».

—Eso fue lo que este tipo intentó hacer. Asustarme para que le hablara del Molino.

Erica asintió. «Quienquiera que sea a quien nos enfrentemos es inteligente. Y quiere lo que tú sabes. O, al menos, lo que *piensa* que tú sabes. Lo bueno es que probablemente ahora eres más valioso para ellos vivo que muerto».

—Y lo malo es que esta no será la última vez que vengan a por mí.

—Correcto. Aunque la próxima vez no lo harán del mismo modo. Ya jugaron esa carta.

—¿Tienes alguna idea de quién estamos hablando aquí —le pregunté—. ¿Quiénes son esta gente?

—Oh, hay muchas posibilidades: organizaciones criminales, corporaciones multinacionales que buscan proteger sus intereses, ex agentes contrariados con un ajuste de cuentas en mente... Aunque apostaría bastante dinero que se trata de una agencia rival de otro país. Una que vea a los Estados Unidos y a la CIA como una amenaza.

—¿Por qué dices eso?

—Tiene sentido, dado lo que hicieron la vez anterior.

—Espera un momento. ¿Esta no es la primera vez que se han infiltrado en la escuela?

Erica me estudió por un momento, evaluando cuánto podría compartir. «¿No te pareció raro que te hubieran reclutado a una nueva escuela en el medio de enero?».

—Sí. Le pregunté a tu padre al respecto.

—¿Y qué dijo?

—Que había una plaza vacante repentina —en el momento en que las palabras salieron de mi boca, me di cuenta de que, como tantas cosas que había escuchado en la escuela espías, las palabras eran un eufemismo para una historia mucho más siniestra—. ¡Oh, no! ¿Mataron a alguien?

—Joshua Hallal. Un estudiante de sexto año. Increíblemente talentoso. Habría sido el primer expediente de su clase, uno de los mejores agentes encubiertos que la academia jamás habría creado, una verdadera amenaza para nuestros enemigos —Erica se dio la vuelta. No podría asegurarlo, pero pareció como si tuviese una lágrima en el ojo. Lo que sería el primer rasgo de emoción que le había visto mostrar—. La escuela lo encubrió, por supuesto. Dijo que Josh había tenido una virulenta reacción alérgica a una picada de abeja. Lo que indicaba que no estaba listo para ser espía, así que lo sacaron de la escuela y lo pusieron con su familia en el Programa de Protección de Testigos. Igual nos podrían haber dicho que lo habían enviado a una granja al norte del estado donde tendría muchísimo espacio para correr.

—¿Qué le pasó en realidad?

Erica se encogió de hombros. «No conozco los detalles… todavía. Lo único que sé es que algo le ocurrió. Y asustó a todos, desde la administración escolar hasta el mismísimo presidente. Nadie fuera de la academia debería haber sabido quién era Josh. Ni siquiera sus padres».

Fruncí el ceño.

—¿Qué? —preguntó Erica.

—Aquí debe haber muchísimos buenos futuros espías —dije.

—Quizá no tan buenos como tú y Joshua. Pero que se les acerquen. ¿Por qué se iban a tomar el trabajo de matarlo *a él*? Sobre todo cuando este hecho revelaría que tienen un topo aquí dentro.

Erica me devolvió la mirada. Creí ver el más mínimo rastro de una sonrisa curvarle la boca. «A lo mejor eres malísimo como espía ahora, pero no eres estúpido. Tienes razón. Era arriesgado para ellos eliminar a Josh. Lo que quiere decir que probablemente había una razón para que lo hicieran».

—¿Se te ocurre algo?

—Estoy en eso.

—¿Se supone que eres tú quien debería resolverlo?

—No. Le toca a la administración, pero hasta el momento han hecho una verdadera chapuza. Con tu pequeña visita esta noche como primera evidencia. Todo esto podría haber terminado esta noche si ellos me hubiesen dejado involucrarme. O a *cualquiera competente*, en verdad. Es una pena. Josh merecía más. Así que consideramos esto una tarea encubierta de crédito extra para nosotros ahora mismo.

Sentí una ola de emoción. «¿Nosotros?».

—¿Acaso piensas que me tomé el trabajo de infiltrarme aquí y vaciar el costal contigo por pura diversión? El error número uno que la administración ha cometido hasta ahora: no decirte que eres el chivo expiatorio. Es cierto, probablemente pensaron que te ibas a asustar y salir corriendo, pero aun así, eso no es modo de dirigir una operación. La nuestra será mucho mejor. Vamos a descubrir a este topo, averiguar para quién trabaja y desmantelarles el tinglado. ¿Me sigues?

Erica me extendió la mano. La miré con cautela.

Era obvio que mi plan de irme a casa en la mañana ya no era válido. Había agentes de una desconocida organización enemiga que me buscaban; y si estaban dispuestos a infiltrarse en un muy bien protegido, absolutamente secreto campus para dar conmigo, la patrulla de vigilancia de nuestro vecindario probablemente no me iba a mantener a salvo. Estaría mejor en la escuela de espías que en cualquier otra parte.

Sin embargo, esa creencia tenía poco que ver con la administración —que había arruinado casi todo lo que había tocado— y mucho que ver con Erica. Y aunque Erica parecía tener algunas reservas por el hecho de que su padre estuviese involucrado, yo no. De hecho, yo estaba feliz de que Alexander Hale estuviese en el caso.

Pero consentir a una operación en cubierta era otra cosa por completo. Era temerario, peligroso, desobediente... y sobrecogedor, dado que yo ni siquiera había tomado todavía ni una sola clase de espionaje.

Por otra parte, me daría una excusa para pasar tiempo con Erica. Con toda probabilidad, la sería la única excusa que tendría jamás.

Si la rechazaba, probablemente ella jamás se rebajaría a hablarme otra vez.

Y aun así había otra cosa que me motivaba incluso más que mi enamoramiento escolar: la oportunidad de demostrar mi valía.

La academia sólo me había reclutado como carnada, por mi matemática y mi proximidad. Ellos no pensaban que yo tenía lo que había que tener para ser espía, y, por tanto, lo más probable era que, una vez que terminara la cacería del topo, encontrarían un modo de sacarme de un puntapié. Sin embargo, si yo ayudaba a encontrar al topo, eso *demostraría* que yo era material para la CIA. No se podrían deshacer de mí entonces.

Además, aunque era peligroso, parecía menos peligroso que esperar a que la administración se ocupara del asunto.

Al final, sin embargo, en realidad fue la oportunidad de pasar tiempo con Erica lo que me hizo cambiar de parecer.

Le estreché la mano. Era suave y cálida.

—¿Y ahora qué hacemos? —le pregunté.

DISEMINACIÓN

Patio interior Hammond

17 de enero

08:50 horas

—**Hola, Ben** —dijo Mike—. **¿Qué tal tu aburrida** escuela de ciencias?

Debería haber ignorado la llamada. Eran las 8:50 de la mañana e intentaba averiguar cómo llegar a mi primera clase. Pero luego de todo lo que había pasado, estaba desesperado por escuchar una voz amiga.

—No es aburrida —repliqué—. De hecho, ha sido bastante emocionante.

—Seguro que sí. ¿Qué hiciste anoche? ¿La tarea?

—No exactamente.

—¿Quieres saber qué hice yo? Pasar tiempo con Elizabeth Pasternak.

Me sacó del paso con la sorpresa. «¡Mentira!».

—Verdad.

—¿Cuándo?

—Después del juego de hockey de mi hermano mayor. El hermano de ella está en su equipo. Luego nuestras familias fueron juntas a la heladería. No sentamos el uno al lado de la otra. Ella incluso me dejó compartir su helado con crema.

—Oh —le di una miradita a mi mapa del campus que ondeaba al viento. Hacía un frío atroz. Dos pulgadas de nieve fresca ya se habían convertido en aguanieve en los pasillos del campus.

—Y no te pierdas esto—continuó Mike—. Sus padres la han dejado que invite a unos cuantos amigos mañana en la noche. ¿Adivina a quién invitó?

—De ningún modo.

—No hay que sonar tan depre. Ella dijo que podía traer a un amigo. A lo mejor mi hermano me podría llevar y podríamos pasar a buscarte.

—No creo que eso vaya a funcionar —suspiré. Esperaba que Mike me contara de una aburrida noche en frente a la televisión, algo que haría que mi vida sonara como algo infinitamente con mucha más onda. En su lugar, me estaba perdiendo la oportunidad social de toda una vida.

—¿Tú estás loco? ¿Vas a decirle no a una fiesta en casa de los Pasternak?

—Ella no iba a hablar con nosotros, así como así.

—¡Por supuesto que lo haría! Y todas sus amigas van a estar ahí: Chloe Carter, Ashley Dinero, Frances Davidson… ¡No puedes decirle no a algo así! ¿Acaso tienen chicas en la escuela de ciencias?

—Hay muchísimas chicas aquí.

—Sí. Monitoras de ciencia.

—No. Unas preciosuras. De hecho, hay una —Erica— que hace que Elizabeth Pasternak se parezca a mi tía Mitzi.

—Mentiroso.

—En serio. La próxima vez que la vea, te enviaré una foto.

—Pues adelante. Y no te vayas a pensar que me puedes enviar una foto de una modelo de un catálogo o algo por el estilo, que yo puedo ver la diferencia.

—Ella es real, Mike. Y es increíble.

Con el rabillo del ojo, noté a un grupo de mis compañeros de clases envueltos en pesadas chaquetas y con botas de invierno. En lugar de ir a clase como todos los demás, me miraban.

Pero cuando me volví hacia ellos, todos rápidamente esquivaron mis ojos y fingieron que miraban a otra parte.

— Bien —dijo Mike, dando su brazo a torcer—. Bueno,

pues hay una chica que es un caramelo. Pero ella nunca va a pasar tiempo contigo.

—Lo hizo anoche.

Hubo una ligera pausa antes de que Mike respondiera. En ese instante, pude escuchar en su voz algo que nunca antes había oído: celos. «En un dormitorio común para chicos y chicas, ¿no? ¿Cómo en *Harry Potter*?».

—No. En mi propia habitación. Vino a verme. Después de que nos mandaran a dormir. Y tuvo que sortear varios obstáculos para hacerlo.

Probablemente estaba violando cerca de unas doce directivas de seguridad al decir esto, pero no lo pude evitar. Además, no estaba diciendo toda la verdad acerca de la escuela. Sólo la parte buena.

—¿Qué hiciste? —preguntó Mike. Fue como si hubiese atrapado a un pescado.

—Sólo hablamos. Durante un rato *verdaderamente* largo.

—¿De qué?

—Quiere que trabaje en un proyecto con ella. Tan sólo nosotros dos.

—¿Qué tipo proyecto? ¿Algo de ciencia para cerebritos?

—Es un poco más interesante que eso. Voy a pasar *muchísimo* tiempo con ella.

—Vaya. Eso suena fenomenal.

—Lo es. Me tengo que ir. Voy tarde para mi clase —no

decía eso para dejarlo enganchado, con ganas de más. En verdad estaba en peligro de llegar tarde. Me reuní a un grupo de estudiantes que pasaban a empujones a través de las puertas del salón Hall.

—¡Envíame esa foto!

—Vale. Chao —me guardé el teléfono con una sonrisa. Era hora de comenzar mi entrenamiento.

NINJAS

Salón Hall

Sala de conferencias 2C

17 de enero

09:30 horas

Mi primera clase era Introducción a la supervi-
vencia. Yo me habría sentido emocionado incluso *si* no
pensara que me vendría a mano, dadas mis circunstancias
recientes. Esperaba una inmersión rápida en combate mano
a mano o quizás un emocionante debate sobre cómo inca-
pacitar a un hombre armado.

En su lugar, fue un somnífero. A dos minutos de la primera conferencia, ya me estaba cayendo de sueño.

Esto era parcialmente porque yo no había dormido nada
la noche anterior, pero mayormente porque el profesor Lucas

Crandall tenía el carisma de un pedrusco. Crandrall era bastante viejo, con pelo canoso despeinado, la encorvada postura de un signo de interrogación y cejas que parecían haber estado recientemente en un tornado. Se rumoraba que él había servido en la CIA desde los primeros días y parecía que lo habían relegado a la escuela de espías porque nadie tenía el corazón para despedirlo. Divagaba con una voz sibilante que casi era imposible escuchar, frecuentemente perdiendo el hilo de lo que pensaba y luego pausando por grandes periodos de tiempo para recordar lo que andaba diciendo.

Gracias a los cielos, Murray me había guardado un asiento en la última fila.

La clase era en un enorme salón de conferencias que era más como un salón en un campus universitario que el tipo de salón de clase pequeña con forma de caja al que yo estaba acostumbrado en mi escuela normal. Un semicírculo escalonado de asientos estaba frente a un podio y una pizarra. Yo había entrado tarde, luego de perderme en el edificio, aunque afortunadamente la clase todavía no había comenzado debido a que Crandall llegaba tarde también. Mis compañeros de clase inteligentemente habían llenado todas las últimas filas, dejando en las primeras filas un desierto de asientos desocupados. De mala gana había comenzado a caminar hacia ellos cuando Murray gritó: «¡Ripley! ¡Ven acá!».

Sacó su mochila de un tirón de uno de los asientos de la

última fila y me indicó con la mano que fuera. «Jamás de los jamases te sientes en la primera fila en una clase aquí», me advirtió. «Incluso si evitarlo significa que tengas que llegar temprano».

—¿Por qué no?

—Depende de la clase. En Guerra psicológica, la señorita Farnsworth tiene una halitosis terrible. En Armas y armamento hay esquirlas. Esta… bueno, es soporífica. A Crandall no le hace ninguna gracia ver a estudiantes cabeceando en primera fila. Por fortuna, él no puede ver mucho más allá.

Crandall había entrado arrastrando los pies, con pinta de estar sorprendido de encontrar a toda una sala de conferencia mirándolo fijamente, como si quizás hubiese olvidado qué había venido a hacer. Se pasó los próximos tres minutos registrándose los bolsillos y buscando sus notas, y los dos minutos siguientes buscando sus gafas de leer, luego de lo cual por fin dio paso a su conferencia, que no era ni remotamente tan estimulante como yo me había esperado. Crandall no era el peor maestro que jamás hubiese tenido —eso le tocaba al señor Cochran, mi maestro de historia de quinto grado, quien no sabía cuándo había ocurrido la Guerra de 1812—, pero su estilo de dar conferencias era más seco que el polvo.

La idea general de la Introducción a la supervivencia era que el mejor modo de mantenerse con vida era no involucrarse en situaciones en las que pudieran matarte. Esto tenía sentido en teoría, pero no era particularmente útil cuando tenías asesinos amenazando con darse un brinco por tu cuarto con regularidad. La conferencia de esta mañana era sobre cómo evitar a los ninjas, lo que podría haber sido interesante si el paso número uno no hubiese sido "Evite ir a Japón". Es más, Crandall rápidamente se había distraído y se puso a relatar una anécdota sobre juegos de apostar durante la Guerra Fría.

Lo próximo que supe fue que Murray me estaba sacudiendo para que me despertara. «Si vas a roncar, prueba esto», dijo y me puso algo en la mano.

Era un par de gafas baratas. Había cortado los ojos de una foto en una revista y los había pegado encima de los lentes. En lo que yo había estado inconsciente, él se había puesto un par similar. Eran inútiles y desconcertantes a corta distancia, pero podías ver cómo, a alguien que estuviese dictando una conferencia a ochenta pies de distancia, le podrías parecer como si estuvieses con los ojos bien abiertos y cautivado, aun cuando estuvieras dormido como un lirón.

—Gracias — acepté las gafas, aunque no me las puse enseguida. Me *quería* mantener despierto, pero no me iba a ser nada fácil. Intenté quitarme las telarañas de la cabeza.

—No resistas —dijo Murray—. Si pudiéramos hacer un arma de las conferencias de Crandall, nunca nos tendríamos que volver a preocupar de nuestros enemigos. Podríamos tan sólo matarlos de aburrimiento.

Por lo general, yo no habría tenido una conversación durante una conferencia, pero la mitad de la clase lo estaba haciendo mientras que Crandall zumbaba, sin ser consciente en lo absoluto de que estaba siendo ignorado. «¿No suspendiste esta clase el año pasado?», pregunté.

—Dos veces —respondió Murray.

—¿No te parece que deberías intentar mantenerte despierto esta vez?

—Seguro, si fuese a ser un agente operativo. Pero el mejor modo de evitar eso es ser un tipo que ni siquiera puede pasar Supervivencia 101. La administración va a estar tan preocupada conmigo que me asignarán el trabajo de escritorio menos peligroso de la agencia. Probablemente ni me dejaran usar una grapadora. Además, me gusta repetir esta clase. Me puedo poner al día con mis horas de sueño —con eso, Murray se despatarró en su silla, recostó la cabeza contra la pared del fondo y cerró los ojos.

Intenté concentrarme en la conferencia de Crandall, pero perdí el hilo otra vez y se puso a hablar sin parar de lo mucho que había detestado la sopa de remolacha en Rusia. Así que puse mi atención a mis alrededores, como Erica me había ordenado que hiciera.

Ella había expuesto un plan para mí en La Caja la noche anterior. «Ahora mismo hay dos cosas por hacer», había dicho. «Primero, averiguamos quién tenía acceso a tu expediente».

—Parece que *todo el mundo* lo tenía —respondí—. Todo el mundo sabía de El Molino. Tú, el asesino, Chip Schacter...

—Son tan sólo tres personas. Hay trescientos estudiantes en la escuela, cincuenta profesores y setenta y cinco empleados —frunció el ceño—. ¿Chip lo sabía?

—Él apareció en mi habitación inmediatamente después de que lo hiciera yo, queriendo que me infiltrara en la computadora central por su cuenta.

—Déjame adivinar: para cambiar las notas de sus exámenes.

—Sí.

—Vaya. Él es incluso más idiota de lo que yo pensaba.

—¿Por qué?

—¿Has visto esas películas en las que un especialista de computación se infiltra en cualquier sitio en menos de un minuto?

—Claro.

—Una enorme tontería. La CIA tiene especialistas en piratería, y a ellos les puede tomar meses meterse en una computadora central. Luego toman todo lo que saben y lo usan para proteger la nuestra. Lo que quiere decir que la computadora central de la CIA es prácticamente imposible de piratear, y, aun así, Chip piensa que tan sólo porque tú sabes algo de códigos lo puedes hacer.

—Pero el hecho de que supiera de mis habilidades criptográficas significa *algo*, ¿no es cierto?

—Supongo que sí. Valdría la pena averiguar cómo tu expediente fue a parar a sus manos.

—¿Cómo fue a parar a *las tuyas*?

—¿Cómo mi padre sabía tanto de ti cuando vino a reclutarte?

Asentí, comprensivo. «Le dieron una copia».

—Un dosier, sí. Y no lo vigiló como debía.

—Espera un momento. ¿Le dieron una copia impresa de mi expediente? ¿Todo esto no está computarizado?

—¿En la Agencia de Ineptos en Computación? No que digamos.

—Pero dijiste que hay una computadora central.

—Eso no significa que todos sepan cómo usarla. Tu expediente probablemente fue escrito en una computadora y fue guardado en la computadora central. Pero entonces fue diseminado a varias personas para evaluar si encajabas en Tejón Escurridizo. Muchos de estos tipos son chapados a la antigua: aterrados de que alguien se infiltre en su correo electrónico, pero perfectamente felices con la idea de dejar un archivo ultra-secreto por ahí en sus casas. Se imprimieron copias en papel... y una de ellas fue a parar a las manos del topo.

—¿Entonces a quién le enviaron una copia además de a tu padre?

—No lo sé. Las identidades de los miembros del panel de

revisión son clasificadas. Para encontrarlas, tendremos que piratear la computadora central.

—¿Qué? Acabas de decir que es eso era imposible.

—No. Dije que era *prácticamente* imposible. Nada es completamente imposible.

—¿Y cómo lo haremos?

—Nos aprovecharemos del eslabón más débil en el sistema de protección de la computadora: el humano.

—A ti en serio te encanta ser críptica, ¿no? —pregunté.

Erica me miró con aspereza. «Todavía estoy preparando los detalles. Mientras tanto, tú puedes trabajar en la segunda parte de nuestro plan: mantener los ojos abiertos».

—¿Para qué?

—Cualquier cosa de interés. *Todo* lo que sea de interés. Sabemos que el topo sabe quién eres y que te tiene echado el ojo. Así que intentemos atraparlo haciéndolo. Si alguien te sigue, lo quiero saber. Si te están vigilando —o fingen como si *no* te estuvieran vigilando— lo quiero saber. Cualquier cosa fuera de lo común, la quiero saber.

—Yo acabo de llegar aquí. En lo que a mí respecta, *todo* lo que pasa es fuera de lo común.

—Vale, cualquier cosa *verdaderamente* fuera de lo común, entonces. Mantente alerta.

Así que hice lo que pude. Me mantuve tan alerta como fuera posible para alguien que había capeado dos atentados contra su vida el día anterior (uno imaginario, pero, aun así, *pareció* lo suficientemente real en el momento) y que todavía no había podido pegar un ojo en toda la noche. El problema era que era más difícil de lo esperado determinar quién me prestaba atención... Porque *toda la escuela* me prestaba atención.

Intentaban actuar como si no lo hicieran, pero lo hacían. No sólo aquel puñado de estudiantes que yo había visto fuera del edificio rumbo a mis clases. Había habido otros grupos en El Hedor esa mañana y una bandada en el pasillo rumbo a las clases... y ahora, mientras yo estudiaba a la clase desde la última fila había una enorme cantidad de estudiantes con los cuellos vueltos hacia atrás, estudiándome de vuelta.

La chica sentada al otro lado de Murray ni siquiera intentó ocultarlo. No podría desde una distancia tan cercana. Era un estudiante de primer año, que llevaba puesta su inocencia como una insignia, tan delgada que parecía que su abrigo de invierno se la iba a tragar, pero con unos ojos verdes tan brillantes y grandes que parecía un personaje de un dibujo animado. «¿Tú eres Ben Ripley, ¿verdad?», preguntó. «El tipo que peleó contra un asesino anoche».

Del modo en que lo dijo en verdad me hizo sonar bastante chévere. Tuve que suprimir una sonrisa. «Pues... Sí. Ese soy yo».

—Fenomenal —la chica parecía legítimamente emocionada de conocerme—. ¿Es por eso por lo que te reclutaron de último minuto? ¿Porque eres una especie de experto en artes marciales?

—No —admití—. Sólo se me dan bien las matemáticas.

—Claro —dijo la chica—. Códigos y tal. Todos han oído de eso. Pero eso es una pantalla de humo, ¿no es cierto? Porque Adam Zarembok es experto en códigos pero no puede pelearse ni con un mosquito. Por otra parte, aquí hay estudiantes de último año que se especializan en artes marciales y no han derrotado a un asesino.

—Bueno, ninguno de ellos jamás ha sido *atacado* por un asesino —un chico escurridizo sentado en la fila delante de la nuestra contrarrestó. Ahora que la chica de ojos verdes había comenzado a hablar conmigo, todos los que estaban cerca habían vuelto su atención hacia mí, ignorando descaradamente al profesor Crandall.

—Lo sé —dijo Ojos Verdes; luego se volvió hacia mí y preguntó—, ¿entonces por qué a ti?

—No fue un ataque real. Fue parte de mis EDCYS —detesté mentirle, pero Erica me había advertido que no le dijera a nadie nada acerca de la cacería del topo.

—No, no lo fue. Los EDCYS nunca se llevan a cabo de noche —el chico escurridizo anunció—. Y por ahí se comenta que hiciste un papelazo en el tuyo.

—O *fingió* que hacía un papelazo —la chica de ojos

verdes le espetó en mi defensa—. Para hacer que un asesino *pensara* que no podías derrotarlo. Cosa que entonces hiciste. Así que, en serio, ¿a qué vino todo eso?

—¡Oye! —Murray reprendió sin siquiera abrir los ojos—. Dejen al tipo tranquilo, por favor. Algunos intentamos dormir aquí.

Esto no disuadió a nadie. Más y más estudiantes me miraban.

—No estoy autorizado a decirlo —les dije. Fue lo primero que se me ocurrió.

Muchos fruncieron el ceño, decepcionados.

—Por supuesto que no —dijo la chica, y extendió una mano delgada empequeñecida por la manga de su chaqueta. «Soy Zoe. Pienso que lo que hiciste fue increíble».

En toda mi vida jamás ninguna chica se me había presentado, mucho menos había dicho que algo que yo hubiera hecho era increíble. Me hizo sentir bien. Lo mismo con lo de tener tanta gente impresionada por mí, bien me lo mereciera o no. Tan sólo unas horas antes, yo me había sentido mortificado, avergonzado, asustado y deprimido por todo lo que había ocurrido en la escuela de espías. Pero de momento, había pasado de ser un don nadie a ser una persona de interés.

—Es un placer conocerte —le estreché la mano a Zoe por encima del regazo de Murray—.

—Lindas manos —dijo Zoe—. ¿Puedes matar con ellas?

—Todavía no lo he intentado —admití, y Zoe soltó una risita.

—Yo soy Warren —intervino el chico escurridizo. Pareció no gustarle que Zoe se estuviese riendo de algo que yo había dicho.

Varios de los otros compañeros de mi clase de primer año se presentaron también. Hice lo que pude por aprenderme sus nombres y sus caras de memoria. Dashiell, Violet, Coco, Marni, Buster y un par de Kiras…

—Eres patético —espetó alguien al fondo de la fila.

Me incliné hacia adelante para ver quién era y di con Greg Hauser, el matón de Chip Schacter en el comedor, que me miraba con furia. «*Él* es un perdedor y todos ustedes son el doble de perdedores por pensar que no lo es».

—Anoche le dio una paliza a un asesino —contrarrestó Zoe—. ¿Mientras que tú has suspendido esta clase cuántas veces? ¿Cuatro hasta el momento?

La enorme frente de Hauser se arrugó lo suficiente como para plantar maíz en ella. «Lo de anoche fue todo una farsa. Chip me lo dijo. En serio, *mírenlo*». Apuntó uno de sus dedos regordetes en mi dirección. «Es un menso. Si eso hubiese sido un asesino *real*, estaría muerto».

—Si fue uno falso, ¿por qué la administración pasó a la fase de alerta 4 anoche? —preguntó Zoe—. El director andaba como loco en sus alpargatas de conejito. Admítelo, Ben es todo un personaje, sin trampa ni cartón. Él podría limpiar el piso contigo.

—Tal vez él y yo podríamos poner eso a prueba—dijo Hauser—. En el gimnasio, hoy, después del almuerzo.

—Ahí nos vemos —dijo Zoe.

—Aguanta ahí —dije. Otra vez, estaba aturdido de cuán rápido las cosas podían ir de bien a peor en la escuela de espías—. No me parece que sea tan buena idea.

—¿Por qué? —se burló Hauser—. ¿Te acobardaste?

—Por supuesto que no —dijo Zoe con desdén.

El rumor de que podría haber una pelea rápidamente se esparció a través de la habitación. Ahora prácticamente toda la clase me estaba mirando.

Miré a Murray con la esperanza de que supiera cómo sacarme de ese apuro. Estaba dormido. Con sus gafas de los ojos falsos, parecía ser la única persona que todavía prestaba atención a la conferencia.

Así que hice mi mejor intento de inventar una respuesta. «Tan solo preferiría no hacerlo. Anoche peleé contra un asesino. Pienso que debería descansar hoy».

—¡Señor Ripley! —dijo Crandall bruscamente.

Todos los ojos, incluidos los míos, se dieron la vuelta hacia el podio.

Crandall finalmente había recuperado su concentración… y la había enfocado toda en mí. Sus rebeldes cejas canosas caían por encima de sus ojos iracundos. «Tú eres nuevo aquí, ¿no?».

—Eh... sí.

—¿Te transferiste aquí de una escuela en la que era aceptable ponerse a hablar durante la conferencia de un profesor? —preguntó Crandall.

—No, señor —respondí.

—Ah. ¿Entonces debo suponer que ignoras mi conferencia porque sientes que no tienes más nada que aprender sobre el arte de la supervivencia?

El resto de los estudiantes rápidamente desvió su atención de mí. Zoe fingió que no tenía nada que ver con la conversación. Incluso Hauser fingió inocencia.

—No, señor —repetí.

—Entonces debe ser que el tema del día de hoy te aburre —dijo Crandall—. Supongo que habrás leído la tarea de anoche, capítulos 64 a 67 de la *Supervivencia básica* de Stern, ¿no es cierto?

A mí ni siquiera me habían entregado esos libros todavía. Era algo que tenía planeado preguntarle al profesor al final de la clase. «Eh... bueno», tartamudeé. «Creo que ha habido un error».

—A lo mejor —dijo Crandall fríamente—. Veamos. ¿Qué tal si ponemos a prueba tus conocimientos con una evaluación sorpresa?

El momento en el que dijo esas palabras, los ojos de cada

uno de mis compañeros de clase se abrieron como platos, producto del miedo. Y entonces evacuaron la habitación. Los asientos a mi alrededor se vaciaron como si de repente yo me hubiese vuelto venenoso. Incluso Murray se despertó de un salto y salió disparado. «Fue un placer conocerte», dijo.

En cuestión de segundos, la sala de conferencias estaba vacía excepto por Crandall y yo.

—¿Qué tipo de prueba sorpresa es esta? —pregunté nerviosamente.

—Una sobre el tema del día: ninjas —Crandall abrió la puerta cercana al podio y tres ninjas entraron a brincos a través de ella. Todos estaban vestidos de negro de los pies a la cabeza y armados hasta los dientes.

Esto tiene que ser una broma, pensé. Y luego me lancé a la carrera hacia la salida. Las puertas se cerraron automáticamente cuando me acerqué. Mis compañeros de clase echaron un vistazo a través de las ventanas en ellas, contemplando con una mezcla de preocupación y alivio de que no estaban *ellos* dentro de la habitación.

Una estrella de ninja se encajó en la puerta. Me di la vuelta para ver a los ninjas deslizándose despacio por los peldaños. El que venía adelante hizo girar unos afilados tridentes. El otro les dio vueltas a unos nunchakus. Crandall, que miraba desde el podio, ya fruncía el ceño ante mi actuación. «Regla número uno para pelear contra los ninjas: *nunca* les des la espalda», cloqueó.

Me puse la mochila al frente. No pensé que haría mucho para defenderme, pero era lo único que tenía. «¿Puedo recibir una F por esta clase? Lamento mucho haber hablado durante la clase. ¡Jamás lo haré de nuevo!».

—Veamos de qué estás hecho —dijo Crandall.

Los ninjas gritaron tan alto que la habitación se estremeció. Y atacaron.

Les tiré mi mochila. El primero la cortó en dos en el aire.

Corrí. Fui recto por el pasillo entre los asientos, pensando que la escuela era incluso más loca de lo que jamás me podría haber imaginado, rezando que esto fuera otra farsa, que los ninjas en realidad nunca *le harían daño* a un estudiante…

Algo silbó por el aire detrás de mí.

Me di la vuelta para encontrar unos nunchakus que cerraban la brecha entre el ninja que los había tirado y mi frente.

Esto fue seguido de una absolutamente increíble cantidad de dolor.

Y entonces todo se puso oscuro.

11

ALIANZA

El nido del águila

17 de enero

20:00 horas

—¡Por fin! ¡Ha despertado el joven agente!

Solté un gemido. Parecía que me habían llenado la cabeza de piedras y luego me habían empujado cuesta abajo. Incluso abrir los ojos en la claridad me dolía, aunque era marginalmente preferible a volver a quedarme dormido: las últimas horas habían estado llenas de pesadillas con ninjas y asesinos.

Mi primer vistazo a mis alrededores reveló algo que lucía a años luz de la escuela de espías. Hasta el momento, todo cuanto había encontrado en la academia había sido frío y duro: tonos de un gris industrial y una decoración de los tiempos de la Guerra Fría. Pero la habitación en la que estaba era cálida y cómoda. De las paredes colgaban grabados con escenas de caza y había anaqueles llenos de libros con tapa de cuero. El fuego refulgía en una enorme chimenea de piedra. Yo estaba desparramado en un sofá que era maravillosamente suave y tenía el olor de un pinar.

Alexander Hale apareció, envuelto en una bata bermellón, dando sorbos a un vaso de Gatorade de un verde neón. «¿Cómo está la chola?».

—Me duele —dije. La frente, justo en medio de los ojos, era lo que más dolía. La toqué delicadamente y di con un chichón del tamaño del huevo de un petirrojo.

—Si lo sabré yo. Me acuerdo de la primera vez que *yo* fui atacado por ninjas. Corea del Norte. Recién me había graduado de la academia unos meses antes. Mis habilidades en las artes marciales no eran lo que son ahora, pero por suerte tan solo eran dos y yo tenía un cinturón explosivo —Alexander contempló el fuego melancólicamente—. Ah, los recuerdos.

Me senté haciendo muecas y di un vistazo por la ventana… y descubrí, para mi conmoción, que afuera estaba oscuro. «¿Qué hora es?».

—Hora de la cena… más o menos. Has estado todo el día en cama.

—¿Todo el día? ¿No debería estar en un hospital?

Alexander se rió. «¿Por un chichoncito? Esto no es nada.

Una vez, en Afganistán, estuve inconsciente durante ocho días. Además, se notaba que te hacía falta descansar. ¿Quieres un Gatorade?».

—Ah, vale.

—Ya te lo traigo —Alexander se agachó hacia una mini cocina y abrió el refrigerador. Estaba lleno de agua mineral y varios tonos de Gatorade—. La hidratación apropiada es extremadamente importante en nuestro trabajo. Aunque tampoco hay que excederse. Una vez tenía unas ganas de orinar tan enormes en medio de un tiroteo en Venecia que perdí la concentración y por poco me meten una bala en el cerebro. ¿De qué sabor? ¿Hielo glacial? ¿Resaca fuerte?

—Naranja.

—Ah, un tradicionalista. Muy bien —Alexander llenó un vaso largo y frío y me lo trajo. Tenía razón. *Sí* me hizo sentir mejor. El dolor de cabeza se disipó y la mente se me comenzó a aclarar, aunque todavía me sentía un poquito confuso. Por ejemplo, sabía que había algo que no encajaba en la habitación en la que estábamos, pero no podía precisar que.

—¿Dónde estoy? —pregunté.

—Todavía estás en el campus. Hubo un debate acerca de si llevarte a la enfermería, pero dada tu precaria situación con respecto a los agentes enemigos, pensé que estarías más a salvo aquí, en mis aposentos personales.

—¿Quiere decir que... usted *vive* en el campus?

Alexander soltó una carcajada. «Por los cielos, no. Tengo una casa de verdad en la ciudad. Esto es más una segunda vivienda… para esas ocasiones en las que el trabajo dicte que tenga que estar aquí.

—Para ayudar a atrapar al topo.

Alexander arqueó las cejas. Era la primera vez que lo veía bajar la guardia. Lo que quería decir que no tenía idea de que Erica había venido a verme la noche anterior; por algún motivo, ella no se lo había dicho. Me pregunté por qué no lo habría hecho… y si me había equivocado al mencionar en absoluto la caza del topo.

Por suerte, Alexander no se puso receloso. En su lugar, se veía complacido: «Lo descifraste tú solo, ¿no? Yo les *dije* que eras inteligente. ¿Cómo armaste el rompecabezas?».

Si Erica quería que su investigación se mantuviera en secreto, decidí que la mantendría en secreto. «Bueno, al considerar mis falsas destrezas criptográficas, el intento de asesinato y la reacción del director, todo pareció bastante obvio».

Alexander se volvió a reír, y luego me dio un manotazo en la rodilla y se dejó caer en una silla tapizada por completo. «Para ti, a lo mejor. Pero no lo habría sido para todo el mundo. Muy bien hecho, Ben. Me recuerdas a mí mismo cuando era joven. Un verdadero emprendedor. Cuando tenía solo veintidós años atrapé a un traficante de armas en Jakarta que había eludido a la Administración para el control de drogas durante una década. Bueno, ahora que ya descubriste el engaño, creo que podrías ser útil».

—Pensé que el director quería ocultarme todo esto.

—Y hasta donde él sepa, tú no tendrás ni idea de nada. De hecho, nadie tiene que saber que tú me estás echando una mano.

—¿Ni siquiera Erica?

Una vez más, Alexander lució un poco confuso, como si no estuviera del todo seguro de qué decir sobre su hija por un momento. «Erica es una excelente estudiante. Admito que yo mismo le he dado alguna tutoría al margen a través de los años. Algún día ella será una agente increíble… Pero no estoy seguro de que esté lista para esto».

—¿Y *yo* estoy listo?

—Bueno, tú en realidad no tienes opción en este asunto, ¿no es cierto? Tú estás involucrado, te guste o no. Creo que sería mejor que mantuviéramos esto entre nosotros por ahora. Será nuestra pequeña operación clandestina. Debes estar cayéndote del hambre.

Dijo esto último apresuradamente, como si quisiera cambiar de tema. Pero tenía razón. No había comido nada desde el desayuno. «En efecto».

—Tengo algunas comidas congeladas. No son exactamente filete miñón, pero aun así va a ser mejor que cualquier cosa que te puedas comer en El Hedor —Alexander regresó a toda prisa a la cocineta y hurgó en el congelador.

—¿Quieres pizza?

—Me encantaría, gracias.

Alexander sacó una de peperoni y la metió en el horno. «Bueno, vayamos al grano. ¿Tienes alguna idea de quién podría ser el topo?

—Eh...—dije—. Esperaba que *usted* lo supiera.

—Oh, yo tengo mis sospechas —dijo Alexander—. Pero tan solo hoy decidí entrar al ruedo. Tú has estado en el meollo. Por tanto, tus ideas valen. Así que... ¿qué piensas?

—No sé. En verdad no he tenido mucho tiempo para investigar... y he estado inconsciente la mayor parte del día...

—Sí, pero deberías tener alguna idea. ¿Una corazonada?

—Chip Schacter.

—¡Ajá! —Alexander se sentó al borde de la silla con los ojos abiertos por la emoción—. ¿Y por qué sospechas de él?

—Él sabía lo que había en mi expediente desde el principio. Yo no había estado en mi habitación ni un minuto antes de que apareciera para pedirme que pirateara la computadora central de la escuela.

—¿Para robar secretos?

—No. Para cambiar sus notas.

—O eso dijo —respondió Alexander sospechosamente—.

Es una buena pantalla. Supongo que te habrá amenazado físicamente, ¿no?

—Sí.

—O sea, que tú te infiltras, él roba los expedientes y, si algo sale mal, tú eres quien paga por los platos rotos. Ingenioso.

Recordé la evaluación de Erica acerca de Chip de la noche anterior. «Pero Chip en verdad no es conocido por ser ingenioso, ¿verdad?».

—No, pero todo eso podría ser un farol. Él podría ser tan ingenioso que es increíblemente bueno en eso de parecer que no es ingenioso en lo absoluto. Después de todo, fue lo suficientemente ingenioso para que lo aceptaran en la academia, ¿no?

Eso era cierto. Por otro parte, yo había sido aceptado solamente por mi potencial como carnada. Lo que quería decir que, en algún nivel, Chip estaba más capacitado que yo para ser espía, al margen de lo que Erica pensara de él. «Supongo que sí».

—Entonces él tiene información clasificada sobre ti y rápidamente intentó usar tus habilidades para propósitos perversos. ¿Hay algo más de él que sea sospechoso?

—Bueno... no hice lo que quería... y eso no le gustó nada. Así que me amenazó —de pronto me di cuenta de algo—. Y luego, esa misma noche, el asesino vino a mi habitación.

—Interesante —Alexander mantuvo la calma, pero sus ojos estaban llenos de emoción—. Podría ser Chip quien te está apretando la tuerca.

—¡Sí! Y, entonces, esta mañana estaba regando falsos rumores de que el intento de asesinato era una farsa.

—Una campaña de desinformación. Muy ingenioso en verdad. Creo que el señor Schacter tiene potencial definitivo de topo. Muy bien hecho, muchacho —Alexander me dio una palmada en la rodilla y volvió a la cocina a chequear la pizza.

No pude evitar una sonrisa. Alexander Hale, uno de los grandes espías en Estados Unidos, no solo proponía que nos lanzáramos juntos a una operación clandestina, sino que también estaba complacido con mis habilidades de investigación. Su rara relación con Erica —el hecho de que ninguno quería que el otro supiera en lo que andaba— me incomodaba un poco, pero yo definitivamente podía entender sus respectivos motivos. Alexander intentaba mantener a su hija fuera de peligro, mientras que Erica trataba de demostrar que ella podía ser un agente sin la ayuda de su padre. No me gustaba tener que ocultarles secretos a ninguno de los dos, pero esto me daba una oportunidad de trabajar con el maestro espía y con su hermosa hija. Era casi suficiente como para compensar la parte negativa: que alguien pronto podría intentar matarme.

Alexander deslizó la pizza caliente sobre una tabla de cortar. Cerca había un paragüero lleno de armas blancas. Seleccionó una espada de caballería y cortó la pizza en ocho partes. «¿Hay otros posibles sospechosos dándote vuelta en la cabeza?».

Pensé un poco. Me vino a la mente otro nombre. «No estoy seguro de este, pero como usted dijo que confiara en mis instintos…».

—Nunca pongas en duda tus instintos. Una vez, yo iba rumbo a un refugio en Qatar cuando sentí que algo andaba mal. No tenía ningún tipo de evidencia, tan solo una corazonada. Así que no entré. Treinta segundos más tarde el sitio explotó. Nawaz-al-Jazzirrah se había infiltrado y había instalado suficiente explosivo C-4 como para hundir un buque de guerra. Si no hubiese confiado en mí mismo, ahora sería pura niebla. Así que, ¿qué te dice tu corazonada?

—Bueno, si es concebible que Chip se estuviera haciendo el tonto, ¿entonces por qué no podría ser uno de sus matones, quienes son supuestamente incluso más tontos que él?

—A esto me refería. ¿De quién sospechas? —Alexander deslizó la pizza en la mesita de caoba frente a mí. La había dejado demasiado tiempo en el horno y se le había quemado el borde, pero no me importaba. Me caía del hambre.

—Greg Hauser —dije entre bocados—. Fue quien me

metió en problemas hoy en la clase del profesor Crandall. *Él* dijo que Chip había dicho que lo del asesino era una farsa, pero, ¿y si Chip no lo dijo? A lo mejor fue idea de Hauser todo el tiempo y le está echando la culpa a Chip. De hecho, a lo mejor Hauser fue el que hizo que Chip intentara forzarme a que pirateara la computadora central.

Alexander masticó la pizza pensativamente. «Hmmm. El viejo titiritero de Petersburgo…».

—¿Qué?

—Oh, perdón. Es sólo un poco de jerigonza de espionaje. Se refiere a alguien que *luce* como si tan solo fuese el matón, pero en verdad es el cerebro criminal que hace mover los hilos. Por lo general, el títere ni siquiera se da cuenta de que lo están usando. Lo llamamos el titiritero de Petersburgo por un tristemente célebre agente ruso de la Guerra Fría que tenía pinta de ser un peón en la KGB de San Petersburgo, pero que resultó ser quien tenía la sartén por el mango. Me gusta esta pista de Hauser. Me gusta mucho.

El móvil de Alexander sonó. Revisó el identificador de llamadas. «Oh. Tengo que responder a esto. Es un contacto».

Rápidamente se metió en el cuarto, dejándome que terminara mi pizza junto al fuego. Sin embargo, no cerró la puerta, así que pude escuchar fragmentos distantes de su conversación:

—¿Dónde nos encontramos…? Ah, muy bien. Me encanta

la ópera. Por supuesto que usaré un seudónimo... ¿Tan pronto? Vale.

Regresó dos minutos más tarde, elegantemente vestido de esmoquin. «Me temo que llama el deber. Pero hoy hemos hecho un excelente trabajo aquí. Verdaderamente excelente. ¿Cómo estaba la pizza?».

—Fabulosa —mentí.

Alexander se abotonó las mancuernas. «Lo siento, pero tendré que vendarte los ojos antes de que nos vayamos. La ubicación de estos aposentos es clasificada».

—Oh. Está bien —se me ocurrió que yo no me había levantado del sofá durante todo el tiempo que había estado ahí. Ni siquiera había echado un vistazo por la ventana. Así que no tenía ni idea de dónde estaban los aposentos de Alexander con respecto a cualquier otro edificio en el campus.

Mi chaqueta y mis botas de invierno estaban al lado del sofá. Me las puse. «¿Y ahora qué hacemos?».

—*Tú* sencillamente sigue haciendo lo que has estado haciendo. No le pierdas pie ni pisada a Schacter y Hauser... y cualquier otro que te parezca sospechoso. Ya veré qué puedo excavar por ahí de ellos. Tengo muchísima experiencia con los topos. Descubrí uno en Karachi el año pasado —Alexander me puso una bufanda de lana sobre los ojos, dejándome en la oscuridad—. ¿Puedes ver algo?

—No.

—Perfecto.

Hubo un ruido metálico y luego el sonido de algo grande que se deslizaba para abrirse. Por fin me di cuenta de lo que había sido extraño de los aposentos de Alexander: no había una puerta de entrada.

Al menos no una obvia. Había supuesto que la entrada estaba oculta detrás de uno de los tantos anaqueles. Entramos en lo que juraría que era un elevador, aunque no podría adivinar cuántos pisos bajó. Una ráfaga de aire frío nos dio en la cara cuando las puertas se volvieron a abrir.

Alexander me guio a través de varios giros y vueltas, posiblemente regresando sobre nuestros pasos una o dos veces antes de arrancarme la venda. Estábamos en la entrada principal del edificio Hale. Fuera, la nieve fresca se amontonaba en el parabrisas del Porsche de Alexander.

—¡Mantente alerta! —me dijo Alexander—. ¡Estaré en contacto! —entonces se envolvió la bufanda alrededor del cuello y se dirigió hacia el frío.

Fue tan solo cuando el carro se alejó que me di cuenta de otra cosa rara con respecto a esa noche: mientras que yo le había dado a Alexander todas las pistas que tenía, él no había compartido conmigo ni una sola pizca de información respecto a su investigación. Ni una sola.

GUERRA

Campo de entrenamiento de la academia

8 de febrero

14:00 horas

—**¡Muérete, Ripley! Mi atacante saltó de detrás** de una roca, disparando su arma a balazo limpio.

Hui a través del bosque, con las municiones explotando en los árboles a mi alrededor.

No sabía el nombre de mi atacante, aunque la reconocía de la clase de Química 102: Venenos y explosivos. Era un año mayor que yo, tímida y reservada en clase, aunque en el campo de batalla había encontrado la manera de dar rienda suelta a su Rambo interno.

Por supuesto que ella me conocía. *Todo el mundo* ya me

conocía. Tan solo había estado en la escuela tres semanas, pero era famoso, ya fuera como el chico que había derrotado a un asesino con una raqueta de tenis o el chico al que lo habían hecho papilla unos ninjas en tiempo récord en su primera clase.

Vine a dar a una pendiente nevada que caía abruptamente hacia un arroyo y se sumergía en él. Una bala de pintura me silbó cerca de la oreja y fue a manchar una roca. La nieve había estado en la academia el mismo tiempo que yo; una corteza de escarcha helada se había formado en la parte superior, lo que hacía de la pendiente una pista de tobogán. Me lancé de cabeza cuesta abajo, dejando atrás a mi atacante, pero ganando velocidad rápidamente.

Al pie de la pendiente, justo delante de mí, había un montón de rocas dentadas.

La idea de simulación de combate había sido atractiva al principio. Hasta entonces, las clases en la escuela de espías habían demostrado ser una decepción. Como Murray me había advertido, no eran muy diferentes de las clases en la escuela normal: aburridas. Técnicas de investigación primaria era un bodrio total. Historia del espionaje en Estados Unidos era en verdad historia de Estados Unidos incluyendo unas cuantas anécdotas de espías; podía haber sido interesante, pero nuestra instructora, la profesora Weeks, la había impartido tantas veces que parecía quedarse dormida durante sus propias conferencias. El álgebra —y sus usos para calibrar la puntería— podría haber sido un reto si yo no hubiese tenido el don; el profesor Jacoby dijo que me deberían subir a cálculo, pero los papeles no habían sido aprobados aún. Y luego de la emoción de mi prueba sorpresa, la clase de supervivencia de Crandall había vuelto a ser una serie de recuerdos seniles.

Un juego de guerra prometía una oportunidad de salir a la intemperie y divertirnos. Íbamos básicamente a jugar a capturar la bandera con armas de balas de pintura. Yo no había esperado mantenerme con vida mucho tiempo; supuse que sólo correría un rato entre los árboles, me emboscarían y luego me retiraría a la "morgue" a tomarme un chocolate caliente con el resto de los "cadáveres". Pero entonces el clima se volvió frígido y comenzó a caer granizo. Y el entrenador Macauley, nuestro maestro de educación física, dijo que nuestra nota sería dictada por cuanto tiempo nos mantuviéramos con vida. El primer cuarto de la clase en morir recibiría una D.

Nadie quería una D, excepto Murray, quien "accidentalmente" se disparó en el estómago a treinta segundos de iniciar el juego y se fue a tomar una siesta.

Las rocas al fondo de la pendiente se acercaban velozmente. Atasqué la culata de mi arma en el hielo y me agarré fuerte. El arma dio una sacudida y se paró en seco, y yo giré rápidamente. Me seguí deslizando, moviéndome lo suficientemente rápido como para sacar el arma de la nieve, pero ahora al menos me deslizaba con los pies por delante. Choqué contra las rocas con las suelas de mis botas de nieve, en lugar de con la cara.

Mi atacante apareció en lo alto de la colina, empuñando el arma. La apuntó hacia mí.

Intenté darle la vuelta a la mía y ponerla en posición, pero la correa se me había enredado en el brazo mientras me deslizaba. Me costó trabajo meter mis dedos enguantados alrededor del gatillo.

La chica me tenía en la mirilla. «Gusto en conocerte», se rio.

Y entonces una bala de pintura roja le dio en el casco, manchándole todo el protector de la cara.

Por un breve instante, estuve impresionado conmigo mismo, sorprendido de que de algún modo había logrado dar en el blanco.

Entonces me di cuenta de que no lo había hecho yo.

Zoe salió de detrás de las rocas dentadas sosteniendo su arma de balas de pintura contra el pecho. «¡Una leccioncita para ti!», le gritó a la chica que acababa de eliminar. «¡Guarda los comentarios sarcásticos para *después* de que hayas matado a tu oponente!».

La chica muerta nos sacó la lengua y luego caminó fatigosamente hacia la morgue.

Me puse de pie, sacudiéndome la nieve de la chaqueta.

Estaba a punto de darle las gracias, pero Zoe se me adelantó.

—Muy bien hecho, Pantalla de humo. La condujiste directamente hacia mí. ¿Cómo sabías que me estaba ocultando aquí abajo?

Consideré decir la verdad: yo no tenía ni idea de que Zoe se había ocultado detrás de las rocas. Me había sacado las castañas del fuego. Pero no lo hice. Sin Zoe, yo podría haber sido el chico más sonso del campo. En su lugar, gracias a ella, yo era Pantalla de humo.

A Zoe le encantaba poner apodos. Y a pesar de la evidencia que demostraba lo contrario, ella pensaba que yo era un tipo chévere. Luego de presenciar mi rápida derrota a mano de los ninjas, había proclamado a quien quisiera escuchar que yo tan solo había fingido la derrota. Era una pantalla de humo: una trampa para convencer a mis enemigos de que no tenía ninguna habilidad, cuando en verdad, yo era una fría máquina de matar. Según Zoe, yo había hecho lo mismo en mis EDCYS, lo que había hecho que el asesino que fue a mi habitación más tarde esa noche pensara que yo sería presa fácil. De hecho, Zoe había presumido en público de que yo en verdad había matado al asesino y que la escuela lo había tapado. Me apoyaba tanto que hasta mi vergonzosa derrota ante los ninjas respaldó su creencia en mí: nadie podría haber perdido una pelea tan rápidamente, insistía. Había sido una muestra tan terrible de defensa personal que *tenía* que ser falsa.

Aunque Zoe era estudiante de primer año, igual que yo, era muy persuasiva. La anécdota rápidamente ganó vida propia. Chip y sus matones, Hauser y Stubbs, hicieron lo mejor que pudieron por circular su versión de los hechos: yo no tenía ni idea de lo que estaba haciendo y sencillamente me había puesto de suerte contra el asesino, cosa que era mayormente la verdad. Pero como a casi nadie le caía bien Chip ni confiaban en él, esto solo sirvió para darle mayor credibilidad a la versión de la historia de Zoe. La escuela ahora estaba dividida en dos bandos. La mayoría pensaba que yo era Pantalla de humo, una suerte de súper-espía encubierto que ocasionalmente fingía ser un inepto. El resto sospechaba que yo de hecho *era* un inepto. Yo no me sentía exactamente cómodo con que tanta gente creyera una mentira sobre mí, pero aun así era mucho mejor a que todos supieran la verdad. Las tres semanas pasadas habían sido mucho más fáciles que mi primer día; incluso me las había agenciado para hacer unos cuantos amigos y divertirme. El lado negativo era que yo sabía que solo iba a durar hasta cierto punto. Era solo una cuestión de tiempo antes de que todos se enterasen de la verdad; esta era una escuela llena de espías en potencia, después de todo. Así que me dije que iba a montarme en ese carrusel todo el tiempo que fuese posible.

—He estado al tanto de las posiciones de todos —le dije a Zoe, que me miró con sus ojos bien abiertos y maravillados.

La cosa más importante que había aprendido en mi tiempo en la escuela de espías era esta: *todos* eran impresionantes. Me habían mimado en mi escuela anterior. No había habido mucha competencia para ser el mejor estudiante; creo que mi maestro de matemáticas había dejado de molestarse con siquiera calificar mis exámenes y había comenzado a ponerles unos cuños con una A.

Por otra parte, los estudiantes en la escuela de espías eran la crema y nata de todo el país. Eran brillantes. Eran atléticos. Eran formidables. Había estudiantes que podían derrotar a diez ninjas a la vez, estudiantes que podían eliminar a francotiradores mientras iban al galope, estudiantes que podían hacer bombas con objetos caseros y goma de mascar y al menos dos que eran expertos en pilotear un helicóptero mientras peleaban contra un asaltante con un cuchillo (al menos en el simulador). Había empezado a entender por qué mis habilidades matemáticas por sí solas no habían sido suficientes para que yo diera la talla. Pero estaba decidido a demostrar que yo pertenecía ahí.

Con todo y lo tediosas que eran las clases, me había lanzado de a lleno a mis estudios, devorando mis libros de texto, intentando aprender cuanto pudiera. (Todavía seguía durmiendo en La Caja, y aunque no era agradable, el encierro en solitario me facilitaba estudiar sin distracciones.) Había dedicado tiempo extra al gimnasio y al campo de tiro.

Y entonces aparecía algo al estilo del juego de guerra para demostrar que estaba a años luz de ponerme a la par de mis compañeros de clase. Zoe y yo nos agachamos en un hueco en las rocas dentadas en donde ella se había escondido hasta que yo aparecí. «¿Cuál es el plan, Cortina de humo?», preguntó.

Yo no tenía ni idea de cuál era el plan. Lo mejor que se me ocurría era escondernos detrás de las rocas y esperar a que todos se mataran entre sí, cosa que yo sabía que no le iba a hacer mucha gracia a Zoe o a nuestros instructores. Sin embargo, había aprendido una valiosa lección de Alexander Hale: siempre podrías hacer que la gente que te respeta pensara por ti.

—Todavía estoy evaluando las opciones —dije—. ¿Qué tienes en mente tú?

—Intentar encontrar la bandera —respondió Zoe—. Camaleón está haciendo labor de reconocimiento.

Una paloma arrulló cerca, cosa rara, ya que todas habían ido al sur durante el invierno.

Zoe arrulló de vuelta. «Aquí está».

Warren se deslizó en nuestra pequeña cueva. Yo no era muy fanático suyo que digamos —él era gruñón y rencoroso—, pero era innegable que era un experto en camuflaje. Había usado resina de árbol para pegar grandes porciones de musgo y corteza por todo su cuerpo y luego se había ennegrecido la cara con tierra. Por si acaso, se había colgado incluso unas cuantas babosas. Parecía un terrario ambulante.

Warren estuvo momentáneamente sorprendido de verme, luego pareció estar atrapado entre el alivio y el enojo. Ya yo había determinado que a él le gustaba Zoe —la seguía como un agente enemigo— y no le hacía gracia toda la atención que ella me prestaba. Por otro lado, él se había tragado completas sus historias acerca de mis habilidades.

—Buenas noticias —dijo Zoe—. ¡Cortina de humo se ha unido a nuestro equipo!

—Fenomenal —dijo Warren inexpresivamente.

—¿Qué descubriste? —pregunté.

—El equipo azul tiene la bandera en el techo del viejo molino —Warren dibujó un mapa en la tierra con un palo—. Hay cinco hombres que la protegen, cuatro en las esquinas y el francotirador en el techo.

Zoe frunció el ceño. Bailey, el francotirador, era quien mejor puntería tenía en la escuela, un estudiante de quinto año de quien se decía que era capaz de decapitar a una pulga con una bala a una milla de distancia. «Eso va a estar difícil».

—En serio —se quejó Warren—. Eliminó a tres miembros de nuestro equipo mientras yo vigilaba.

Zoe y Warren me miraron con esperanza.

—Nunca he estado en el molino —dije—. ¿Me lo pueden describir en detalle?

Yo no había tenido tiempo de ver gran parte del campus. Debido a que tenía asesinos en potencia que me acechaban, deambular por el terreno de la escuela a solas no me había parecido una buena idea. Además, cualquier tiempo que yo no hubiese pasado estudiando o entrenando, lo había pasado intentando rastrear al topo.

Por desgracia, tampoco había llegado muy lejos con eso. Cada vez que me lograba acercar un poco a Chip o a Hauser, ellos parecían tan concentrados en vigilarme a mí como yo lo estaba en vigilarlos a ellos. Ninguno de los dos había hecho nada sospechoso. Yo tampoco había encontrado otros posibles topos. La única vez en que pensé que tenía una pista fue cuando vi a Oleg Kolsky, un estudiante de tercer año, escaparse de la escuela en secreto. Inmediatamente le había enviado un mensaje de texto a Erica, quien le siguió el rastro… tan solo para descubrir que él hacía una visita no autorizada a una sala de juegos.

Erica no había hecho más visitas a mi habitación y se había mantenido en contacto conmigo mayormente mediante notas que deslizaba dentro mi nueva mochila. (La escuela me había dado una mochila oficial de la academia luego de que los ninjas destrozaran mi mochila vieja.) Yo no tenía idea de cómo lo hacía. Un día me propuse mantener mi mochila a la vista toda la tarde y aun así después de todo había una nota. Sus mensajes por lo general me daban instrucciones de que la pusiera al tanto de mis novedades mediante varios pedazos de papel ocultos en el campus, cosa que era vergonzosa porque yo nunca tenía nada que informar. Más allá de eso, Erica no mostraba ninguna señal de que ella supiese que yo existía, mucho menos que colaboraba en una misión con ella. Sin embargo, esto no era para nada diferente del tratamiento que ella les daba a los demás. Simplemente se sentaba sola, siempre estudiando, inmune a la presencia del resto. Zoe la llamaba la Reina del hielo.

Aun así, eso era más contacto del que yo tenía con Alexander, quien parecía haber desaparecido del mapa. No me había dicho ni esta boca es mía.

—El molino está construido en la ladera de la colina, cerca de un arroyo en la parte trasera de la propiedad —explicó Zoe—. Ha estado ahí desde la Guerra Civil. Un enorme seboruco. Probablemente el mejor modo de atacar sea dar la vuelta por la parte trasera y acercarnos desde la cima de la colina —me miró a la expectativa.

Imaginé lo que Alexander me habría dicho a mí. «Muy bien pensado. Hagamos eso. ¿Qué otra cosa se puede hacer?».

Zoe pareció brillar, verdaderamente agradecida de que yo la hubiese elogiado. Warren intentó con todas sus fuerzas no lucir malhumorado y derrotado.

—Probablemente nos hará falta una distracción para

atraer la atención del francotirador —sugirió Zoe—. Camaleón, eso te toca a ti.

Ahora Warren no hizo ningún intento de ocultar su mal-
humor. «¿Yo? ¿Y por qué no puedo ir yo a por la bandera?».

—¿Tú sabes cómo eliminar a un francotirador? —preguntó Zoe.

—No —respondió Warren.

—Bueno, pues ahí lo tienes —dijo Zoe.

Por desgracia, yo tampoco tenía idea de cómo eliminar a
un francotirador. Pero no podía decirles eso. «¿Cómo llegamos al techo? ¿Podemos escalar las paredes?».

Zoe sonrió con orgullo y sacó un garfio de su mochila.
«Supongo que sabrás usar esto, ¿no?», preguntó.

Yo no sabía. Ni había *visto* un garfio hasta ese momento.
Nada más que en las películas. Ni me podía imaginar de
dónde lo había sacado. Jamás había notado una tienda de
garfios —o una sección de garfios en Target— en mi vida.
«Eh... Nunca antes he usado este modelo en particular», me
excusé. «Tan solo he trabajado con los alemanes».

—Oh —dijo Zoe avergonzada—. Yo no sé cómo fun-
cionan esos.

—Entonces quizá deberías ser tú quien lo use —dije—.
Yo confío en ti.

Zoe volvió a brillar. Warren tenía pinta de que quería
aplastarme con una roca.

—Vamos —dije, aunque me habría quedado muy feliz todo el día en nuestro recoveco en las rocas. No estaba expuesto al viento y el granizo y con nosotros tres amontonados adentro, casi estaba cálido. Pero tenía que mantener mi reputación.

Salimos al frío y empezamos a escalar la ladera helada, a gatas, mientras escuchábamos el sonido de la batalla en la distancia. La pelea se había extendido por una hora; yo supuse que nos habíamos mantenido con vida el tiempo suficiente como para que nos dieran una nota de C.

Sincronizamos nuestros relojes y luego nos separamos cerca de un cedro que estaba en torno al viejo molino. Warren se quedó donde estaba, acurrucado y cubierto por una capa de musgo que lo hacía lucir como un tronco. Zoe y yo fuimos a darle la vuelta a la colina para poder acercarnos al molino por la parte trasera. Silbidos de pájaro —o cualquier otro tipo de vocalización— ya no eran viables como medio de comunicación; el otro equipo lo descubriría en el acto. Así que el plan era simplemente que, en exactamente media hora, Warren comenzaría una distracción. Entonces Zoe y yo usaríamos el garfio para escalar el molino, eliminaríamos al francotirador y a los otros guardias y recobraríamos la bandera.

Durante todo el tiempo, yo tenía un plan secreto, que era que, de algún modo, en la próxima media hora, a alguien más de nuestro equipo se le ocurriría un plan mejor, eliminaría al equipo azul y ganaría el juego. Pero no parecía probable. En lo que dábamos la vuelta, notamos a varios miembros del equipo contrario en la distancia… y encontramos muchísima evidencia de la muerte de los miembros de nuestro equipo… usualmente manchas de pintura azul que rodeaban las siluetas de cuerpos en la nieve. No dijimos nada y seguimos moviéndonos despacio en silencio.

Luego de veinticinco minutos habíamos llegado a la cima de la colina y teníamos al molino a la vista. La bandera seguía ahí y nadie se nos había adelantado. Alrededor del molino, los cuatro guardias comenzaban a sentir frío y aburrimiento. Los dos en las esquinas más cerca de nosotros habían abandonado la posta y cuchicheaban. Arriba en el techo, el francotirador seguía alerta, peinando el horizonte con su arma.

—Lo vas a tener que eliminar desde aquí —me dijo Zoe.

Yo temía que ella diría eso. Tenía razón. Era nuestra mejor oportunidad de eliminarlo y no tendríamos ninguna posibilidad de recuperar la bandera si él seguía vivo. Pero a mí todavía me era difícil darle a una silueta a veinte pies de distancia en el campo de tiro, no digamos a un humano a 140 yardas de distancia en medio de una tormenta de granizo. Yo podía instantáneamente *calcular* a dónde apuntar para dar en el blanco, pero requería otro tipo de habilidades sostener la pistola en perfecta quietud y abrir fuego. Una gran diferencia entre las películas y la vida real es que en la vida real las armas son *pesadas*. Apuntarlas es extremadamente difícil. Además, con cada disparo, dan un culatazo lo suficientemente fuerte como para dejarte un moretón, lo que quiere decir que tienes que volver a apuntar cada vez que disparas. En las películas, cada héroe parece capaz de darle al enemigo entre ceja y ceja, incluso cuando el enemigo está al otro lado de un campo de fútbol, rodeado de rehenes inocentes y el héroe cuelga de una mano de un helicóptero en fuga. En la vida real, incluso un súper experto como el francotirador no lo podría haber hecho.

Por otro lado, si yo le disparaba al francotirador y fallaba —lo que era un escenario muy probable—, él tendría muy buena oportunidad de darme un tiro antes de que yo pudiese volver a apuntar y dispararle. Por lo tanto, dispararle parecía muy mala idea; pero si le volvía a encasquetar otra labor más a Zoe, ella comenzaría a sospechar que yo no tenía idea de lo que estaba haciendo.

—Muy bien —dije, acomodando el arma—. Pero esto no será fácil. Yo soy más de combate cuerpo a cuerpo.

—Lo sé —dijo—. Por eso serás tú quien guíe el ataque una vez que hayas eliminado al francotirador.

Yo y mi bocaza, pensé.

Puse el arma en el cayado de un árbol, la estabilicé y miré al reloj. Faltaban dos minutos para que Warren creara su distracción. El francotirador en teoría se distraería y yo en teoría lo eliminaría.

Zoe sacó la mirilla telescópica para coordinar mi puntería.

Una rama crujió a nuestra izquierda.

Estaba lejos, pero el viento había dejado de silbar un poco y el sonido se propagó.

Zoe y yo miramos a esa dirección, temiendo una emboscada.

En su lugar, vimos a dos miembros del equipo enemigo en la distancia. Se habían quedado de piedra en medio de la caminata, al tanto de que habían hecho un ruido que los delataba y estaban mirando a ver si alguien los había escuchado. Estaban a cincuenta yardas, demasiado lejos como para distinguir sus caras.

Estábamos pertrechados en la base del árbol, que con algo de suerte nos camuflaba.

—¿Nos ven? —susurré tan bajo que casi no se escuchó.

—No sé. Mira tú —Zoe me dio el telescopio. Yo estaba en mejor posición para ver a nuestros oponentes que ella.

Me lo puse al ojo con el menor movimiento posible. El telescopio funcionaba como el lente de una cámara digital; se enfocaba automáticamente en los demás, así que pude ver al instante quiénes eran.

—Son Chip y Hauser —dije.

No nos habían visto. Después de unos segundos parecían convencidos de que nadie los había escuchado y siguieron caminando. Solo que no venían hacia el molino o hacia donde la bandera estaba escondida. En su lugar, se escabulleron hacia la parte trasera de la propiedad, alejándose por completo del juego de guerra. Hacían todo lo posible por que no los notaran.

—Parece que no vienen a buscarnos —dijo Zoe con un suspiro. Entonces miró su reloj—. Faltan sesenta segundos para la distracción.

Extendió la mano para que le diera el telescopio, pero no se lo devolví. Seguí vigilando a Chip y Hauser.

Parecía que se traían algo entre manos. De ser así, lo habían calculado bien. Todo el estudiantado y el profesorado estaban concentrados en la guerra, pero nadie estaba al tanto de dónde estaba nadie específicamente en ningún momento.

—¡Cortina de humo! —siseó Zoe—. Ellos no son importantes. ¡Dame el telescopio!

—Perdón. Aquí hay gato encerrado —ajusté el lente en el telescopio, intentando ver a dónde iban. Una pequeña caseta de piedra próxima a la cerca trasera salió a la vista.

—¡Cuarenta segundos! —dijo Zoe—. ¡Vamos a perder el juego!

—Esto es más importante —le dije.

—Hazme el favor, ese no es más que Chip —protestó—. ¡Camaleón está a punto de sacrificarse!

Chip y Hauser llegaron a la caseta. Chip se metió la mano en el bolsillo...

Un grito de guerra se hizo eco desde abajo en la colina, más allá del molino. Con treinta segundos de anticipación. Por lo visto, no habíamos sincronizado bien nuestros relojes.

Chip y Hauser se dieron vuelta hacia el sonido, sorprendidos.

—¡Demonios! —Zoe me arrebató el telescopio de la mano y lo apuntó hacia el molino.

Yo apenas podía ver a Chip y Hauser entre el aguanieve sin el telescopio.

Me di la vuelta para quitárselo y al hacerlo le di un vistazo al desastre que se desencadenaba colina abajo. Un tronco había cobrado vida de repente y había salido a la carga contra el molino, disparando su arma a balazo limpio. Warren.

Los guardias del equipo azul se dieron la vuelta hacia él. Hasta el francotirador estaba distraído.

Disparé mi arma hacia él, cruzando los dedos…

Y le di a un árbol que estaba a diez pies de distancia, errando mi objetivo por unas meras 130 yardas.

Los guardias y el francotirador abrieron fuego a la vez contra Warren. Él habría sido un blanco fácil, incluso para mí. Tantas balas de pintura azul le dieron que a los treinta segundos parecía un Smurf.

En lo que esto acontecía, algo salió de la nieve a nuestro lado del molino, lejos de la acción. Me tomó un momento darme cuenta de que era una persona. Alguien que de algún modo había excavado a través de la nieve para ponerse a unos pasos de los guardias sin que ellos lo notaran. Esta persona se acercó a la pared del molino a la carrera y lo escaló como una ardilla, sin necesidad de un garfio.

—¡Es Erica! —cacareó Zoe, mirando a través del telescopio.

Ya yo lo había adivinado. No podría haber sido nadie más. Pero le quité el telescopio para verla de todos modos.

En cuestión de segundos, estaba en la cima del molino. El francotirador ya estaba muerto antes de que se diera cuenta de que ella estaba ahí.

Otros miembros del equipo azul, los que ni siquiera la habían notado, salieron del bosque alrededor del molino, a la carrera hacia él con tal de parar lo inevitable. Abrieron fuego contra Erica, pero era demasiado tarde. Ya ella había capturado la bandera.

La atención de todos estaba en el molino. Excepto la de dos personas, supuse.

Salí en la dirección que había visto por última vez a Chip. El ataque de Erica solo había durado unos segundos, pero yo me había permitido distraerme por demasiado tiempo.

Volé entre los árboles y salté rocas, resbalando en el hielo y la nieve, hasta que llegué a la caseta de piedra. Había dos pares de huellas que guiaban de la nieve a la puerta, que todavía estaba abierta gracias a un terrón de hielo que se había atascado en medio.

Vacilé un instante, dudoso de si abrir la puerta de un tirón y sorprender a Chip y Hauser, pero entonces el viento tomó la decisión por mí. Abrió la puerta de par en par.

La caseta medía solo unos pocos pies cuadrados, y había implementos de jardinería amontonados unos sobre otros alrededor de sus paredes.

Adentro no había señal de Chip y Hauser. Se los había tragado la tierra.

VIGILANCIA

Subnivel 1

8 de febrero

14:45 horas

Aunque muchas cosas sorprendentes ocurrían en la escuela de espías, yo estaba relativamente convencido de que nadie era capaz de una dispersión molecular instantánea. Yo sabía que Chip y Hauser habían entrado a la caseta: las huellas mojadas de sus botas todavía estaban marcadas en el suelo. El truco era averiguar adónde habían ido.

Estaba receloso de perseguirles por mi cuenta, dado que ambos eran considerablemente más grandes que yo y tenían varios años más de entrenamiento en cómo causar dolores serios a los demás. Pero no había muchas opciones. En la distancia podía ver que la celebración de la victoria de mi equipo había comenzado. Zoe y todos los demás corrían hacia el molino, coreando el nombre de Erica. Me tomaría varios minutos regresar y convencer a alguien de que viniera a ayudarme, minutos que no tenía si quería mantenerme cerca de Chip y Hauser.

Pero por debajo de mi preocupación había una corriente de emoción también. Afuera, todos estaban simplemente fingiendo ser espías, mientras que a mí me habían dado la oportunidad de ser uno de verdad. Tenía una verdadera misión: averiguar qué se traía Chip. Y si lo hacía bien, la gente tal vez pronto corearía *mi* nombre.

Revisé la caseta en busca de pistas. Era una caseta que no estaba anexa a otra edificación, lo que quería decir que había solamente un rumbo en el que Chip y Hauser podían haber ido: hacia abajo.

Volví a mirar al suelo. Era de un concreto avejentado, descascarillado y mellado, producto de años de maltrato. Había un pequeño cuadrado en el centro de la caseta, de tres pies de grosor en cada lado, dentro de otro cuadrado mayor que componía el resto del suelo. Las huellas de Chip y Hauser estaban confinadas al cuadrado central, excepto una.

Se trataba de la huella de un dedo del pie en la parte superior del lado de la puerta, como si uno se hubiera estirado para alcanzar algo en lo alto.

Rápidamente examiné aquella pared. Una repisa de herramientas de jardinería colgaba de ella —mangueras, rastrillos, palas, tijeras de jardinero— con los filos oxidados y los mangos gastados. Era como si hubiera entrado en un catálogo de jardinería de 1950. Encima había una segunda repisa que tenía cosas más pequeñas: linternas, palas de jardinería, cables eléctricos enrollados. La huella del dedo del pie parecía estar angulada hacia una pala de jardinería. Como Chip y Hauser eran seis pulgadas más altos que yo, me tuve que encaramar sobre el saco de fertilizantes para alcanzarla.

La pala de jardinería estaba fundida a su gancho oxidado, así que no la pude quitar. En su lugar, se movió hacia arriba cuando la agarré, como un interruptor.

Se oyó un suave clic metálico de la parte interna de la pared seguido de un ruidoso siseo proveniente de debajo de la caseta. El cuadrado interior de concreto de repente se hundió en el suelo.

Cerré la puerta de la caseta y salté al cuadrado.

Se hundió a un túnel subterráneo a treinta pies debajo de la superficie. El túnel tenía quince pies de grosor por diez pies de altura, lo suficientemente grande como para manejar un carrito de golf a través de él. Las paredes, el techo y el suelo eran todos de cemento. Algunas raíces de los árboles se habían forzado a través de las fisuras en el techo, lo que quería decir que el túnel había estado ahí durante décadas.

El agua goteaba a través de las fisuras, creando charcos en el suelo y dándole al lugar un olor húmedo y musgoso, como las duchas del gimnasio de nuestra escuela secundaria.

El túnel estaba bien iluminado —las luces salpicaban el techo cada unos cuantos metros— aunque curveaba en dirección de regreso la escuela, así que no podía ver a nadie delante de mí. Sin embargo, los podía *escuchar*. Chip y Hauser no se habían molestado en susurrar, confiados en que nadie sabía que estaban ahí, y me llegaba el eco de sus voces.

Salté del cuadrado de cemento. El túnel terminaba detrás de él, justo donde la pared de la propiedad de la academia debería estar. Había dos botones rojos con flechas que apuntaban arriba y abajo en una pared cercana, igual a los que encontrarías en un elevador. Empujé el botón de arriba.

El cuadrado de concreto se volvió a elevar, permitiéndome ver cómo funcionaba. Una columna neumática lo levantaba, silenciosa excepto por el siseo del aire, lo suficientemente silente como para que Chip Hauser no lo escucharan por encima de sus voces. El bloque de concreto encajó perfectamente de vuelta en el techo arriba de mí.

Temiendo que mis pesadas botas de nieve serían muy ruidosas en el piso de cemento, me las quité y las llevé en la mano, chapoteando por el corredor con mis medias. Cuando doblé la curva, pude ver a Chip y Hauser en la distancia, moviéndose rápidamente, como si tuvieran un objetivo.

No hablaban de nada clandestino. Hauser no paraba de hablar acerca de lo injusto que había sido el último examen de conducción a la ofensiva del profesor Oxley. «Teníamos que conducir estos carros antiguos con transmisión manual. ¿Cuándo fue la última vez que alguien vio un carro con transmisión manual?».

—Hay que estar preparado para cualquier cosa —dijo Chip.

Bueno, no fui yo el único que no sabía hacerlo —refunfuñó Hauser defensivamente—. Stubbs ni siquiera sabía cómo sacar al suyo de parqueo. Acabó poniéndolo en marcha atrás y por poco se lleva a media clase.

Al acercamos más al centro del campus, más túneles comenzaron a bifurcarse del que veníamos. Y luego puertas comenzaron a aparecer. La primera que pasé tenía una placa que ponía: B-213–ALMACENAMIENTO. La próxima ponía B-212, también almacenamiento. Pronto el lugar se convirtió en un laberinto. Fuimos a la derecha y a la izquierda a través de él. Si no hubiese tenido a mis objetivos a la vista, los habría perdido. Y dudaba que podría encontrar mi camino de vuelta a la caseta, aunque supuse que eso no sería problemático. Habíamos entrado en lo que obviamente era un importante nivel subterráneo del campus. La caseta, con su pequeño elevador neumático, no podía haber sido la única entrada. Tenía que haber otros modos de entrar y salir.

Aun así estaba sorprendido del tamaño de este nivel subterráneo... y del hecho de que no tenía idea de que estaba ahí. Se me ocurrió que Alexander había dicho algo inmediatamente antes de que el examen EDCYS comenzara con respecto a que "había mucho más de lo que se veía a simple vista", pero en ese momento pensé que estaba siendo solamente metafórico. Durante las últimas tres semanas, había dado por supuesto que los edificios que yo veía sobre tierra componían el campus en su totalidad. Ahora me daba cuenta de que, al igual que con tantas otras cosas en la escuela de espías, había mucho más que acontecía debajo de la superficie.

Comenzamos a pasar otras habitaciones, habitaciones que contenían equipos mecánicos y eléctricos, habitaciones secretas sin señas distintivas y con múltiples paneles multi-códigos, dormitorios y comedores que probablemente databan de la Guerra Fría, cuando todos temían que una guerra nuclear los obligaría a vivir bajo tierra durante un año. Tuberías y cables eléctricos serpenteaban a través de las paredes y el techo. Objetos arbitrarios, como armarios y carritos de la compra, comenzaron a aparecer en los pasillos, como si, a pesar de las habitaciones de almacenamiento, aun así no hubiera suficientes lugares para ponerlos. Durante todo el trayecto, estaba siniestramente vacío; todos todavía estaban afuera.

Sin embargo, eso probablemente cambiaría pronto, ahora que la guerra había terminado... y Chip lo sabía. Él seguía mirando su reloj y apurando a Hauser a que siguiera adelante.

Entonces se detuvo de repente. Estaban en una sección anodina del túnel que lucía exactamente como cualquier otra sección del túnel por la que habíamos estado.

Me agaché detrás de un carrito cargado de sacos de huevo en polvo justo en el momento en que Chip miró en mi dirección. No me vio —ni vio a nadie más— y decidió que no había moros en la costa.

—Mira esto —susurró y señaló a algo empotrado entre unas tuberías en la pared.

—Madre mía —suspiró Hauser.

Yo todavía tenía el telescopio de Zoe. Me lo llevé al ojo y enfoqué en primer plano. Capté un destello de un nido de cables rojos y azules y una masilla amarillenta antes de que Hauser se moviera y me bloqueara la vista.

No podía darlo por seguro, pero *parecía* una bomba. Por supuesto, lo único que yo sabía de bombas venía de las películas. Nunca había visto una en la vida real. (Construcción y desactivación de explosivos no se impartía hasta el cuarto año, cuando nuestra coordinación óculo-motriz era un poquito más firme). Hasta donde yo sabía, una bomba verdadera podría parecer un ramillete de flores.

—¿Tienes la caja de herramientas? —preguntó Chip.

Hauser sacó una pequeña caja gris de su bolsillo, aunque yo no podía ver qué hacían con ella. Hauser era un tipo grande de por sí; con su abultada ropa de invierno, bloqueaba la mitad del túnel.

—¿Así que esto es Escorpios, no? —preguntó Hauser.

—*Escorpión* —lo corrigió Chip—. Aguántalo firme.

Hauser se movió hacia un lado. Volví a ver un destello de los cables.

Si quisiera que Erica o Alexander creyeran esto me hacía falta evidencia. Pesqué mi teléfono móvil del bolsillo y apreté la cámara contra el ocular del telescopio, pensando que tal vez podría usarlo como un lente fotográfico. Era difícil aguantar firmemente los dos artefactos, así que apoyé el telescopio sobre el saco de huevo en polvo en intenté enfocarlo.

De repente mi teléfono vibró en mi mano.

Era un mensaje de texto. Yo había intentado usar mi teléfono bajo tierra en cientos de ocasiones en Washington —prácticamente cada vez que había viajado en el metro— y nunca jamás, ni una vez, había tenido cobertura.

Pero ahora, en un pasillo subterráneo a treinta pies bajo tierra, mi teléfono había escogido funcionar en el momento menos oportuno posible. La inesperada vibración me tomó por sorpresa. Le di un golpe al telescopio, que rodó por el saco y cayó al suelo con un estrépito. Y por si eso no hubiese sido lo suficientemente ruidoso en el por lo demás silente túnel, el telescopio rodó ruidosamente lejos de mí… y justo hacia Chip y Hauser.

No tenía sentido seguir escondiéndome. Corrí.

—¡Oye! —gritó Chip. Luego escuché sus pasos y los de Hauser dando pisotones en el corredor detrás de mí.

Me escondí alrededor de la primera esquina a la que llegué, con la esperanza de que no me hubieran visto la cara, entonces doblé por la otra esquina también. Intenté buscar puntos de referencia para que luego fuera capaz de encontrar el camino de vuelta a la bomba, pero todos los pasillos lucían iguales y me movía demasiado rápido como para leer los números en las puertas.

Vi una escalera adelante y corrí hacia ella, aunque mis pies enfundados en las medias no podían afincarse bien en el suelo resbaladizo. Escuchaba las pisadas que venían detrás de mí.

—¡Más te vale parar, Ripley! —me provocó Chip—. Puedes correr, ¡pero no podrás esconderte! ¡Más tarde o más temprano te encontraré!

Más tarde me pareció la mejor opción. Subí las escaleras corriendo. Dos pisos más arriba había una puerta de acero. La embestí con todo lo que tenía…

Justo en el momento en que Chip me alcanzó. Me agarró por la capucha de mi chaqueta de invierno, aunque mi inercia lo haló también a él hacia adelante. Fuimos dando tumbos hacia una alfombra desgastada.

Me di la vuelta para encontrar al puño de Chip en una trayectoria de colisión contra mi cara. Me esquivé a la derecha. Los nudillos de Chip me rozaron la oreja, luego se impactaron contra el suelo.

Mientras Chip aullaba de dolor, intenté escabullirme, pero me agarró el tobillo y me dio un jalón.

—¿Qué viste? —me reclamó.

—¡Nada! —le di una patada en el brazo con mi pie libre, intentando zafarme.

Chip se me subió encima.

En las películas, cuando los espías pelean, siempre lucen con mucho estilo, usando una combinación de golpes de artes marciales y armas ingeniosamente improvisadas, por lo general en lugares increíblemente pintorescos, como un castillo en los Alpes franceses.

Esta pelea no era para nada de ese modo. Chip definitivamente sabía pelear —resultó que el área en la que en verdad sobresalía era las artes marciales— mientras que yo casi no había recibido ningún entrenamiento en absoluto. Sin embargo, había pasado cualquier tiempo libre que había tenido en las semanas anteriores adiestrándome en técnicas de defensa personal. Dadas las circunstancias, opté por una movida llamada "Armadillo tímido", que simplemente involucraba acurrucarme en una pelota y cubrirme la cabeza con los brazos. Escogí esto por dos razones: (1) era ridículamente fácil y por tanto ya yo era experto en ella, a diferencia de procedimientos más complicados, como "La ardilla rallada astuta" o "La cobra espástica"; y (2) llevaba puestas gruesa ropa de invierno, lo que me aislaba no solamente del frío, sino también de los ataques de Chip.

Por lo tanto, Chip tenía que rebajarse a pelear en mi nivel, dando tumbos por el suelo conmigo mientras intentaba engancharme con un golpe. Me dio algunos puñetazos en los brazos y el torso, pero mi abrigo de esquiar estaba tan bien acolchado que parecía como si me estuviese golpeando con una almohada. Mientras tanto, yo me concentré en sus puntos de presión para que me soltara: meterle el dedo en un ojo o darle un rodillazo en los testículos, aunque lo único que logré hacer fue darle un codazo a una silla.

—¡Oh, por el amor de Dios! —gruñó Chip—. ¿Por qué no peleas como un hombre?

—Paso —dije. El Armadillo tímido me había funcionado.

—¿Qué es lo que pasa aquí?

La voz del director era lo suficientemente aterradora como para que a Chip se le helara la sangre. Dejamos de pelear al instante.

Por primera vez desde que emergimos del nivel

subterráneo, había tenido la oportunidad de contemplar mis alrededores. Me había pasado la batalla entera con la cabeza bajo los brazos. Resulta que habíamos emergido en la entrada central del edificio Hale —desde detrás de un panel secreto que aún colgaba entreabierto— y por lo tanto presentamos nuestra pelea quizás en el sitio más público del campus. Docenas de estudiantes y profesores habían regresado del juego de guerra para encontrarnos forcejeando en el suelo como un par de idiotas.

—Él fue quien empezó —dijo Chip, señalándome.

—¡No fui yo! —protesté.

—¡A mí no me importa quién lo empezó! —rugió el director—. ¡Las peleas están prohibidas en la academia!

—Pero nosotros peleamos en clase todo el tiempo —dijo Chip.

—¡Eso es para una nota! —lo regañó el director—. Las peleas no autorizadas son una cosa diferente. ¡Los quiero ver a los dos en mi oficina ahora mismo!

Todos los estudiantes respondieron con un "Oooooh". Ninguno de ellos quería estar en nuestros zapatos.

Me senté, sintiendo vergüenza y miedo, y noté las caras familiares en la multitud. Zoe lucía impresionada de que hubiera desafiado a Chip. Warren (quien todavía estaba de azul Prusia de pies a cabeza) parecía irritado de que Zoe estuviese impresionada. Murray se veía preocupado por mí.

Hauser y Stubbs se veían preocupados por Chip. Tina, mi consejera-residente, lucía avergonzada, como si mi comportamiento de algún modo la hiciera lucir mal. El profesor Crandall no parecía tener idea de lo que acontecía; estaba demasiado ocupado intentando quitarse un poco de hielo que se le había congelado en las cejas.

Y entonces apareció Erica.

Era raro verla entre la multitud. Era tan solitaria que parecía fuera de lugar rodeada de gente.

Lo que era aún más extraño es que se arrodilló a mi lado y me sostuvo la cara entre sus manos: «¿Estás bien?», preguntó. Era un gesto tan suave y cariñoso que por un momento me pregunté si alguien había reemplazado a la Erica verdadera con una agente doble. Dada la reacción de la mayoría de los demás estudiantes, ellos se estaban preguntando lo mismo. Pero era definitivamente Erica: tenía el mismo fabuloso olor a lilas y pólvora de siempre, acompañado de un toque de pintura de látex.

—He estado mejor —respondí. Luego me le acerqué y susurré—: hay una bomba debajo de la escuela.

Erica no se dio por aludida. Su expresión no cambió. Igual le podría haber dicho que me gustaban los conejos. Me estaba preguntando si me habría escuchado, pero cuando me ayudó a ponerme en pie, me susurró de vuelta: «Yo me ocupo de eso. Me mantendré en contacto».

No tuve tiempo de preguntarle más nada. El director señaló hacia arriba, rumbo a su oficina. Chip y yo lo seguimos obedientemente.

Al hacerlo, Chip también me susurró algo. «Di una palabra de lo que viste allá abajo y eres hombre muerto». La multitud nos abrió paso y noté que las miradas de los estudiantes habían cambiado. Ya no parecían tenerme lástima por ganarme la ira del director. En su lugar, me miraban con curiosidad, preguntándose cómo demonios *yo* me las había agenciado para ganarme la preocupación de Erica. Muchos de los chicos lucían más impresionados que cuando se enteraron de que me había librado de un asesino.

Lo que hizo que ser atacado por Chip e ir rumbo a la oficina del director casi valiera la pena. Casi. Pero no en realidad.

14

PROVOCACIÓN

El director se había pasado cinco minutos en su diatriba cuando descubrí qué quería decir Erica con eso de mantenerse en contacto.

No le estaba prestando mucha atención a la diatriba. No estoy seguro de que el director lo estuviera haciendo tampoco. Hablaba para escuchar su propia voz, divagando sobre cómo la academia les exigía a sus estudiantes un muy alto estándar de conducta y cómo Chip y yo nos habíamos quedado por debajo y cómo si cualquiera de los dos pensábamos en graduarnos a una posición digna en el campo de operaciones nos íbamos a caer de la mata. De hecho, teníamos suerte de que no nos expulsara de la escuela en el acto…

Me sorprendí de encontrarme tan tranquilo en medio de la tormenta. En mis anteriores 1.172 días de escuela pública, jamás me había metido en problemas, mucho menos me habían enviado a la oficina del director. Pero, aunque no me sentía feliz con la situación, sabía que el director *no podía* expulsarme. Toda su caza del topo estaba basada en que yo estuviera allí. De hecho, me podría haber asustado más si me hubiese amenazado con mantenerme en la matrícula de la escuela.

Sin embargo, la *verdadera* razón por la que no estaba muy preocupado con el director era que tenía bastantes otras cosas de las cuales preocuparme. Como qué hacían Chip y Hauser en el túnel.

¿Había en verdad una bomba allá abajo? ¿Y qué iban a hacer con ella? ¿Funcionaba? ¿Estaban intentando hacer que funcionara? Y, de ser así, ¿por qué?

¿Qué era Escorpión? Sonaba al nombre en clave de una operación, pero ¿cuál era la operación? ¿Era el nombre "Escorpión" una clave que la explicara? Yo sabía que escorpión era un gigantesco escorpión mitológico: una extremadamente peligrosa bestia que había derrotado a Orión, el cazador casi invencible. Escorpión era también una constelación y un signo del zodíaco que iba del 23 de octubre al

22 de noviembre. ¿Eso era una pista? ¿Escorpión estaba programado para que se desarrollara en esa fecha? Si así era, le faltaba mucho tiempo.

Estaba feliz de que había tenido la oportunidad de contarle a Erica lo de la bomba. Con algo de suerte, ella estaría investigándola mientras nosotros estábamos ahí sentados. Incluso consideré contárselo al director, pero no quería hacerlo en frente de Chip. En la escuela pública, si alguien te decía: "Di una palabra de lo que viste allá abajo y eres hombre muerto", podías suponer que era una exageración. En la escuela de espías, en verdad te enseñaban cómo respaldar esas palabras... y te daban las armas para hacerlo.

De cualquier modo, Erica era probablemente mucho más competente que el director. Con toda seguridad, ya ella habría dado con la bomba, la habría desmantelado y habría descifrado quién estaba involucrado. O eso esperaba yo. Estaba desesperado por salir de esa oficina: no tan solo para averiguar qué ocurría, sino también para evacuarme del edificio en caso de que la bomba detonara y convirtiera al lugar en palillos de dientes. (Consideré brevemente que la bomba no estaba activada porque, en caso de estarlo, Chip habría estado sudando a mares. Pero luego también consideré que, si Chip era tan incompetente como Erica decía, no tendría idea de si la bomba estaba activada o no... por lo que temer por mi vida todavía resultaba prudente).

Por desgracia, el director no mostraba ninguna señal de bajar las revoluciones. «Intentar hacerse daño es inaceptable», decía en ese momento. «Se supone que ustedes intenten hacerles daño a sus *enemigos*, por el amor de Dios».

—Hola, Ben —dijo Erica.

Me senté recto en la silla, sorprendido. Erica sonaba como si estuviese justo detrás de mí... «¡No te des la vuelta!», ordenó Erica.

Así que no lo hice.

—No hagas *nada* —continuó— Y no me respondas. No estoy en la habitación. Tú eres el único que puede escucharme.

De repente me di cuenta de que la voz de Erica no venía de detrás de mí en lo absoluto. En su lugar, parecía que venía de *dentro* de mí. Como si fuese una idea en mi cabeza.

—Te puse un transmisor wifi en el oído allá abajo — explicó Erica—. Lo que quiere decir que puedo escuchar todo lo que dice este parlanchín.

Fruncí el ceño. Así que por eso fue que Erica me había sostenido la cara. No había sido afecto en lo absoluto. Era simplemente un truco para ponerme un micrófono.

Tener un transmisor en el oído es extremadamente inquietante. Tu instinto cuando alguien te habla —o te dice que te ha metido una pieza de tecnología en la cabeza sin tu permiso— es contestarle. Me hizo falta cada onza de control que tenía para no responderle.

Como estaba la cosa, Chip ya me miraba con sospecha. Mi respuesta sorprendida a las primeras palabras de Erica había atraído su atención. Sin embargo, el director seguía perdido en su propio mundo. Estaba tan ocupado en pontificar que no habría notado a una turba de elefantes que cruzaran la habitación en estampida.

—Estás exactamente donde me hace falta que estés —me dijo Erica—. Ahora necesito que hagas dos cosas: primero, necesito que le prestes atención al director. No a lo que dice. A lo que hace. No quiero que le quites la vista ni un instante. Trata de recordarlo todo… Segundo: necesito que lo insultes.

¿¿Qué?! Le quería preguntar. *Casi* lo hice. Hizo falta una increíble cantidad de autocontrol para no hacerlo. No me podía imaginar por qué Erica querría meterme en un lío aun más gordo. Pero, dada la naturaleza unilateral de nuestra comunicación, no había modo de preguntarle.

—Sé que es pedir mucho, pero tendrás que confiar en mí —la voz de Erica era reconfortante y confiada—. Te prometo que todo va a salir bien.

Por algún motivo, le creí. Quizá porque Erica era la única persona en quien confiaba. Quizá porque sus palabras dentro de mi cabeza me hicieron pensar que eran en verdad *mis* palabras. Lo más probable es que era porque quería impresionarla. Probablemente me habría parado delante de una locomotora si ella me lo hubiese pedido amablemente. Así que busqué una oportunidad para crear problemas... y no pasó mucho tiempo antes de que la encontrara.

—Cuando yo era estudiante aquí, nosotros *sabíamos* cómo comportarnos —nos reprendió el director—. ¿Quieren saber cómo nos castigaban por pelear en aquel entonces?

—Vaya, eso debe haber sido hace mucho tiempo —dije—. ¿Los ponían en la estaca? La usaban mucho en la época de la colonia.

El director me apuntó con el dedo: «¿Qué fue lo que dijiste?».

—Que es un viejo —respondí—. ¿Fui demasiado sutil para usted?

A mi lado, los ojos de Chip se le salían de las órbitas. No podría asegurarlo, pues tenía la vista fija en el director, pero lo podría haber impresionado.

Erica definitivamente lo estaba. «¡Perfecto!», me incitó. «¡Sigue con eso!».

El director se puso rojo como el fondillo de un babuino. Se me abalanzó encima con furia, y paró justo frente a mi cara. «¿Debo suponer, señor Ripley, que usted piensa que no se ha metido en suficientes problemas hoy? ¿Quiere un castigo incluso peor?».

—Lo que sea, no podría ser peor que su aliento —dije—. ¿Qué almorzó, mierda de perro?

Esta vez se oyó la risa disimulada de Chip.

El director retrocedió. Por unos instantes no parecía completamente seguro de qué hacer. Por lo visto, ningún estudiante jamás le había hablado del modo en que yo lo acababa de hacer. Parecía que quería expulsarme en el acto... excepto que no podía, así que sólo se podía poner más furibundo con la situación. Los ojos se le salían de la cara y se pasó las manos por su pelo falso. «¡Ya verás!», gritó por fin. «¡Te voy a poner en una probatoria total!».

—Provócalo a que lo haga ahora —me dijo Erica.

—Muy bien —dije—. Hágalo.

Otra vez, el director lució desconcertado. Todas sus amenazas parecían surtir el efecto contrario a lo que él quería. «¿Ahora mismo?».

—Ahora mismo —dijo Erica.

—Ahora mismo —repetí yo.

—Muy bien entonces, chamaco. Te lo buscaste —el director fue detrás de su escritorio, luego, con la vista perdida, miró fijamente a su computadora. Luego de unos instantes, agarró un diccionario de un anaquel detrás de él y lo abrió —como si le hiciera falta ayuda para recordar su contraseña—, luego lo cerró de a golpe y se conectó. Entonces comenzó a redactar un correo electrónico, dictando lo que escribía para que yo me enterara. "A la atención del personal de la academia: El estudiante de primer año Benjamín Ripley por esta vía es puesto en probatoria total hasta nuevo aviso de esta oficina…"

—Oye —el susurro había sido tan suave que me tomó un momento darme cuenta de que no provenía de Erica. Era Chip.

Le di un vistazo.

—Eso estuvo fenomenal —dijo un decibel por encima de un murmullo.

—Gracias —susurré de vuelta.

—… y se le negarán los privilegios estándares de los estudiantes a partir de este momento —concluyó el director, luego me encaró con una mirada dura—. Si te metes con el toro, prepárate para sus cuernos.

—Eso es cómico —respondí—. Cuando yo lo veo a usted, pienso en la parte *trasera* del toro.

—Cógelo suave, tigre —dijo Erica—. Ya te puedes relajar. Ya el trabajo está hecho.

Habría sido preferible si me lo hubiese dicho *antes* de que yo dijera algo más. Mi insulto final había sacado de quicio al director. Tanta ira lo consumía que yo pensé que le saldría lava por las orejas. Su repugnante tupé se le había desajustado y ahora estaba torcido, creando la apariencia de una magdalena mal glaseada.

Regresó con furia a donde yo estaba sentado y me tocó la nariz con su dedo regordete. «Muy bien, renacuajo. ¿Tú piensas que no me puedo poner duro? Pues aquí viene el mandarriazo. A partir de ahora, vas a dormir en La Caja».

—Pero… si ya yo duermo en La Caja —dije.

La cara del director se quedó en blanco. «Ah, ¿sí? ¿Desde cuándo?».

—Ah… desde que llegué —respondí.

—¿Por qué? —preguntó—. ¿Quién fue el idiota que te puso en La Caja?

Me retorcí, consciente de que no le iba a gustar mi respuesta.

—Fue *usted*.

A mi lado, Chip hacía un esfuerzo tan grande por no reírse que *él* se estaba poniendo rojo. Sin embargo, el director no lo notó. Mi última respuesta, aunque era la verdad, le había intensificado la ira. Todo su cuerpo temblaba de rabia.

Antes de que se me pudiera lanzar encima, intenté explicarme.

—Un asesino intentó matarme en mi habitación, ¿lo recuerda? Así que usted me asignó que me quedara en La Caja por mi seguridad.

El director volvió a dudar, aparentemente atrapado entre la furia y la confusión. «¿Y todavía estás ahí?», preguntó, en un tono furiosamente confuso.

—Nadie jamás me dijo que me podía mudar de ahí —contesté.

—Bueno, ¡pues no puedes! —el director gritó con petulancia—. Pero no porque no sea seguro. Porque estás castigado por insubordinación. Y te vas a quedar en La Caja hasta que yo decida lo contrario. Cruzaste una raya, señorito. A partir de ahora, ¡voy a hacer que mi misión personal sea garantizar que tu vida sea todo lo miserable posible el resto de tu tiempo aquí! —Apretó un botón rojo en su escritorio.

Un instante después dos agentes armados irrumpieron en la habitación con las armas en la mano. Ambos lucieron sorprendidos —y luego decepcionados— de ver a dos estudiantes sentados frente al director en lugar de, digamos, algunos agentes enemigos.

—Escolten al señor Ripley directamente a La Caja —ordenó el director.

—Uh... —dijo uno de los agentes—, ese botón rojo se supone que sea usado únicamente para emergencias.

—Esto *es* una emergencia —ladró el director—. El comportamiento de este muchacho ha sido realmente rebelde. Tenemos que imponer un castigo ejemplar —volvió la mirada hacia mí—. Recuerda mis palabras, Ripley. Te vas a arrepentir del día en que me conociste.

—Ya me arrepiento —no pude evitar decirlo, aunque Erica no me había pedido que lo hiciera. No parecía posible que nada de lo que fuera a decir me podría meter en *más* líos.

Los agentes podrían no haber estado entusiasmados con

la orden del director, pero como era su oficial superior, la cumplieron; me agarraron por los brazos, me pusieron de pie y me sacaron de la oficina.

Chip Schacter salió justo detrás de nosotros. El director se había incomodado tanto conmigo que evidentemente se había olvidado de que nos había llamado a ambos para reprendernos.

—Ripley, puede que tú seas un fraude y un mentiroso, pero tienes un coraje de ampanga —dijo Chip.

—Gracias —respondí.

La mirada de Chip se volvió amenazadora. «Aun así, más te vale mantener el pico cerrado respecto a tú-sabes-qué».

Los agentes me sacaron a rastras antes de que pudiera responder.

Así que me había ganado un poquito de respeto de Chip Schacter —y posiblemente de Erica— y todo cuanto había tenido que hacer había sido meterme en un lío tan grande con el director que mis años restantes en la escuela de espías iban a ser una miseria constante.

No parecía exactamente el mejor canje del mundo. Yo solo rezaba porque Erica supiera lo que estaba haciendo.

ANÁLISIS

La Caja
8 de febrero
16:00 horas

No fue hasta que me pasearon como a un convicto por delante de todo el estudiantado y que me metieran en La Caja por el resto de la noche que por fin se me ocurrió revisar mi teléfono por si tenía mensajes. Las cosas habían sido tan alocadas que nunca leí el texto que había alertado a Chip de mi presencia en primer lugar.

Era de Mike.

Otra fiesta en la casa de los Pasternak mañana en la noche. ¿Quieres que te pase a buscar?

Un mes antes, este habría sido el mejor mensaje que

jamás hubiese recibido. Ahora simplemente era un recordatorio de cuán miserable era mi vida. Mike ahora era un huésped frecuente de Elizabeth Pasternak, mientras que yo me pasaba la tarde recibiendo golpes y siendo manipulado… y ahora estaba encerrado por los próximos cinco años y medio. Escuela pública: 1 punto. Escuela de espías -1.000 puntos.

Claro, Mike, quería escribirle. Me encantaría que vinieras a buscarme. *Para tu información: te hará falta un equipo comando y un coche para la fuga.*

Como estaba la cosa, ni siquiera podía responderle con una excusa sonsa de por qué no podía ir. La Caja tenía la cobertura de wifi de una mina de carbón. Ninguna.

Me sentiría menos miserable si hubiese tenido noticia de Erica, pero estaba en silencio radial desde que había salido de la oficina del director. Todavía no tenía idea de por qué Erica me había hecho provocar al director o, ya que estamos, si había encontrado la bomba. Si no la había encontrado, eso quería decir que ahora yo estaba encerrado a nivel de sótano con un artefacto explosivo activado.

Si era acaso un artefacto explosivo activado. Me di cuenta de que no le había podido echar un buen vistazo…

Pero aún podía. De repente recordé que le estaba tomando una foto a la bomba en el momento en que recibí el mensaje de texto de Mike. Rápidamente saqué el *Manual de bombas y otros artefactos incendiarios* de Peachin y miré la foto que había tomado con mi teléfono.

Resulta que había tomado una excelente foto... de la mirilla del telescopio digital. No tenía evidencia fotográfica en absoluto de la bomba.

Suspiré y me dejé caer en la cama, sintiéndome deprimido e inútil. Eso sin mencionar cautivo. En alguna parte a nivel sobre tierra, Zoe y mis nuevos amigos probablemente celebraban su victoria en el juego de guerra en una sala de estar o estaban practicando la puntería en el campo de tiro. Mientras tanto, yo estaba completamente aislado.

No había nada que pudiese hacer excepto la tarea. Abrí *Fundamentos de la criptografía* de Forsyth y leí hasta que se me nublaron los ojos. Luego miré al reloj y vi que tan solo eran las cuatro y media de la tarde.

El tiempo en verdad pasa lento cuando estás encerrado.

Leí con dificultad otro capítulo, quedándome dormido unas diecisiete o dieciocho veces. Luego volví a mirar mi reloj.

Todavía eran las cuatro y media de la tarde.

O el tiempo *en realidad* pasaba lento cuando estabas encerrado o mi reloj estaba roto.

Chequeé en mi teléfono. De hecho, eran las ocho y media de la noche, lo que explicaba por qué tenía un hambre endemoniada. Nadie me había venido a buscar para la cena. Me preguntaba si esto era parte de mi castigo o si la administración sencillamente se había olvidado de mí. Para este entonces, había estado el suficiente tiempo en la escuela de espías como para pensar que era lo segundo, cosa que me comenzó a preocupar. Podía pasar la noche sin comida, pero si alguien no recordaba que yo estaba en La Caja a la mañana siguiente, las cosas se podían poner grises con pespuntes negros.

Aun así, todavía no valía la pena entrar en pánico. Tal vez esto era solamente una prueba para ver cómo yo lidiaba con la presión. De ser así, les mostraría que yo era un hueso duro de roer. Para el beneficio de cualquier cámara que podría estarme filmando, me hice el duro, como si en realidad disfrutara estar encerrado. Me acosté en mi catre y di un suspiro satisfecho. «Esto es fabuloso», dije a cualquier micrófono oculto. «Todo esto para mí solo. Es como estar de vacaciones».

Luego, como quien no quiere la cosa, le di un vistazo a mi reloj para ver si podía impedirle que me dijera que eran eternamente las cuatro y media de la tarde.

Luego de un minuto se me ocurrió que no tenía la más mínima idea de cómo arreglar un reloj. Así que hice lo único que se me ocurrió. Le di un puñetazo en la parte superior.

Funcionó. El reloj comenzó su tic tac otra vez.

Por pura curiosidad, le di otro golpe. Se paró.

Le di una tercera vez. Volvió a andar. Ajusté la hora a las 8:31 p.m., luego me pregunté exactamente cómo mataría las próximas tres horas hasta que llegara el momento de acostarse.

Saqué *Cómo mantenerse con vida*, de Dyson, lo que no era precisamente una cura contra el aburrimiento. Era maravilloso como los libros de texto de la escuela de espías podían tomar cualquier tema fascinante en teoría y hacerlo tan emocionante como leer instrucciones de ensamblaje. Intenté ponerme al día con los fundamentos del combate cuerpo a cuerpo, lo que debería haber sido no solo interesante, sino también relevante a mi situación actual. Me quedé dormido en unos minutos.

Me desperté con la inquietantemente familiar sensación de tener a alguien inmovilizándome los brazos y tapándome la boca con la mano. Era demasiado oscuro como para ver a mi atacante, pero, por suerte, olía a lilas y pólvora.

—Hola, Erica —dije, aunque mi saludó fue amortiguado por su mano.

—A lo mejor deberías leer el capítulo sobre el sueño ligero, en caso de que alguien verdaderamente peligroso se cuele en tu habitación la próxima vez —aunque las palabras de Erica eran duras, su tono no era tan frío como de costumbre, como si de hecho estuviese sonriendo al decirlo. El hecho de que me hubiera quedado tranquilo bajo las circunstancias la había impresionado.

Me quitó la mano de la boca y se sentó en la cama.

—¿Supongo que habrás desmantelado los micrófonos? —pregunté.

—Naturalmente —respondió Erica.

Mis ojos le echaron un vistazo a mi reloj: 9:10 p.m.

—Estás aquí antes de lo que esperaba —dije.

—Es la una de la mañana, dormilón. En verdad te tienes que buscar un reloj nuevo.

Lo cierto es que yo no la *había esperado*. Yo solo tenía la esperanza de que apareciera. Estaba orgulloso de mí mismo por quedarme tan tranquilo, aunque esperaba que ella no pudiera escuchar a mi corazón latir en la oscuridad. «¿Encontraste la bomba?».

—No.

Ahora me puse tenso, incapaz de controlar mi miedo. «¿O sea, que sigue por ahí…?».

—No te despeines, Margot. No la pude encontrar porque ya no está ahí.

—¿Estás segura de que no te perdiste?

Si fuese posible hacerlo, escuché a Erica fruncir el ceño. «Estamos hablando de *mí*. Revisé todos los niveles subterráneos del campus. Incluso los que se supone que no debería conocer. Aquí abajo no hay una bomba».

—Estaba en la parte trasera en unas tuberías en el primer nivel…

—A unas veinte yardas de un palé lleno de huevos en polvo. Lo sé. Encontré dónde *estaba* la bomba. Pero, como dije, ya no está ahí. Lo único que quedó fue un poco de residuo de masilla de explosivo C4. Y un distante tufo de loción para después del afeitado de Chip. Por eso es por lo que peleaban, ¿no? ¿Lo viste allá abajo con eso?

—Sí. A él y a Hauser. Entraron por una entrada secreta cerca de la caseta de las herramientas mientras…

—Yo capturaba la bandera. Sí, te vi seguirlos.

—A través de una tormenta de nieve mientras peleabas contra una docena de tipos.

—Se me da bien hacer muchas cosas al mismo tiempo.

—Por supuesto. ¿Por qué no nos seguiste entonces?

—Porque tenía que buscar el mini micrófono para poder ponértelo una vez que te metieras en líos por pelear.

Pensé en eso por un momento. «¿No quieres decir 'en caso de que me metiera en líos por pelear'?».

—No —respondió Erica—. Supuse que habría una excepcionalmente buena oportunidad de que Chip te viera e intentara darte una paliza.

Me retorcí, avergonzado por mi pobre actuación… y lo predecible de la misma. «¿Entonces Chip quitó la bomba después de que yo lo descubriera con ella?».

—Esa es una posibilidad, aunque no me inclino por ella.

—¿Por qué no?

—Porque Chip sacó una D- en su último examen de desactivación de bombas. Si ese idiota hubiese intentado hacer algo con una bomba lo sabríamos porque habría un cráter enorme donde solía estar la escuela.

Me vino una idea. «Entonces... eso quiere decir que él probablemente tampoco plantó la bomba».

—¿Pensaste que lo había hecho él? —preguntó Erica con un tono de desdén.

—Uh... bueno... sí... —admití—. Él es un matón.

—Los matones te cuelgan del mástil por los calzoncillos. No hacer volar en pedazos las escuelas.

—¿Entonces cómo sabía de la bomba?

—No lo sé. A lo mejor dio con ella de casualidad.

—¿Y no se lo dijo a nadie?

—Bueno, como viste, se lo dijo a Hauser.

—Pero no a nadie de la administración. Eso es sospechoso, ¿no?

—Sí.

—¿Por qué no lo hizo?

Erica se encogió de hombros. «Todavía estoy en eso. Aunque hay unas cuantas preguntas más urgentes».

—Como, ¿quién puso la bomba allá abajo si Chip no lo hizo?

—Sí, como esa.

—¿Piensas que quienquiera que haya puesto la bomba allá abajo es quien la quitó? —pregunté.

—Es posible. Una vez que se dieron cuenta de que Chip, Hauser y tú sabían que estaba ahí, se la llevaron. Pero también hay preguntas respecto a eso.

—¿Por ejemplo?

—Como dónde estaba la bomba en primer lugar. Si yo fuese un dinamitero y quisiera causar un problema serio aquí, habría puesto la bomba bajo uno de los edificios centrales. Pero ésta estaba debajo del bosque, al lado de una habitación de almacenamiento para el comedor. Si se hubiese detonado, lo único que habría hecho es hacer volar por los aires un par de árboles y muchísimos chícharos enlatados.

—A lo mejor el dinamitero tan solo buscaba crear un problema pequeño —sugerí—. Enviar un mensaje o algo por el estilo.

—¿Qué mensaje envía el hacer volar por los aires un montón de chícharos enlatados? —preguntó Erica.

—Um... ¿Qué paren de servirnos chícharos?

—Creo que eso lo podrías lograr enviando un correo electrónico.

—No si quisieras asegurarte de que no van a servir más chícharos enlatados.

—Basta con lo de los chícharos enlatados, Ben. No va a cuajar.

Me di por vencido, pero entonces pensé en otra cosa: «¿Hay cámaras de seguridad en los túneles?».

—No.

—¿De veras? Pero hay cámaras de seguridad en todas partes sobre tierra.

—Sí —dijo Erica—. Creo que la idea era que si tienes suficientes cámaras sobre tierra no debería hacerte falta ninguna bajo tierra. Después de todo, la única gente que se supone que sepa que hay un nivel subterráneo son estudiantes y profesores, que son todos en teoría los buenos de la película.

—Pero si uno de ellos decide trabajar para el enemigo...

—Entonces ya no es buena idea. Buen punto. Por supuesto, también es posible que no haya cámaras allá abajo porque son caras y hay unas trece millas de túneles que tendrían que conectar con cables. Cualquiera que sea la razón, no hay cámaras. Por lo tanto, no hay imágenes de nadie instalando ni desmantelando una bomba.

—¿Deberíamos decirle esto a la administración?

—¿Qué? ¿Que *había* una bomba allá abajo, pero que ahora ya no está? Nunca se van a creer eso.

—Dijiste que había residuos.

—Sí. *Había*. Me los llevé —Erica levantó una bolsa con la evidencia. Dentro había una cantidad ínfima de masilla amarilla.

La miré con cautela, consciente de que incluso esa pequeñísima porción de explosivos era suficiente para vaporizarnos. «Entonces, ¿qué hacemos ahora?».

—¿No te parece obvio? —preguntó Erica—. Es hora de piratear la computadora principal.

INFILTRACIÓN

Oficina del director
9 de febrero
03:00 horas

Sólo había un lugar a lo largo de las trece millas de túneles subterráneos debajo del campus que tenía cámaras de seguridad: el corredor directamente fuera de La Caja. Por si algún prisionero —o estudiante— detenido ahí intentara escapar.

Sin embargo, Erica ya se había encargado de eso. Había sido relativamente simple. Solo inutilizó cada cámara desde la parte trasera y congeló la imagen que transmitía. Una foto fija de un pasillo vacío lucía exactamente igual a una cámara transmitiendo en vivo las imágenes de un pasillo vacío.

—Eso es precisamente lo que le hizo el asesino a las cámaras cuando te hizo la visita —explicó.

—No parece muy difícil sacar a las cámaras de circulación —dije.

—No, no lo es. Pero *tienes* que saber dónde están todas. Cosa que el malo de la película que se infiltra en la escuela no debería saber… excepto en el caso de que alguien dentro de la escuela se lo hubiese dicho.

Erica sabía la ubicación de cada cámara en el campus: 1.672. Tuvimos que inutilizar sesenta y tres para atravesar el edificio Hale y subir a la oficina del director, y también tuvimos que hacer un poco de zigzag y piruetas para evitar otras cincuenta y ocho.

Incluso avanzando a buen paso nos tomó más de una hora llegar allí; durante ese tiempo, Erica me obligó a mantener un silencio absoluto.

El panel computarizado de la oficina del director que yo había achicharrado con mi *taser* durante mi examen EDCYS había sido reemplazado por uno nuevo, pero Erica ya se sabía el código.

Era 12345678.

—El director no es muy bueno en eso de recordar códigos —me explicó una vez que estábamos adentro, luego de inutilizar ambas cámaras en su oficina—. Además, es un idiota.

—Entonces, ¿el código de acceso a la computadora central no sería el mismo? —sugerí.

—Por desgracia, no. Aunque yo ya *traté de usarlo*. La CIA está a cargo de la computadora central, no la de la escuela. Y ellos son un poco más cuidadosos con ella de lo que el director es con su oficina. Como sabes, hay una contraseña de dieciséis caracteres en cadena que cambia regularmente.

—Sí. Pero todavía no tengo idea de lo que eso significa.

Erica suspiró. «¿Todavía no te has leído los *Fundamentos de la criptografía*?».

—Lo sigo intentando. Pero ese libro es un bodrio. Leerlo es como inhalar cloroformo.

—Dice alguien que nunca ha inhalado cloroformo —se quejó Erica—. Una contraseña de dieciséis caracteres en cadena que cambia regularmente es seleccionada al azar, a diario, por la computadora central de la CIA. Es imposible de descifrar. El código es enviado por correo electrónico a la cuenta segura de cada quien, así que el único modo de adquirir el código es tener acceso a la computadora central en primer lugar. Entonces, en teoría, te tienes que aprender de memoria el código de cada día.

—Pero el director no lo hace —concluí.

Erica me premió con una de sus escasas sonrisas. «Exactamente. Recordar requiere demasiada capacidad mental».

—¿Y eso lo sabes con toda certeza?

—Es más una presunción extremadamente bien informada. El director se da por dichoso si recuerda cuál pie poner primero cuando atraviesa una habitación. Y aquí es cuando *tú* entras en la escena. Recuerda esta tarde. «¿Qué fue lo que el director hizo antes de conectarse a la computadora central?».

Comprendí de inmediato. «¿Por eso me pediste que lo insultara? ¿Para hacer que enviara un email a todo el mundo?».

—Exactamente.

—¿No había otro modo de hacer eso que no involucrara que él se pusiera furioso conmigo?

—Posiblemente. Pero este funcionó. Así que dime: ¿qué pasó aquí?

Hice mi mejor esfuerzo por recordar los sucesos de la tarde. «Me amenazó con ponerme en probatoria».

—¿Y luego...?

—Me dijiste que le dijera que lo hiciera. Y lo hice. Entonces él fue a su computadora, pero al principio se quedó en blanco.

—Porque no podía recordar su código de acceso. Perfecto —Erica se me acercó, con los ojos vivos por la emoción—. ¿Qué fue lo siguiente que hizo?

Ahora *yo* me quedé en blanco. Sus ojos me encandilaban y su aliento olía a chicle de canela. No quería desilusionarla, así que, por supuesto, mi cerebro se apagó por completo. Hice un esfuerzo por recordar lo que había pasado, pero parecía que mientras más me esforzaba, más nublado se ponía todo.

—Lo siento —me disculpé—. No lo recuerdo.

Erica se me acercó aún más, hasta que estaba solo a unas pulgadas de distancia, mirándome a los ojos. «Si me lo dices, te doy un abrazo».

—Abrió el diccionario —dije inmediatamente. Fue automático. Una parte de mi cerebro reptil se había activado, desesperado por establecer contacto con ella.

Erica sonrió, complacida consigo misma. «Ese es mi muchacho». Entonces, en lugar de darme mi recompensa, fue al anaquel y tomó el diccionario.

—Um… —dije—. ¿No dijiste que me ibas a dar un abrazo?

—Sí. Pero no dije cuándo.

—Oh. Yo casi había dado por sentado que sería *ahora*.

—Lo cual fue un error. No fue muy buena negociación por tu parte —Erica abrió el diccionario y encontró lo que buscaba ahí mismo en la parte interior de la portada. «¡Ah! ¡Aquí está!».

Había una tarjeta de tres por cinco pulgadas pegada con cinta adhesiva. Treinta y dos códigos previos de dieciséis caracteres habían sido escritos en ella y tachados. La tarjeta estaba casi llena. Cuando se llenara del todo, el director probablemente la cortaría en tiras y pegaría una tarjeta nueva a la portada; había bastantes marcas de los restos de la cinta adhesiva que indicaban que esta tarjeta era una de cientos que habían sido pegadas ahí con cinta a través de los años.

El último código era h$Kp8*&cc:Qw@m?x.

Erica encendió la computadora del director, abrió la página de acceso a la computadora central y puso el código.

Acceso a la computadora central aprobado, nos dijo la computadora.

—¡Entramos! —alardeó Erica.

Ahora sonreía de oreja a oreja, en su elemento. Pareció olvidarse de mí mientras sus dedos bailaban a través del teclado. Darle acceso a los expedientes secretos de la CIA era como darle a un chico normal las llaves de Disneylandia. De vez en cuando, pausaba momentáneamente, decía "vaya" o "interesante" y regresaba a revisar los expedientes otra vez.

Intenté mirar por encima de su hombro para ver lo que hacía, pero las páginas pasaban demasiado rápido, una cada varios segundos. A lo mejor las leía velozmente; a lo mejor solo les daba un vistazo a las primeras oraciones y luego pasaba la página. Nunca había tiempo para preguntarle.

Por fin, Erica soltó una sonrisa triunfante. Había encontrado lo que buscaba. «Aquí lo tenemos, Ben. Todos los que recibieron una copia impresa de tu expediente personal. Mira a ver si alguno te suena».

Imprimió una página y me la entregó. Tenía trece nombres.

El primero era el director de la CIA.

Los próximos cinco nombres no los reconocí: Percy Thigpen, Eustace McCrae, Robert Friggoletto, Eleanor Haskett, Xavier Gonzalez. «¿Quién es esta gente?», pregunté.

—Mandamases de alto rango en la CIA. La gente que aprobó tu reclutamiento —ahora Erica estaba otra vez con la computadora, escribiendo algo—. Todos mantienen un perfil bajo. No esperaba que los conocieras. Pero, de todos modos, no estaba de más preguntar.

El próximo nombre en la lista era Alexander Hale. El que venía después me hizo reír.

—¿Quién demonios es Barnabus Miren Amiano?" —pregunté.

—Estás en su oficina ahora mismo —respondió Erica.

—¿El director se llama Barnabus Miren Amiano?

—Sí.

—Veo por qué prefiere mantener su nombre en secreto —dije.

Pensé que escuché reír a Erica, pero cuando la miré se estaba limpiando la nariz. O al menos simulaba que se limpiaba la nariz para que yo no me fuera a *pensar* que la había hecho reír.

Devolví mi atención a la lista. Los cuatro nombres próximos eran profesores en la escuela de espías. Yo sabía un poco de todos ellos; Murray, Zoe y Warren me habían pasado el casete de todo el profesorado para que supiera cuáles clases tomar y cuáles evitar como la plaga.

Joseph Crouch era profesor de criptología, el único de los cuatro con quien había tenido clase hasta el momento; había sido sustituto un día cuando mi maestro normal de criptografía andaba con la gripe. (Al menos la escuela *dijo* que tenía la gripe. Zoe sospechaba que había sido llamado para una misión secreta). Crouch era un veterano, aunque se mantenía alerta y podía dar una conferencia fascinante. Sin embargo, también era tan inteligente que podía ser tremendamente difícil de seguir.

—¿Crouch es quien me desarrolló mis "habilidades criptográficas"? —pregunté.

—Yo supondría eso —Erica estaba tan involucrada en lo que andaba tecleando que ni siquiera levantó la cabeza.

Kieran Murphy enseñaba las complejidades de ser un agente encubierto durante años. Su clase era extremadamente avanzada, reservada solo para estudiantes de sexto año, con algunos escasos y extremadamente talentosos estudiantes de quinto, los cuales entraban por los pelos. El profesor Murphy era uno de los mejores agentes encubiertos que la CIA jamás hubiese tenido, habiendo servido varias misiones de varios años que eran completamente clasificadas, aunque había un rumor que se había hecho pasar tan bien por un agente leal en una celda terrorista que el líder de la celda le había pedido que fuera su padrino de boda.

Harlan Kelly enseñaba disfraz y camuflaje. Creo que solo lo había visto una o dos veces, pero no estaba seguro. Nadie en verdad sabía cuántas veces había visto a Harlan, ya que tenía el hábito de aparecerse por el campus como una persona completamente diferente cada día. Y no siempre una persona masculina. Murray alegaba que el director una vez se había pasado media hora intentando flirtear con una profesora visitante antes de descubrir que ella era en realidad Harlan.

Lydia Greenwald-Smith enseñaba contraespionaje. Era una buena instructora, pero eso era todo cuanto todos sabíamos de ella. En clase, lo de ella era enseñar, y mantenía su vida fuera de la escuela tan privada como fuese posible. De acuerdo con mis amigos, había hongos mucosos con más personalidad.

El nombre final en la lista fue el único que me sorprendió.

Tina Cuevo.

—Tina está aquí —dije.

—Sí, ya lo vi —Erica todavía no levantó la cabeza de su mecanografía. Sus dedos volaban velozmente por el teclado, como si de ella saliera un manifiesto.

—¿Eso te parece extraño? —pregunté.

—¿Por qué?

—Es la única estudiante.

—Sí, pero se suponía que fuese tu consejera-residente,

hasta que te pusieron en La Caja. Ya que eras un objetivo en potencia para los agentes enemigos, probablemente tenía sentido ponerla al tanto para que pudiera velar por tu seguridad.

Pensé en la primera vez en que conocí a Tina, la noche en que el asesino había venido a mi habitación. Ella tenía un arma en el bolsillo de sus pijamas. Y había reaccionado muy rápidamente a mi alegación de que había un asesino al fondo del pasillo. Ni siquiera la había cuestionado, sino que había ido inmediatamente a lidiar con la situación. En retrospectiva, todo eso tenía más sentido si ella ya hubiese sabido que yo era carnada para el topo. Pero aun así…

—Aun así, podría valer la pena investigarla —dije—. Chip fue una de las primeras personas en saber de mis habilidades criptográficas.

—No, él fue una de las primeras personas en *admitir* que sabía de tus habilidades criptográficas.

—Aun así, él es un estudiante. ¿Qué parece más probable, que haya recibido la información de Tina o de uno de sus profesores?

—Jamás me podría imaginar a Tina compartiendo información clasificada con Chip —dijo Erica—. Tiene el rango de tercera en su clase. Aquí no dejan a *cualquiera* ser consejero-residente.

—Bueno, quizá entonces Chip se coló en su habitación.

—Tina no es lo suficientemente tonta como para dejar

un expediente clasificado expuesto en donde un paleto como Chip pudiese encontrarlo.

—Bueno, *alguien* tuvo que hacerlo. Y dudo que fuese el jefe de la CIA.

Erica levantó la cabeza de la computadora. «El que una persona haya subido a un rango de prominencia no quiere decir que no vaya a meter la pata de vez en cuando. Yo diría que cualquiera de esos profesores podría haber filtrado tu información tan fácilmente como Tina. Con la posible excepción de Kieran Murphy. No duras mucho como agente encubierto si eres proclive a los errores».

—Pero, de este grupo, él fue quien pasó la mayor parte del tiempo con el enemigo. A lo mejor alguien lo reclutó.

Erica frunció el ceño ante esta idea, pero no negó que esto fuese una posibilidad. «Siempre podemos regresar a los nombres en esa lista. Pero si la fase dos de nuestro plan funciona, ni tendremos que investigarlos. El enemigo va a venir derechito a nosotros».

Erica terminó de teclear con gesto triunfal, luego oprimió el botón de retorno. La computadora entró en acción con un zumbido.

De repente me empecé a preocupar. «Um... ¿qué es la fase dos?».

—El email que acabo de enviar, aunque usé la dirección de correo del director para que todos piensen que *él* lo envió.

—¿A quién?

—A un muy selecto grupo de destinatarios, incluyendo, pero sin limitarse, a las doce personas en tu lista.

Toda la calidez que jamás hubiese sentido por Erica comenzó a evaporarse. «¿Erica? ¿Qué has hecho?».

—¿Yo? —preguntó con falsa modestia—. Yo no he hecho nada. *Tú* eres quien ha hecho. Ya que estamos, acabas de desarrollar algo incluso más importante que El Molino. Felicidades.

—Eso no me hace ninguna gracia.

Erica borró su historial de consultas en la red y se desconectó de la computadora central. «El Molino era supuestamente solo un avance en la codificación de mensajes», explicó. «Muy chévere y todo, pero ahora la administración ha descubierto que te traes algo mucho más grande entre manos: El Martillo Neumático. Es el descifrador de códigos por excelencia, capaz de destruir *cualquier* código cifrado. Algo que cambiará por completo las reglas del juego. La administración ha coordinado que mañana le des una presentación altamente clasificada sobre este descifrador. Hasta entonces, te han puesto en un encierro de emergencia para tu protección».

Me retorcí al ver el rumbo al que esto conducía. «Porque si se filtra esta información, quienquiera que quiera El Martillo Neumático va a venir a por mí».

—Exactamente —Erica apagó la computadora y empezó

a borrar cualquier evidencia de que habíamos estado en la oficina. Estaba irritantemente calmada para ser alguien que deliberadamente acababa de poner mi vida en peligro.

—¡Me convertiste en carnada! —exclamé.

—Tú *ya* eras carnada —me informó Erica.

—Bueno, en carnada *más grande*, entonces —dije—. Como en carnada de tiburones. Tú sabes que esto se va a volver a filtrar.

—Por supuesto que se filtrará. El topo no será capaz de resistirse. Pero no te asustes. También pedí al cuartel general de la CIA una mejora total de tu equipo de seguridad. Lo van a hacer.

—¡Eso si el enemigo no los vuelve a atrapar otra vez con la portañuela abierta!

Erica sacó de su bolsillo un paquete de pañuelos antisépticos y comenzó a limpiar sus huellas del escritorio del director. «Mira, podemos jugar este juego de dos modos. Te puedes quedar sentado esperando a que los malos vengan a por ti cuando se les antoje, o puedes hacer que vengan a por ti cuando a ti te convenga. Yo escojo la opción dos. Así, estamos listos para ellos».

Me quedé echando humo durante un minuto. Aunque me pesara admitirlo, el argumento de Erica tenía una buena cantidad de lógica. Pero aun así estaba enojado. «Por lo menos me podías haber dicho que ibas a hacer esto».

—Lo acabo de hacer.

—Quise decir *antes* de haberlo hecho.

—Si te sirve de consuelo, también cancelé tu probatoria —dijo Erica—. Y todos pensarán que esa orden viene directamente del director. Y El director, bueno… a él probablemente se le ha olvidado que te puso en probatoria. Si quieres, tienes la libertad de mudarte de La Caja al dormitorio.

Mi enfado con Erica comenzó a disiparse, aunque no estaba listo para estar enamorado de ella de nuevo. Ella me estaba usando tanto como la administración, poniéndome en peligro para hacer progresar sus propios planes. «Probablemente sería mejor que me quedara aquí una noche más», dije. «Al menos hasta que la CIA aparezca mañana».

—Creo que eso sería sensato —Erica le echó una ojeada a la oficina del director, decidió que lucía exactamente igual a como estaba cuando habíamos entrado y me condujo hacia la puerta.

—¿Y si el enemigo sospecha que esto es una trampa? —pregunté.

—Probablemente lo harán. Pero, aun así, no podrán descartarlo del todo.

—Lo que quiere decir que vendrán a por mí pase lo que pase.

—Sí, así mismo —Erica mostró la sonrisa más grande que jamás le hubiese visto dar—. Emocionante, ¿no?

EVIDENCIA

El hedor

9 de febrero

13:10 horas

—Te tengo un consejo —me dijo Murray al día siguiente en el almuerzo—. Huye.

—¿Huye? —repetí—. ¿Huye adónde?

—A cualquier parte. De regreso a casa. Al memorial de Lincoln. A Las Vegas. No me importa. Siempre y cuando estés lejos de aquí. Porque si te quedas aquí, vas a morir —Murray se lanzó de a lleno a un sándwich de mantequilla de cacahuete y mermelada que se había preparado. No era mala idea, dado que en El Hedor estaban sirviendo *sloppy joes* ese día.

—Él no puede huir —contrarrestó Zoe—. Eso lo va a poner en *más* peligro. Mira todo el aparato de seguridad —señaló con la mano alrededor del Hedor.

—Sí —soltó Warren—. La seguridad en este sitio es más estricta que en Fort Knox.

Había, de hecho, una docena de agentes de la CIA en el salón, todos para protegerme. Algunos estaban activamente ubicados en las puertas de la habitación, mientras que otros estaban más encubiertos, fingiendo que eran profesores visitantes. Sin embargo, todos sabían que estaban allí para protegerme a mí; la academia jamás habría permitido a profesores visitantes que comieran en El Hedor por temor de que fueran envenenados.

El plan de Erica había funcionado maravillosamente bien. Todos a quienes había enviado el correo electrónico sobre el Martillo Neumático se habían comido la guayaba, cosa que era un poco inquietante, dado que muchos de ellos eran los más importantes espías del país. Habían creído que el mensaje había sido enviado por el director: después de todo, su cuenta estaba en la computadora central y la computadora central era supuestamente impenetrable. Por lo tanto, también habían creído que El Martillo Neumático existía y que tenía que ser protegido a toda costa. La seguridad fue coordinada inmediatamente. Me habían despertado a las seis de la mañana con un toque en la puerta de mi celda.

Era Alexander Hale, quien había sido sacado de otra misión (clasificada, por supuesto) para que supervisara la operación. Había venido tan rápido que todavía tenía puesto un dashiki.

Por desgracia, la historia se había regado incluso más rápido de lo que Erica había previsto. La seguridad de la información de la academia tenía más filtraciones que el *Titanic*. Yo no les había dicho nada a mis amigos respecto al Martillo Neumático, pero se habían enterado de todos modos.

Toda la escuela se había enterado. Todos lo sabían todo antes del almuerzo: que yo había inventado el descifrador de códigos definitivo, que lo presentaría a la administración de la academia esa noche... y que yo era un hombre marcado.

Alexander no estaba en ese momento en El Hedor. Estaba revisando su tropa, en postas a lo largo del perímetro de la propiedad, así como en varios puntos de importancia táctica en el campus. En total, me informó, había cincuenta y dos agentes de la CIA de guardia ese día, todos a cargo exclusivamente de mantenerme a salvo.

También estaba Erica. Se había desaparecido en el fondo, pero no me había perdido pie ni pisada durante todo el día. (Incluso cuando había tenido que ir al baño, lo que fue un poco incómodo). En ese momento, estaba a dos mesas de distancia, leyendo, supuestamente, el *Manual de artillería de Asia del Sur*, de Driscoll, mientras se comía una ensalada. Pero yo sabía que ella estaba mucho más al tanto de lo habitual de lo que ocurría en la habitación. Erica no había puesto la trampa del Martillo Neumático para dejar que la CIA apareciera a último minuto y le robara el protagonismo; cuando la cosa se pusiera mala, ella tenía la intención de estar en el meollo.

Ella y yo nos habíamos pasado la mañana intentando descifrar la fuente de la filtración, pero sin éxito. El topo se había cubierto bien las huellas. Nuestra investigación era una trayectoria circular interminable en la que cada quien señalaba a alguien más con el dedo hasta que volvíamos al punto en que habíamos comenzado.

—Zoe tiene razón —dije—. Si me voy de aquí, soy presa fácil.

—Y si te quedas eres hombre muerto —Murray tenía un trozo de sándwich tan grande embutido en la mejilla que parecía una ardilla rallada almacenando nueces—. Considera esto: ¿qué pasa *luego* de que hagas tu presentación esta noche? Una vez que sueltes la lengua acerca del Martillo Neumático, serás un objetivo aun más. Para siempre. ¿Piensas que la CIA va a pagar por toda esta seguridad por el resto de tu vida?

Tragué un bocado de mi sloppy joe con preocupación. No *había* considerado eso. «¿Y de qué modo el acto de huir va a resolver nada?», pregunté. «Nuestros enemigos van a querer el Martillo Neumático lo mismo si suelto la lengua que si cierro el pico».

—Bueno, no es solamente huir —explicó Murray—. Primero tienes que comenzar una campaña de desinformación. Corres la voz de que tú no inventaste el Martillo Neumático. Que todo fue una trampa para atraer a nuestros enemigos. De hecho, ni siquiera eres el mago de la criptología. Tan solo eres un chivo expiatorio que la CIA trajo de carnada.

—Ah, sí —se burló Zoe—. Como si alguien se fuera a creer eso.

—Sí —concordó Warren, como hacía con prácticamente todo lo que decía Zoe—. Eso es ridículo.

Era el indicio perfecto de cuán complicada se había vuelto mi vida: que decir la verdad acerca de mí ahora fuese considerado como una campaña de desinformación. Y que ahora nada se lo creería.

—El genio se salió de la botella —dije—. No hay modo de meterlo otra vez. El único modo de mantenerme a salvo es que la CIA atrape a quien venga a por mí.

—Ben tiene razón —le dijo Zoe a Murray.

—Zoe tiene razón con lo de que Ben tiene razón — acordó Warren.

—No necesariamente —Murray se volvió hacia mí—. Supón que alguien intenta eliminarte hoy y la agencia lo atrapa. Ese no es el tipo que está a cargo de la operación. Ese es solo un pobre diablo al que le dieron una tarea terrible.

Oh, qué demonios, a lo mejor es un asesino independiente que ni siquiera sabe *quién* lo contrató. Sí, esa es una pista, pero le podría tomar años a la CIA averiguar *adónde* conduce. Y eso es solo una organización enemiga. Apuesto a que habrá docenas a quienes les gustaría echarle el guante al Martillo Neumático. ¿Piensas que *todas* van a atacar hoy? ¿Piensas que la CIA acaso las va a desmantelar a *todas*?

Volví a tragar. No había considerado eso tampoco. Le di un vistazo a Erica, que aún seguía fascinada con su libro. ¿Ella había pensado en todo esto?, me pregunté. Me parecía improbable que no lo hubiese hecho. Erica lo pensaba todo, lo que quería decir que ella, a sabiendas, me había puesto en peligro para su ganancia personal.

Hasta Zoe lucía preocupada, aunque intentó darle una apariencia positiva. Me dio una palmada en la rodilla, que supuestamente me debía reconfortar y dijo: «Cortina de humo se puede hacer cargo de esto. Recuerden, él no es tan solo un cerebro. Él es una fría máquina de matar».

—Bueno… él *me abandonó* ayer en el fragor de la batalla —replicó Warren.

Zoe le frunció el ceño. «En primer lugar, tú metiste la pata con la sincronización de los relojes y atacaste antes de tiempo. Segundo: él estaba en una misión, siguiéndole los pasos a Chip. Y, por último, *no te abandonó*. Él solo se fue una vez que supo que la Reina del hielo tenía las cosas bajo control».

Warren hizo pucheros de mal humor por la respuesta, aunque yo tenía que admitir que también habría estado enojado si me hubiese visto en su posición. Le habían dado con tantas balas de pintura que, a pesar de una hora en la ducha, su piel todavía era de un azul claro.

—No me importa cuán bueno sea Ben —dijo Murray—. Ni siquiera Alexander Hale podría hacerse cargo de todo lo que le va a caer encima —se embutió la mitad de otro sándwich.

—¿Qué pasa con toda esa mantequilla de cacahuete, Pobre diablo? —preguntó Zoe—. El colesterol se te va a poner por las nubes.

—Eso espero —respondió Murray—. Tengo un examen médico para evaluar mi disposición para el campo la semana entrante. Hablando de eso, me voy a comer pastel. ¿Quién quiere pastel?

—Tráeme un poco —dije—. Con helado —si me iban a matar ese día, cuando menos, sentía que me merecía un postre.

—Vale —Murray se fue a toda prisa a la cola del almuerzo.

Warren de repente se puso tenso, mirando por encima de mí. «Oh. Por *eso* es que Murray se fue tan deprisa».

Me di la vuelta y vi a Chip Schacter, Greg Hauser y Kirsten Stubbs que venían directamente hacia mí.

Prácticamente todo El Hedor estaba en alerta. Un

centenar de cabezas se volvieron hacia mí. Todos se pusieron tensos, preparados para otra pelea.

Sin embargo, me sentía inusualmente tranquilo al confrontar a Chip. Probablemente porque había doce altamente entrenados espías de la CIA cerca, a cargo de proteger mi seguridad. Si Chip me tocaba un poco duro con un dedo, lo iban a moler a golpes.

Chip tomó la silla de Warren... aunque Warren estaba sentado en ella. Simplemente la inclinó hacia adelante, tirando a Warren al suelo, y luego se sentó frente a mí.

—Yo pensé que estabas en una ultra súper probatoria —dijo—. ¿Qué haces aquí afuera?

Me encogí de hombros. «El director cambió de parecer».

—¿Por qué? —preguntó Chip—. ¿Por lo del martirio telepático?

—El Martillo Neumático —le corregí, preguntándome si había *alguien* que no supiera de eso, dado que se suponía que fuese un secreto—. Tal vez. En verdad no estoy seguro de nada de lo que hace el director.

—Él no es el único que es difícil de descifrar—dijo Chip—. Del modo en que te burlaste de él ayer, casi parecía como si *quisieras* una probatoria. Y hoy es como si nada hubiese pasado.

—¿Te burlaste del director? —me preguntó Zoe, con los ojos más grandes de lo habitual.

—¿No les contó? —preguntó Chip—. Ripley cabreó tanto al director que yo pensé que le iba a dar una angerisma.

—Un aneurisma —corregí.

Zoe me miró boquiabierta. «¿Estás loco de remate? ¿Por qué harías algo así?».

—Exactamente mi pregunta —dijo Chip, mirándome duramente—. ¿Por qué lo harías?

Intenté no darle importancia. «El tipo se lo buscó. ¿Acaso nunca has querido decirle lo que en realidad piensas de él?».

—Seguro —dijo Zoe—, pero no lo suficientemente como para arriesgar que me expulsen de la escuela por ello.

La declaración flotó en el aire por un momento. Zoe y Warren me miraron fijamente, en parte preguntándose si esto era verdad y en parte sorprendidos de que hubiese sido Chip quien lo había descubierto.

—¿Eso es verdad? —me preguntó Warren. Había un poco de sospecha en sus ojos.

—Sí, Ripley. ¿Qué es lo que hay? —se hizo eco Chip, aunque había un extraño deje burlón en su voz, como si él ya supiera la respuesta.

—Yo podría, eh..., tener inmunidad producto del Martillo Neumático —respondí.

—¡Por supuesto! —dijo Zoe—. Tú no eres solamente un genio de la codificación. ¡Tú eres *el* genio de la codificación! ¡No te pueden expulsar, pase lo que pase!

—A lo mejor. O a lo mejor no —dijo Chip a sabiendas. Se puso de pie, me dio un manotazo en el hombro y me susurró en el oído—: Estoy pendiente de ti, Ripley. Solo quería que lo supieras.

Entonces él y sus matones se encaminaron a la cola del almuerzo. Chip no miró atrás, aunque noté que Hauser no me quitó los ojos de encima todo el tiempo.

Noté que las manos me temblaban. El intercambio con Chip me había dejado inquieto, con la mente llena de preguntas. ¿Cuánto en verdad sabía Chip de mí? ¿Conocía toda la verdad? Y, en ese caso, ¿eso quería decir que era el topo? ¿O se había enterado de otro modo? ¿O acaso solo *pensaba* que sabía la verdad, en cuyo caso, él no era el topo en lo absoluto, sino el cabeza de chorlito que siempre habíamos sospechado que era? ¿Y qué tenía que ver todo esto con la bomba debajo de la escuela?

—¿Y aquí qué pasó? —Murray se volvió a sentar a mi lado y me pasó una porción grande de un pastel de banana con helado. Supuse que había esperado a que Chip se fuera antes de regresar. Había traído dos pedazos de pastel y tres bolas de helado coronadas con una montaña de crema batida, con tal de ponerse el colesterol por las nubes.

—Solo mi dosis diaria de intimidación por parte de Chip Schacter.

—No del todo —replicó Zoe—. Esto fue diferente.

Chip parecía… Bueno, es raro decirlo, pero… parecía como que ahora le caes bien.

—¿En serio? —las cejas de Murray se arquearon tanto que desaparecieron en su pelo—. ¿Qué hiciste? ¿Le sacaste una espina de una pata?

—Ayer se puso a fanfarronear con el director —dijo Zoe.

Las cejas de Murray no podían haberse arqueado más. «¿En serio? Yo estoy intentando ser el peor espía en el campus y ni siquiera *yo* hago eso. ¿Estás loco de remate?»

—Eso fue lo que le dije —le dijo Zoe.

—A lo mejor *está* loco de remate —susurró Warren, pensando que había sido en una voz demasiado baja como para que lo escuchara.

Sin embargo, no le respondí. Otra cosa me había llamado la atención. Había algo en el bolsillo de mi chaqueta que no había estado allí unos minutos antes. No estaba seguro exactamente de cómo lo sabía, ya que la chaqueta estaba colgada en el espaldar de mi silla. Solo tenía la sensación de que algo era diferente, como si hubiese habido el más mínimo cambio en la distribución del peso de la chaqueta. A lo mejor mis sentidos de espía estaban empezando a activarse, dándome una percepción extra de todo cuanto acontecía a mi alrededor. Sin intentar atraer la atención, metí la mano en el bolsillo. En efecto, había un pedazo de papel doblado bajo mi teléfono.

—Chip se dio cuenta de que el director no puede deshacerse de Ben —decía Zoe—. Ahora que ha inventado el Martillo Neumático, es demasiado importante.

—Santo cielo, Chip tiene razón —Murray estaba impresionado—. No había pensado en eso. ¡Ben, eres invencible! ¡Tienes que aprovecharte de esto! Si no te pueden expulsar, no tienes que hacer la tarea. ¡Ni siquiera tienes que ir a las clases! ¡Podrías llenar el coche del director con crema de afeitar y él no te podría hacer nada!

—Sí, sí podría —refutó Zoe—. El que la administración no puede expulsar a Ben no quiere decir que no puedan castigarlo.

—Ajá —acordó Warren.

Mientras estaban distraídos, di la vuelta al papel bajo la mesa y lo desdoblé.

Nos vemos en la biblieteca esta noche. A la medianoche. Tu vida depende de ello.

No estaba firmada, pero estaba seguro que era de Chip. En primer lugar, parecía que la había escrito un simio y "biblioteca" tenía una errata. Además, estaba casi convencido de que ese papel no había estado en mi bolsillo antes de sentarme a almorzar... y Chip había tenido la oportunidad perfecta de deslizarme algo cuando me susurró al oído.

Ahora todo un nuevo cúmulo de preguntas brotó como hongos. ¿De qué tendría que hablarme Chip que en ello me fuera a depender la vida? Si él era el topo, ¿por qué me encaraba de ese modo? Si no lo era, ¿qué sabía? Ahora que lo pensaba, la nota podía ser interpretada de dos modos: o me tenía que reunir con Chip para hablar de algo importante de que mi vida dependía... o estaba amenazándome con terminar mi vida si no me reunía con él.

Eso si acaso Chip había sido quien había escrito la nota. Me di cuenta de que Hauser y Stubbs también habían tenido oportunidad de meterme algo en el bolsillo; los dos se cernían sobre mí mientras hablaba con Chip. Ambos parecían capaces de escribir "biblieteca" incorrectamente. A lo mejor uno de ellos quería hablar conmigo si que Chip lo supiera. O a lo mejor uno de ellos quería atraerme hacia una trampa en la biblioteca.

O al mejor yo estaba equivocado y me habían puesto la nota en el bolsillo *antes* del almuerzo. De ser así, prácticamente cualquiera en la escuela me la podía haber deslizado.

¿Por qué no podían simplemente haber firmado la maldita nota?, me pregunté. *¿Alguien se iba a morir en esta escuela por tan solo ser un poco menos críptico solo una vez?*

Por desgracia, yo sabía que la respuesta a esa pregunta era probablemente que sí.

Me di cuenta de que en nuestra mesa seguía la conversación. La había obviado mientras pensaba en la nota, pero ahora había flotado de vuelta a mi consciencia. Murray, Zoe y Warren hablaban de Chip.

—No hay modo de que Ben le caiga bien —decía Murray—. Aunque parezca que Ben le cae bien, con Chip siempre hay una intención oculta.

—Tú no estabas aquí —dijo Zoe—. Estabas ocultándote en la cola del postre hasta que supieras que no había peligro al regresar. Yo estaba aquí mismo y te digo que Chip estaba diferente. En verdad casi parecía que intentaba ser agradable.

—A *mí* no me pareció tan agradable —respondió Warren.

—Bueno, eso es porque no ha tenido mucha práctica —respondió Zoe—. Creo que en verdad hizo lo posible por extenderle una mano a Cortina de humo. De un modo raro, fue un poco enternecedor.

—Oh, no —jadeó Warren—. A ti *te gusta*, ¿no?

Zoe retrocedió, ofendida. «¿Qué?».

—A ti *te gusta* — dijo Warren amargamente—. Igual que a las demás chicas. Sabes que es un cretino, pero como es apuesto, sigues con la esperanza de que en el fondo sea un tipo agradable.

—Y, en el fondo, tú eres un idiota —replicó Zoe—. A mí no me gusta Chip.

—Bueno, si te gusta, olvídate de eso —dijo Murray—. Él y Tina están juntos.

Me senté, incapaz de controlar mi sorpresa... aunque tampoco Zoe y Warren podían creerlo. «¿Que están juntos?, preguntamos todos a la vez».

—¿No lo sabían? —respondió Murray—. ¿Qué clase de espías son?

—Mejores que tú —le espetó Zoe—. ¿Y *tú* cómo lo sabes?

—Yo noto las cosas —Murray se embutió media bola de helado en la boca—. Han hecho lo posible por mantenerlo en secreto, obviamente, pero los he visto besuqueándose de vez en cuando.

Mi mente iba a mil por hora. Si Chip y Tina andaban enredados —y Tina era la única estudiante que había recibido una copia impresa de mi expediente— entonces habría sido relativamente fácil para Chip echarle mano. Lo que explicaría cómo él había sido el primero que apareció en mi puerta, sabiendo de mis habilidades criptográficas secretas incluso antes de que *yo* supiera que las tenía. Erica también había mantenido a Tina al tanto del Martillo Neumático, lo que explicaba por qué Chip había dicho que estaba pendiente de mí. Y ahora me había metido una nota en el bolsillo, queriendo encontrarse conmigo en secreto...

Se lo tenía que decir a Erica. No me podía creer que ella no supiera nada de lo de Tina y Chip... aunque, al pensarlo bien, si había algo a lo que la Reina del hielo no estuviese conectada particularmente bien era a las relaciones interpersonales.

—Me tengo que ir —dije, levantándome de la mesa.

—¿Ahora mismo? —preguntó Murray—. ¡Ni siquiera has tocado a tu pastel!

—Ya no tengo hambre —dije.

—¿Me lo puedo comer yo? —preguntó Murray.

—Claro —tomé mi chaqueta y comencé a caminar a través de la habitación rumbo a Erica.

Ella pareció sentirme venir antes de que hubiese dado tres pasos. Miró hacia mí, en guardia, y me pregunté si yo estaba rompiendo algún tipo de protocolo al acercarme a ella en público.

Pero entonces me di cuenta de que no era solo a *mí* que miraba. También examinaba toda la habitación entera.

Los agentes de la CIA apostados en El Hedor se habían puesto en alerta. Los dos que tenía más cerca apuraron el paso rumbo a mí. Uno se me puso delante antes de que pudiese llegar a Erica. El segundo me salió por la espalda, agarrándome el brazo fuertemente y arrastrándome hacia la puerta.

—Tienes que venir con nosotros —me dijo—. Ahora mismo.

—¿Por qué? —intenté ocultar la preocupación en mi voz.

Alexander Hale irrumpió en El Hedor delante de nosotros. Un murmullo de emoción recorrió la habitación, como si hubiese entrado una estrella de cine. Alexander no pareció notarlo. En su lugar, lució aliviado de ver que yo estaba bien.

—Tu presentación del Martillo Neumático ha sido cancelada —me informó—. Acabamos de recibir información del terreno de operaciones. Tenemos que llevarte a un lugar seguro ahora mismo.

—¿Más seguro que un campus rodeado de agentes de la CIA? —pregunté.

—Sí —respondió Alexander—. El enemigo viene por ti.

SEGURIDAD

Sala de seguridad

9 de febrero

13:30 horas

Alexander Hale me llevó directamente a la sala de seguridad, el centro de mando de toda la academia.

Era un enorme búnker oculto en el laberinto de túneles debajo del campus. Alexander insistió en que era el sitio más seguro en veinte millas a la redonda, aunque yo supuse que era probablemente una exageración, ya que ambos la Casa Blanca y el Pentágono, estaban a menos de diez millas de distancia.

Desde afuera *en verdad* impresionaba. Dos agentes de la CIA, armados hasta los dientes, flanqueaban una gruesa puerta de acero con un sistema de entrada de alta tecnología.

Alexander tecleó un código en un panel, puso la palma de la mano y la retina para que las escanearan y luego dijo: "mi perro tiene pulgas" a un micrófono que analizó su voz.

—Aprobada la entrada —respondió una exuberante voz de mujer.

Sin embargo, la puerta no se movió un ápice.

Alexander le dio un puñetazo, enojado. «¡Abran la puerta!», gritó. «¡La estúpida puerta de seguridad se volvió a congelar!». Se oyó un clic y un agente con cara avergonzada abrió la puerta desde el interior.

—Pésimo sistema de entrada de alta tecnología —murmuró Alexander en voz baja—. Esto es lo que pasa cuando el gobierno subcontrata todo al postor más barato —entonces se calló y me sonrió para tranquilizarme—. ¡Aun así es segura! Si a *mí* me cuesta tanto trabajo entrar, imagínate tú cuán difícil será para el enemigo. Aunque no había sido un comienzo auspicioso, tenía que admitir que *sí* me sentía a salvo en la sala. Ahora podía ver que la puerta tenía casi un pie de grosor y una cerradura del tamaño del fémur de un tiranosaurio. La sala estaba rodeada de imponentes paredes de cemento cubiertas con acero. Cuando la puerta se volvió a cerrar, parecía que estuviésemos encerrados en un vientre de hierro.

A lo largo de la pared había un panel de doce pantallas

conectadas al sistema de seguridad de las cámaras del campus. Dos agentes de la CIA estaban sentados frente a sendas computadoras frente al panel, que les permitían acceder en vivo a cualquier cámara que quisieran.

Dos agentes más —uno de los cuales recién nos había abierto la puerta— flanqueaban la entrada desde el interior. Dentro de la sala había dos computadoras más y un pasadizo a otra área.

—¿Qué hay por allá? —le pregunté a Alexander.

—Los dormitorios —respondió—. En caso de que alguien tenga que quedarse aquí abajo un largo tiempo. Échale un vistazo si quieres —el pasadizo conducía a una modesta habitación. Había ocho catres y armarios, dos duchas, dos sofás con cubiertas de cuero artificial ubicados alrededor de una mesita baja, una cocinita y (ya que este búnker databa de la Guerra Fría) un bar. Alexander fue al refrigerador y sacó una bebida deportiva de un color amarillo neón. Parecía una muestra de orina radioactiva.

—¿Cuánto tiempo se pasa la gente aquí por lo general? —pregunté.

Alexander se encogió de hombros. «Todo esto fue construido hace mucho tiempo, cuando los mandamases pensaban que los rusos ocuparían al país en cualquier instante. No te voy a mentir, ha habido sustos a lo largo de los años, pero nunca ha sido nada serio. Todos los problemas fueron despachados. Creo que el tiempo más largo que alguien haya pasado secuestrado acá abajo fue una semana».

—¿Usted ha estado alguna vez en una situación como ésta? —pregunté.

Alexander dudó medio segundo de más antes de contestar, luego se dio cuenta de que lo había hecho y lo admitió. «No exactamente. Pero no te preocupes. Tenemos a lo mejor de lo mejor aquí en función de protegerte. Y yo estoy a cargo. Una vez tuve que proteger a la reina de Arabia Saudí de una horda de terroristas sin otra cosa que un cuchillo suizo, y ella salió ilesa. No te va a pasar nada. ¿Quieres una bebida energética?». Alexander señaló al refrigerador. Negué con la cabeza. Mi estómago estaba demasiado sensible como para comer nada. Mi almuerzo ya amenazaba con hacer un viaje de regreso... aunque esto era de rutina en los días que servían *Sloppy Joes*.

—Cuando usted dijo que el enemigo viene a por mí, ¿qué quiere decir eso exactamente? ¿Quieren capturarme... o matarme?

—Te voy a ser honesto. No estamos seguros —Alexander se sentó en un sofá y me indicó que me sentara en el otro—. Si yo apostara, diría que buscan extraerte. Alguien con tus talentos es mucho más valioso vivo que muerto. Pero no puedo garantizarlo. Tienes que estar en guardia en todo momento. ¿Tienes un arma contigo?

—Eh, no —admití. Se recomendaba que los estudiantes en la escuela de espías siempre llevaran armas, incluso cuando no hubiera una amenaza activa contra sus vidas. Pero, aunque últimamente yo había dedicado mucho tiempo al campo de tiro, me las había agenciado para tener *menos* puntería. El instructor jefe, Justin "Certero" Pratchett, hasta había sugerido que era más seguro que yo *no* tuviese un arma cargada… aunque me había dado una pistola de juguete que parecía de verdad para que pudiera librarme de los problemas sin meterme un tiro en el pie. Le dije esto a Alexander y le mostré la pistola falsa.

Alexander chasqueó la lengua en señal de desaprobación. «Si la cosa se pone mala de verdad —y no digo que vaya a pasar, por supuesto—, te va a hacer falta algo más que un juguete». Golpeó la mesita y se abrió un panel secreto que reveló docenas de armas apiñadas, desde pistolas hasta rifles de asalto. «Y por si acaso», dijo Alexander, hay un lanzador de misiles portátil en un panel detrás del bar».

Di un vistazo cauteloso a las armas y luego miré de nuevo al pasillo hacia el centro de mando. Todo había estado en calma desde que habíamos llegado. O los agentes a cargo de vigilar las cámaras de seguridad no habían visto nada que les preocupase o *sí* habían visto algo y habían hecho un esfuerzo increíble para mantener la calma. «¿Cuál fue la información que usted recibió acerca del enemigo?».

—La sacamos de algunos *chats*. La agencia tiene enormes computadoras dedicadas exclusivamente a vigilar cada señal de comunicación electrónica —dijo Alexander—. Teléfonos fijos, teléfonos móviles, enlaces satelitales, correos electrónicos, cuentas de Twitter...

—¿En verdad pensamos que los terroristas van a tuitear sus planes? —pregunté.

—No damos nada por descontado —me advirtió Alexander—. Yo una vez pude desmantelar toda una célula terrorista en Kandahar porque uno de ellos había publicado fotos de su escondite en una página de Facebook. En cualquier caso, pusimos "Martillo Neumático" en la matriz esta mañana y dimos con una pista justo antes de que yo viniera a buscarte.

Me enderecé en el sofá, preocupado. «¿Qué decía?».

—El sistema no funciona así como así —explicó Alexander—. Tiene que revisar una insondable cantidad de información. Trillones de bytes por segundo. Todo cuanto sabemos es cuando recibe muchas palabras clave a la vez. Y eso fue lo que pasó. Nos salió "Martillo Neumático" en varias ocasiones… en árabe. Y la frase «Atrapen a Ripley» una vez, también en árabe. Tenemos a cientos de técnicos trabajando en esto ahora mismo, revisando todos los datos, buscando encontrar y descodificar el mensaje entero… y, con algo de suerte, dar con la fuente. Pero eso puede tomar tiempo.

—¿Cuánto?

—Si nos ponemos de suerte, horas.

—¿Y si no?

Alexander esquivó la mirada. «Semanas».

Me puse de pie en el acto. «O sea, que es posible que yo tenga que quedarme aquí abajo hasta entonces».

—Por supuesto que no —dijo Alexander en el tono más tranquilizador del que fue capaz—. Te aseguro que encontraremos a esta gente mucho antes de eso.

—¡Cuando intenten matarme!

Alexander me puso una mano consoladora en el hombro y me guio de vuelta al sofá. «Benjamín, yo sé que esto es estresante. Me acuerdo de la primera vez que *yo* fui un objetivo. No fue pan comido. Pero lo superé sin problemas, y lo mismo harás tú. De hecho, si lo piensas bien, esto es en verdad una oportunidad muy emocionante.

—¿Cómo? —pregunté con aire sombrío.

—Tan solo llevas aquí unas pocas semanas y ya eres parte de una misión real —respondió Alexander—. ¿Tienes idea de cuántos de tus compañeros de clase matarían por esta oportunidad? Y lo digo en el sentido literal. Aquí hay estudiantes de primera que tan solo han hecho simulaciones durante seis años. Hay *espías de verdad* que nunca serán parte de nada tan emocionante como esto.

—¿Nunca tendrán asesinos que los quieran matar? —murmuré—. Qué desafortunados que son.

—*Son* desafortunados —dijo Alexander—. Ninguno de ellos ni siquiera jamás ha visto este búnker. Nunca han tenido a toda la CIA movilizada por su cuenta. Y no es por sonar pretencioso, pero ninguno de ellos jamás ha tenido la oportunidad de trabajar *conmigo*. Ni siquiera mi propia hija, y yo le he enseñado todo lo que sabe. Esto es para lo que existe la Academia de Espionaje. Este es el éxito con el que todos sueñan… y te ha caído en las manos. Esto solo se da una vez en la vida. Si lo haces bien podrías terminar siendo el chico del momento.

Y si lo hago mal, voy a acabar muerto, pensé. Pero no lo dije, porque sabía que Alexander tenía razón. Cuando decidí venir a la escuela de espías, sabía que había aceptado una vida de peligro en potencia. Yo simplemente no había esperado que llegara tan pronto. Y ahora que estaba aquí, parecía menos romántico de lo que lo era en mi imaginación… pero tenía que admitir que también era un poco emocionante. «Tiene razón», concedí finalmente.

—¡Así me gusta! —Alexander se dio una palmada en la rodilla y se rio—. Voy a revisar nuestro estatus de seguridad. Ponte a tus anchas por aquí. Familiarízate con algunas de las armas, prepárate un trago, agarra una revista. Creo que hay algunas cajas de pastelillos en la despensa. O, si prefieres, ven a la estación de vigilancia y míranos en acción.

Trotó de vuelta por el pasillo.

Seguí su consejo y traté de sacarle provecho a la situación. Me serví un Gatorade de un verde brillante y encontré las meriendas. Había una caja de Ding Dongs que estaban allí desde cerca de 1985, pero tenían tantos conservantes que todavía sabían a nuevos. Opté por no examinar las armas —las paredes de acero del búnker parecía que podían rebotar cualquier bala perdida durante horas hasta que fueran a parar a mi cráneo— y me uní a Alexander en la estación de vigilancia.

Resulta que no era tan emocionante.

Las pantallas solo mostraban docenas de imágenes estáticas del perímetro de la escuela que *no* eran atacadas. Los agentes cambiaban las imágenes, saltando de una cámara a otra, pero todas eran prácticamente iguales. Era como mirar el Canal de las paredes las 24 horas. Luego de una hora comencé en verdad a *desear* que nos atacaran. Al menos entonces ocurriría algo. El momento más emocionante fue cuando un agente vio una ardilla.

Luego de una hora, escogí irme a leer revistas, muchas de las cuales no habían sido reemplazadas desde principios de los setenta. Aprendí muchísimo sobre el elenco de *Bonanza*.

Luego de dos horas hubo un cambio de guardia.

Luego de tres horas me quedé dormido.

Pero luego de cinco horas y cuarenta y dos minutos —exactamente a las 7:30 de la noche— se escuchó un pitido.

Era un pitido persistente e irritante, diseñado para atraer tu atención sin asustarte; más como la alarma de un microondas que la de un claxon. Me desperecé en el sofá y escuché voces emocionadas en la sala de vigilancia.

Fui corriendo y encontré a los agentes revisando rápidamente todas las cámaras con Alexander mirándoles por encima de los hombros. Ninguna de las cámaras mostraba otra cosa que no fuera paredes y madera, todas en el verde de la visión nocturna, ya que había oscurecido. Nadie se veía muy preocupado, aunque noté un poco de sudor en los labios superiores de ambos agentes jóvenes.

—¿Y ahora qué pasa? —pregunté.

—Tenemos un infiltrado —respondió Alexander—. En el perímetro suroeste.

Sentí que el corazón se me disparaba. «¿Es el enemigo?».

—Los amigos tienden a usar la puerta de entrada en lugar de saltar el muro —dijo Alexander—. Además, quienquiera que sea, son muy habilidosos. Nos está costando trabajo localizarlos.

—¡Los atrapé! —exclamó uno de los agentes—. Cámara 419. En el bosque de la parte trasera, cerca del estanque.

Nos acercamos a su pantalla y vimos a alguien envuelto en una pesada chaqueta de invierno desplazándose velozmente a través de los árboles. Era imposible discernir rasgo alguno en la oscuridad.

—Viene directo a la escuela —dijo el otro agente—. Lo tengo en la cámara 293.

Nos dimos la vuelta hacia su monitor justo a tiempo para ver al intruso tirar una bola de nieve que bloqueó la cámara.

—¿Se trata sólo de una persona? —pregunté.

—Es todo cuanto podemos ver —respondió Alexander—. Lo que quiere decir que al menos hay una docena que no podemos ver —agarró su radio con una mano y su pistola con la otra—. Atención a todos los agentes, habla Perro Grande. Tenemos actividad en el patio interior suroeste de la propiedad. El enemigo se ha infiltrado en el perímetro y parece dirigirse rumbo a los dormitorios. Todos los agentes reúnanse allí, a pasodoble —Alexander señaló a los dos agentes apostados en la puerta—. Ustedes dos, vengan conmigo.

—¿Me va a quitar la protección? —pregunté.

—Después de que acabemos con estos tipos *no te hará falta protección* —dijo Alexander con tono tranquilizador. Entró un código en el teclado numérico. La puerta gigantesca liberó la cerradura y se abrió.

—Pero, igual, no haría mal dejarlos aquí, ¿no? —sugerí—. En caso de que algo salga mal.

—Nada va a salir mal, Benjamín. Yo estoy a cargo de esto —Alexander chequeó su reflejo en el acero brillante, como si quisiera cerciorarse de que se veía bien a los ojos de su escuadrón—. Vayamos ahora, muchachos. Tenemos que contener al enemigo —salió disparado por el pasillo.

Los agentes que estaban de posta en la puerta lo siguieron obedientemente.

Vi como la puerta de acero se cerraba detrás de ellos y luego esperé a escuchar el tranquilizador clic de la cerradura cuando se cerraba por completo antes de devolverle mi atención a las pantallas.

Las imágenes de video venían cada vez más rápidamente ahora que los agentes intentaban estar al tanto de todo cuanto acontecía en la superficie. Vi destellos del enemigo pasando cerca de las cámaras a toda velocidad por el bosque, equipos de agentes de la CIA rumbo al dormitorio, Alexander y los dos agentes que había reclutado corriendo a través de los túneles subterráneos para ser parte de la acción. La radio restalló con la comunicación entre los agentes: equipos que coordinaban, pedidos de información con respecto al enemigo, Alexander dando órdenes a todos de que no actuaran hasta que él llegara.

Vi al enemigo correr al lado del gimnasio, acercándose al dormitorio.

—Los tenemos a la vista —reportó un agente apostado al lado del dormitorio.

—Alto al fuego —les dijo Alexander a todos—. De ser posible, queremos a estos tipos vivos.

En las pantallas vi a Alexander salir a tierra desde dos

ángulos de video diferentes y luego formar filas con un pelotón detrás del dormitorio. Hablaron de algo que no pude escuchar y luego el pelotón se dispersó, listo para la acción.

El enemigo estaba circunvalando el comedor, ya casi llegando al dormitorio, pero entonces algo comenzó a molestarme. Había algo inquietantemente familiar en el modo de andar del hombre al que estaba mirando. Y lo que es más…

—En verdad parece que es tan solo un tipo —dije.

—Ajá —admitió uno de los agentes mirando a las pantallas—. Eso parece.

—¡Ataquen! —ordenó Alexander.

Las pantallas mostraron el terreno, que cobraba vida de repente con los agentes de la CIA. Salieron de detrás de los edificios, saltaron desde los techos, aparecieron de debajo de montones de hojas.

Una docena de redes fueron lanzadas a la vez. Cuatro le dieron a su objetivo, mientras que otras dos hicieron blanco en agentes atrapados en el fuego cruzado. El enemigo se desplomó como un saco de papas, envuelto en redes y luego se dio la vuelta para ver a cincuenta agentes reuniéndose a su alrededor con las armas en la mano.

No había ataque adicional desde el bosque.

Lo que quería decir que tan solo *se trataba* de un hombre.

Los reflectores se encendieron, bañando al terreno en una luz cegadora. En cada monitor, las cámaras se acercaron al objetivo. Una de ellas se las agenció para mostrarnos su cara.

—Oh, no —dije.

Era Mike Brezinski.

Un segundo más tarde, una explosión voló la puerta de acero a mis espaldas.

Me di cuenta de que había dejado mi arma en la otra habitación, aunque no habría servido de nada.

Unos dardos con tranquilizantes desactivaron a los agentes a cargo de las pantallas antes de que pudieran sacar sus armas.

Otro me dio en el hombro.

Lo último que vi fue a tres hombres encapuchados que emergían del humo y luego todo se puso oscuro.

SECUESTRO

Washington, DC
Calles aledañas a la Explanada Nacional
19:45 horas

Cuando volví en mí, estaba en movimiento. Eso era lo único que podía asegurar. Tenía un saco pesado sobre la cabeza que bloqueaba toda la luz y estaba como un ternero en un rodeo: tenía las manos atadas a la espalda y los tobillos amarrados juntos. Estaba en el piso de la parte trasera de un vehículo. Supuse que era una furgoneta porque parecía que había mucho espacio, pero no podría asegurarlo. Nadie se había molestado en ponerme un cinturón de seguridad. Tan solo me habían tirado allí como si fuese una maleta.

El hombro me palpitaba en donde el dardo me había

dado; sentía como si me hubiese picado una avispa del tamaño de un perro labrador.

Estaba aterrorizado, pero tuve la presencia de ánimo de no decir nada... ni de hacer movimientos repentinos. Por ahora, era probablemente mejor para mí hacer que mis secuestradores pensaran que seguía inconsciente. Quizá así podría aprender algo sobre ellos. Cuando me concentré, pude detectar una vaga conversación en la parte delantera de la furgoneta, aunque el sonido de la carretera que me llegaba desde el piso del vehículo la ahogaba. Me concentré todo lo que pude, haciendo un esfuerzo por distinguir las palabras:

—Creo que los Wizards van al play-off este año —dijo una persona.

—Creo que eres un imbécil —dijo el otro.

Fruncí el ceño. Era la radio.

Aunque me tenía que preguntar: ¿qué organización terrorista extranjera escucharía programas de deportes americanos?

De repente, hubo un golpe extremadamente ruidoso en el techo de la furgoneta, como si algo hubiese aterrizado encima con fuerza suficiente como para abollar el metal.

Me sobresaltó... y pareció tener el mismo efecto en mis secuestradores. Alguien en el asiento delantero reaccionó con sorpresa en una lengua que yo desconocía. Luego escuché el ruido de cristales al romperse, seguido de un trancazo y unos quejidos.

Mi miedo escaló varios niveles. No tenía idea de qué estaba pasando. Era posible que alguien estuviese intentando rescatarme, pero era igualmente posible que otra facción de los malos se hubiese lanzado al ruedo. Esto podía ser una emboscada, una puñalada trapera o una completa y total metida de pata. Fuese lo que fuese, yo era un pasajero indefenso en un vehículo en fuga por el que gente peligrosa peleaba para tomar el control, lo que definitivamente no era comportamiento recomendado en las clases de conducción.

Los sonidos de una larga pelea me llegaban desde el asiento delantero mientras la furgoneta giraba brusca y desenfrenadamente. Yo daba tumbos de un lado al otro mientras los neumáticos chillaban debajo de mí y un viento frío nos azotaba a través de la ventanilla rota. Hubo una sacudida repentina, de esas que te traquetean los huesos al golpear de refilón a otro vehículo. Entonces dos objetos pesados —cuerpos inconscientes, pensé— cayeron al suelo cerca de mí. Luego de eso vino una serie de golpes —no estaba seguro de cómo, pero reconocí el sonido de la cabeza de alguien siendo estrellada repetidamente contra el tablero de mando— y el ruido seco y final de un tercer cuerpo al caer al piso. La furgoneta giró fuera de control unos segundos más y finalmente se estabilizó.

—Oye, Ben —dijo Erica—. Ya puedes dejar de fingir que estás inconsciente.

Nunca en mi vida había estado tan feliz de escuchar la voz de alguien. «¿Estamos a salvo?».

—Todavía no. Pero estoy en ello. Agárrate.

Hubo un repiqueteo de ráfagas de ametralladora detrás de nosotros, seguido por los sonidos de balas perforando los lados de la furgoneta.

Nuestros frenos chillaron y luego la furgoneta derrapó incontroladamente, como si Erica, a propósito, nos hubiese puesto a dar vueltas. Los disparos salieron del asiento delantero, después de lo cual escuché claramente el sonido del vehículo que nos perseguía al estrellarse contra una pared.

La furgoneta dejó de patinar y volvió a moverse normalmente.

—Bueno. *Ahora* estamos a salvo —dijo Erica—. Al menos por un rato.

—¿Me podrías desatar? —pregunté.

—Dame otro minuto más o menos. Todavía nos están siguiendo la pista. La furgoneta prosiguió, moviéndose rápidamente, pero aparentemente dentro del límite de velocidad. Escuché las sirenas de un carro de policía que nos pasaba al lado en la dirección contraria en par de ocasiones —como si fueran a toda prisa a la secuela que habíamos dejado a nuestras espaldas—, pero nadie nos detuvo. Luego de cinco minutos y veintitrés segundos, la furgoneta se detuvo gradualmente y pego un brinco, como si de repente se hubiese subido al contén, y luego paró en seco.

Cinco segundos después, Erica abrió las puertas traseras, me sacó a rastras y me arrebató la capucha de la cabeza.

Lo primero que hice fue ver su cara. Estaba embadurnada de pintura negra de maquillaje y con sangre, aunque no podría asegurar si era de ella o de alguien más. Tenía un chichón del tamaño de una avellana encima de su ojo izquierdo, su labio estaba hinchado y su pelo era un nido de ratas, pero aun así a mí me lucía preciosa. Por supuesto, es posible que si una gárgola te salvara la vida pensaras que era la cosa más hermosa que hubieses visto jamás.

Erica me aguantó la cara entre las manos y se me acercó. Durante medio segundo pensé que iba a besarme.

En su lugar, me inclinó la cabeza a un lado, la inclinó hacia la luz de la farola y me examinó los ojos. «Todavía tienes las pupilas un poquito dilatadas», dijo. «Parece que te dieron Narcosodex. Es un tranquilizante liviano. ¿Sientes náusea?

—Sí, pero creo que es por el viaje en carro. Me hizo dar la mar de tumbos hace un rato.

—Mejor afuera que adentro, para pecar de precavidos —Erica me golpeó con tres dedos en el estómago.

Me doblé y vomité.

Esa era la última cosa que yo jamás hubiese querido hacer enfrente de Erica Hale, aunque *sí* me sentí considerablemente mejor después. Mientras estaba arrodillado en el piso aguantándome el estómago, noté que Erica llevaba puesta ropa de camuflaje de la cabeza a los pies. Era de la variedad blanca de invierno —para esconderse mejor en la nieve— elegantemente decorada con un cinturón de accesorios. Abrió uno de los doce compartimentos del cinturón, sacó una capsulita blanca y me la dio.

—¿Es una píldora que contrarresta al tranquilizante? —pregunté.

—No, es un Tic Tac. Contrarresta el aliento de vómito.

—Dame dos.

Erica me los tiró a la boca y luego sacó un par de cizallas potentes y se puso a cortarme las ataduras.

No me habían esposado. En su lugar, mis muñecas y tobillos habían sido atados con el mismo tipo de cable flexible, así que a Erica le tomó casi todo un minuto cortarlos.

En lo que hacía eso, eché un vistazo a nuestros alrededores. Estábamos en el lado suroeste de la Explanada Nacional. La furgoneta estaba estacionada en una fina porción de tierra entre la carretera y el río Potomac, a más o menos un cuarto de milla del memorial de Lincoln, que se alzaba por sobre los árboles a mi izquierda como un gigantesco climatizador de mármol. A mi derecha, en la distancia, estaba la reluciente cúpula del memorial de Jefferson, mientras que delante de nosotros había una oscura extensión de terrenos de béisbol y la cuenca del río. Más adelante, el monumento a Washington se empinaba hacia el cielo.

Me di la vuelta y miré a la furgoneta. Era anodina, de un verde oscuro, con una placa de Virginia que apostaría que había sido robada. El techo estaba severamente abollado y el parabrisas delantero estaba destrozado. Los lados tenían orificios de bala y la pintura estaba descascarada una docena de veces. El espejo del asiento del pasajero colgaba de un cable. Si la furgoneta hubiese sido alquilada, a alguien no le iban a devolver el depósito.

Los hombres dentro de la furgoneta estaban en peores condiciones aún. Los tres estaban inconscientes. Tenían las narices rotas. Sus ojos estaban amoratados. Sus caras estaban tan llenas de chichones e hinchadas que era imposible saber cómo lucían usualmente.

—¿Qué acaba de pasar? —pregunté.

—Que te saqué las castañas del fuego —Erica cortó el cable que me ataba los tobillos y lo tiró dentro de la furgoneta. Luego me quitó algo del trasero y me lo entregó.

Era una nota de Post-it. «Tenías esto pegado al fondillo. ¿Tienes idea de qué significa?».

Lo único que había escrito era un número: 70 200. Negué con la cabeza.

Erica guardó la nota en una bolsa plástica de evidencia, me agarró por el brazo y me jaló hacia los campos de béisbol.

«Andando», dijo. «Antes de que lleguen sus refuerzos».

—¿No deberíamos llevarnos a uno de ellos? —señalé a los malos que estaban en la parte trasera de la furgoneta—. Tú sabes. Para interrogarlos.

—Es buena idea, pero no tenemos tiempo para andar arrastrando a un cuerpo por ahí. Este sitio va estar repleto de indeseables en un par de minutos.

Era lo suficientemente sensato como para no discutir con ella. Me di la vuelta y corrí.

Aunque la Explanada Nacional en Washington es una de las atracciones turísticas más populares del país, es sorprendente cuán poco visitadas son algunas de sus partes. Incluso en un día de verano, cuando el memorial Lincoln está atestado de turistas, la parte sur de la piscina reflectante puede estar prácticamente vacía. En una fría noche de invierno, no había ni una sola alma. Unos cuantos carros pasaron velozmente por la avenida de la Independencia en lo que nosotros la cruzábamos pero, por lo demás, podríamos haber estado a millas de la civilización.

Una gran arboleda corría paralela a la piscina reflectante. Cuando nos lanzamos a ella, vimos las luces delanteras de tres carros que se habían detenido donde habíamos dejado la furgoneta. Les había tomado poco menos de dos minutos llegar. Hice una pausa detrás de los árboles para mirar, pero Erica me obligó a seguir. «No te detengas. No les va a tomar mucho tiempo darse cuenta de que vinimos por este rumbo. No hay muchas opciones».

Tenía razón. Entre el Potomac y la ensenada había muy pocas direcciones en las que nosotros podríamos haber ido que no involucraran nadar. Por un momento pensé que Erica había cometido un error inusual al abandonar la furgoneta donde lo había hecho. Nos había dejado tan distantes de un refugio —o de una estación de metro— como fuese posible en la ciudad, mientras que el enemigo tenía carros y muchos hombres. No les tomaría mucho tiempo alcanzarnos.

Pero, como de costumbre, Erica lo había pensado todo muy por anticipado.

No lejos del bosque había un pequeño, casi olvidado, memorial a Chester Alan Arthur, uno de nuestros presidentes menos efectivos. Yo había dado con él una vez junto a Mike, hacía unos años, después de un partido de béisbol infantil en los campos de béisbol. Había pensado que era raro que alguien se hubiese molestado en construir un monumento a Arthur, o que, si a alguien en verdad le había importado, que lo hubiesen construido en donde estaba destinado a ser ignorado por todos excepto turistas perdidos. Era un monumento pequeño de mármol, como casi todo lo demás en Washington, con una glorieta romana que se arqueaba sobre una estatua de Arthur, que lucía hinchado y flatulento.

Erica giró un anillo en el dedo de la estatua de Arthur. Un

pequeño panel se abrió en el mármol, revelando un teclado antiguo. Erica entró un código numérico.

Hubo un crujido y la estatua rotó noventa grados, revelando una escalera oculta debajo de ella.

Luego de los sucesos de aquella noche, pensé que nada más podría sorprenderme, pero esto se ganó la rifa. No podía creer lo que estaba viendo.

Nos agachamos a través de la apertura, y la estatua automáticamente volvió a su lugar, sumergiéndonos en la oscuridad. La escalera solo descendía un piso. Erica accionó un interruptor y encendió una serie de bombillas que salían del techo y revelaban un túnel. Parecía ser considerablemente más antiguo que los túneles del campus. Las paredes eran de piedra en lugar de cemento, y el techo estaba calzado con vigas de madera podrida, como las de una mina. Hacía incluso más frío adentro que afuera.

Comencé a temblar. Solo llevaba puesta una sudadera por encima de mis ropas.

—Toma. Ponte esto —Erica sacó un paquete pequeño de un compartimento de su cinturón de accesorios y lo desdobló. Era una chaqueta ultra fina hecha de un resplandeciente material plateado—. NASA la creó para los astronautas.

Me puse la chaqueta. Pareció como que sellaba herméticamente mi temperatura corporal. Casi instantáneamente, sentí que entraba en calor.

Avanzamos a paso rápido por el túnel durante cinco minutos hasta que fue a dar a una antigua puerta de hierro. No había un tablero computarizado aquí, sino el ojo de una cerradura. Erica sacó un llavero de su cinturón de accesorios y seleccionó una llave grande de hierro. Entraba perfectamente por el ojo de la cerradura. La puerta se abrió de par en par con un chillido de protesta.

Ahora estábamos dentro de una habitación grande y cuadrada. Las paredes eran de piedras enormes, cada una de diez pies de extensión. Una escalera de hierro en espiral conducía a un escotillón de madera en el techo. Parecía como si estuviésemos en los cimientos de una estructura mucho más grande.

Calculé cuán lejos deberíamos haber caminado y estimé donde estábamos, pero no parecía posible. No hasta que noté que muchas de las piedras tenían inscripciones. Una en la esquina proclamaba: COLOCADA POR ZACHARY TAYLOR, PRESIDENTE DE LOS ESTADOS UNIDOS DE AMÉRICA, 14 DE MAYO DE 1849.

—¡Santo cielo! —dije—. Estamos dentro del monumento a Washington.

—Dile a alguien que yo tengo la llave y te mato —Erica cerró la puerta de acero y le puso el seguro por dentro.

—¿Cómo demonios tienes la llave del monumento a Washington? —pregunté—. ¿Te la dio tu papá?

—No seas ridículo —se rio Erica—. Me la dio mi *abuelo*.

Nos condujo escaleras arriba. Su llave también funcionaba en la cerradura del escotillón, lo que nos permitió salir de los cimientos y entrar al monumento en sí. Salimos detrás de la estatua de George Washington en un nicho pequeño. El elevador de los turistas estaba frente a nosotros, pero Erica me guio hacia otras escaleras.

—Vamos a tener que ir a pie —dijo, empezando a subir—. El elevador hace mucho ruido. Cualquiera lo puede oír desde afuera si escucha con atención.

La seguí. El asta vacía se alzaba al cielo a 555 pies por encima de nosotros. «¿Por qué tu abuelo tenía las llaves del monumento a Washington?».

—Mi familia ha tenido las llaves desde que fue construido porque era una parte muy importante del sistema de defensa de la ciudad.

—¿Esto fue construido para la defensa de la ciudad? —pregunté incrédulo.

—Es una torre de vigilancia empotrada en medio de la capital de nuestra nación, construida en la víspera de la Guerra Civil —respondió Erica— ¿En verdad crees que construyeron esto para los *turistas*?

—Estoy seguro de que todo el mundo en Estados Unidos piensa eso —respondí defensivamente—. Excepto tú —aunque ahora que estábamos dentro del monumento, podía ver cómo la versión de la historia de Erica era posible. Washington,

DC, había sido destruido por el fuego en la Guerra de 1812 y luego terminó en el mismo borde de los estados del norte durante la Guerra Civil. Habría tenido sentido construir algo que permitiera al ejército ver a los confederados acercarse desde largas distancias. Cuando el monumento fue terminado, era el edificio más alto jamás construido. Sí parecía un poquito raro que hubiese sido construido solo para el turismo.

—Todo lo del monumento fue una campaña de desinformación para hacer que el público ayudara a pagar por su construcción —explicó Erica—. En aquellos días no había impuestos. Y aunque el sitio es anticuado respecto a la tecnología, aún funciona bien. No hay mejor lugar para observar lo que acontece en la explanada que aquí arriba.

En ese instante, el plan de Erica se hizo claro. Yo había estado en la parte más alta del monumento en varias ocasiones antes, por lo general en excursiones escolares. Era el sitio perfecto para esconderse. Había ventanas que miraban en todas las direcciones, lo que nos permitiría estar pendientes del enemigo, y ellos nunca sospecharían que estábamos allí arriba.

Aun así, no podía evitar tener un poco de miedo. Estos tipos me habían secuestrado de una cámara de seguridad supuestamente impenetrable hacía menos de una hora. «¿Y si se dan cuenta de que estamos aquí arriba? Entonces estaremos atrapados».

—No lo van a descubrir —dijo Erica para

tranquilizarme—. He estado aquí arriba un millón de veces. Nadie jamás piensa en este sitio.

Continuamos el resto del camino en silencio. Era difícil subir las escaleras, y Erica jadeaba un poco. Cuando llegamos a la cima, fuimos directamente a la ventana que daba al oeste.

La ciudad bajo nosotros era hermosa en la noche. El memorial de Lincoln brillaba en la piscina reflectante y las luces de Virginia centelleaban sobre el Potomac. Si yo no hubiese estado tan concentrado en el enemigo, tal vez se me habría ocurrido que no podría pedir un sitio más romántico al cual ir con una chica hermosa.

Esto no quiere decir que a Erica le hubiese entrado en la mente el romance. «Ahí están», dijo después de mirar brevemente por la ventana.

—¿Dónde? —pregunté.

—Hay tres grupos de dos hombres. Un par acaba de recuperar a sus compañeros en la furgoneta. Los otros dos peinan el bosque al sur de la piscina reflectante buscándonos.

Estudié el paisaje oscuro tanto como pude. Ahora que Erica los había mencionado, casi podía ver a los dos hombres donde habíamos abandonado la furgoneta. Estaban acomodando a sus compinches en otro carro, que salió a toda velocidad en lo que yo miraba. Respecto a los que venían por nosotros, no podía ver a ninguno de ellos. El bosque era una oscuridad pura. «¿Cómo los puedes ver?», pregunté.

—Como muchas zanahorias —Erica oteó el bosque otros veinte segundos y luego anunció—: Nos han perdido el rastro. Estamos a salvo —se recostó pesadamente contra la pared y dejó escapar un suspiro de cansancio.

Se me ocurrió que ella probablemente había gastado un montón de energía al rescatarme.

—¿Cómo me encontraste? —pregunté—. ¿cuando toda la CIA no pudo?

—Nunca te perdí. Yo estaba al tanto de todo lo que acontecía. Una vez que todos los agentes en el campus comenzaron a moverse en una dirección, decidí mirar al otro lado por si acaso se trataba de una distracción. Por desgracia resulta que yo tenía la razón.

Negué con la cabeza. «No era una distracción. El enemigo solo se puso de suerte. El tipo al que atraparon... ese era mi mejor amigo». Los ojos de Erica se agrandaron. Era quizá la primera vez que la veía sorprenderse por algo.

—¿Qué demonios hacía infiltrándose en el campus?

—Hay una fiesta esta noche. Él quería venir a buscarme. Pero, con toda la emoción, se me olvidó enviarle un texto diciéndole que no viniera, así que se apareció de todos modos.

—¿En el momento exacto para distraer a la CIA? Eso es sospechoso.

—Mike Brezinski no es el enemigo —dije—. Lo he conocido desde kindergarten.

—No puedes confiar en nadie —respondió Erica.

Intenté cambiar el tema. «¿Qué paso después de eso?».

—En lo que todos rodeaban a tu socio, el enemigo te atrapó. Su topo no les falló. Conocían todo el plano de la escuela, tenían toda la parte subterránea bien planeada. Te sacaron a través de la caseta por la que seguiste a Chip el otro día y luego volaron un hueco en la pared. La furgoneta los estaba esperando.

—¿Y tú los seguiste?

—Esperaba detenerlos en el campus, pero se movieron más rápido de lo que pensaba. Por suerte, me pude hacer de una motocicleta y alcanzarte.

La miré fijamente durante un segundo. «Y por fortuna tú sabes conducir… y eliminar a todo un equipo en una furgoneta en movimiento… y conoces la entrada secreta al monumento de Washington».

Erica soltó una sonrisita, luego intentó no darle importancia, como si no fuese algo del otro mundo. «Parece que mi abuelo me enseñó algunas cosas». Algo de ese comentario me fastidió, pero no podía saber exactamente qué era. Una idea estaba comenzando a formarse en mi mente, pero todavía no había cristalizado. Di otro vistazo por la ventana, pero aún no podía ver al enemigo en el bosque.

—¿No deberíamos pedir refuerzos? —pregunté.

Erica negó con la cabeza. «Demasiado peligroso. Yo ni

siquiera tengo mi teléfono. La CIA lo podría usar para triangular nuestra posición… y ya que la agencia está corrupta, el enemigo también nos podría encontrar. Lo único que podemos hacer es esperar a que el enemigo se dé por vencido y regrese a casa».

Me di cuenta de que no tenía mi teléfono. El enemigo me lo había quitado. «¿Esa es toda tu estrategia?», pregunté exasperado. «¿No tienes un plan de contingencia?».

—¿Cómo qué, exactamente?

—No sé. Tu padre es Alexander Hale. Más tarde o más temprano él tendrá que notar tu ausencia, ¿no? ¿No has coordinado con él un tipo de sistema en caso de que una misión falle?

Erica suspiró. «No. Eso nunca me pareció una buena idea».

La idea con la que me estaba enredando por fin se cristalizó. No parecía correcta a simple vista, pero mientras pensaba en los sucesos de la noche… al igual que en cada comentario que Erica jamás hubiese hecho sobre Alexander… tenía más y más sentido.

—¿Tu padre en verdad no es muy buen espía, no es cierto? —pregunté.

Erica se volvió hacia mí, con curiosidad. «¿Por qué dices eso?».

—*Tú* sospechaste que había una trampa —respondí—.

Él no. De hecho, él se tragó la carnada hasta tal punto que me quitó la protección, permitiéndoles a los malos que me atraparan sin que tuvieran que pelear con nadie.

—Aun así, tuvieron que eliminar a los agentes apostados afuera en la puerta...

—Vale, sin tener que pelear *tanto*. Eso es un error bastante grande para alguien que ha hecho tanto como Alexander asegura que ha hecho.

—¿Qué quieres decir con "asegura"? —Erica lo preguntó del modo en que uno de mis profesores lo habría hecho, empujándome a explorar el concepto en profundidad.

—Bueno... tu padre habla muchísimo de todas las cosas geniales que ha hecho... pero en verdad yo no lo he *visto* hacer nada genial. Así que a lo mejor en lo que tu padre es *verdaderamente* genial es en convencer a todos de lo genial que es.

—Vaya —había algo en los ojos de Erica que yo jamás había visto: respeto—. Por fin alguien se dio cuenta.

No estaba seguro, pero creo que me sonrojé. «¿Quieres decir que nadie más lo sabe?».

—¿Cómo quién?

—No sé... ¿tal vez el director de la CIA?

—Si el director de la CIA supiese que mi padre es un fraude, ¿crees que le habría asignado que te protegiera? —Erica negó con la cabeza—. Alexander los tiene embobados a todos: a la plana mayor de la agencia, al personal de la escuela, a todos los que están en el campo de acción...

—¿Cómo ha podido salirse con la suya durante tanto tiempo? —pregunté.

—Diste en el clavo. Tiene un talento: hacerse lucir bien. Y es excepcional en eso. A veces inventa historias, pero usualmente tan solo toma crédito por el trabajo de los demás.

—¿Y ninguno se ha quejado nunca?

—Bueno, en muchas ocasiones no pueden, porque están muertos —Erica notó mi conmoción y añadió rápidamente—: Oh, Alexander no los mata. Al menos, no directamente. Tiene tan mala puntería como tú. Pero con bastante frecuencia la gente acaba muerta *producto* de su incompetencia. Y, aun así, de algún modo siempre se las agencia para vender una historia en la que acaba oliendo como una rosa.

—¿Cuándo te diste cuenta?

—Un día, cuando yo tenía seis años, mi padre accidentalmente voló en pedazos nuestra cocina. Le habían acabado de instalar unos misiles dentro de las luces de su carro. El gatillo estaba diseñado para que luciera como uno de los botones del radio, pero, por supuesto, a mi padre se le olvidó. Una tarde iba entrando al garaje, apretó el botón equivocado... y todos nuestros equipos electrodomésticos salieron volando por los aires.

—¿Alguien resultó herido?

—No, aunque el ego de mi padre fue dañado seriamente. Y la cocina fue destruida por completo. Nuestro refrigerador fue a parar a la piscina de los vecinos. Encontraron la microondas a tres cuadras de distancia —Erica comenzó a reír. No lo podía contener. Era como si hubiese contenido esas emociones durante años, pero ahora el dique se había abierto. Pronto, olas de carcajadas se desataron—. Perdón —dijo, quedándose sin aliento—. En retrospectiva es comiquísimo. Mamá se puso como una fiera. Papá intentó esquivar la culpa, pero estaba tan nervioso que de hecho dijo que unos radicales suizos habían saboteado su carro.

También me empecé a reír. La diversión de Erica era contagiosa. Y luego de días de tensión, yo también necesitaba una válvula de escape. «¿Volvió a meter la pata en algo más?».

—Bueno, él solito destruyó las relaciones diplomáticas entre Estados Unidos y Tanzania —Erica soltó una nueva cascada de risitas.

—¿Cómo? —dije en una bocanada.

—Quiso darle un cumplido a la esposa del presidente, pero hizo una chapuza con su swahili y acabó diciéndole que olía a ñu enfermo.

Eso fue solo el principio. Ahora que Erica por fin tenía a alguien en quien confiar, las historias brotaban de su boca: cómo Alexander casi había causado el colapso político de Tailandia, cómo había activado una guerra tribal en el

Congo, cómo había estado a segundos de iniciar un ataque nuclear a Francia. Cada anécdota sobre su incompetencia era más escandalosa que la anterior y, aun así, no pudimos parar de reírnos. (Erica hizo imitaciones exactas de Alexander, del director y de todos los demás en la comunidad de inteligencia). Después de media hora, el cuerpo me dolía más de la risa que cuando me atacaron los ninjas.

Podría haberme pasado felizmente el resto de la noche allí, escuchando las historias de Erica, pero, por desgracia, nos llamaba el deber. Luego de contarme cómo Alexander una vez había perdido un maletín lleno de secretos militares en un club nocturno de karaoke en Tokio, Erica miró por la ventana y se transformó de chica normal de quince años en la Reina del hielo.

—Parece que se dan por vencidos. Es hora de irnos.

Los equipos del enemigo se habían reagrupado en la parte este de la piscina reflectante, al lado del memorial a la Segunda Guerra Mundial. Hasta yo los podía ver ahora. No hacían ningún intento por ocultarse; simplemente deambulaban entre los pocos turistas dispuestos a enfrentar el frío. Erica sacó un par de binoculares, pero no servían de nada; el clima frígido les daba a nuestros enemigos una excusa para cubrirse las caras con bufandas.

Una furgoneta se detuvo en el contén. Los hombres entraron y la furgoneta salió a toda velocidad.

Erica se volvió hacia mí. «Por cierto, todo lo que te he dicho esta noche es completamente confidencial. Si dices una palabra acerca de esto te destruyo».

Me guio escaleras abajo. Pero, aunque ella intentaba volver a su usual personalidad distante, noté un destello de arrepentimiento en sus ojos. Como si también deseara poder haberse quedado allá arriba, burlándose de su padre y riéndose el resto de la noche.

La seguí hasta el agujero oscuro del monumento. «¿Alguna vez se te ha ocurrido decirle esto a alguien *importante*?», pregunté. «¿Alguien que pudiera sacar a Alexander de circulación antes de que haga más daño?».

Erica negó con la cabeza. «Nunca lo creerían. Mi padre cubre las pistas muy bien. Y tiene amigos en las altas esferas. Ignorarían mis palabras como si fueran los desvaríos de una adolescente con problemas con su padre. Y entonces yo me podría despedir de *mi* carrera». Erica se puso tan desconsolada al mencionar esto que parecía como si no fuese simple especulación de su parte, sino que hablaba por experiencia.

—A lo mejor no tendrías que ser tú quien compartiese esta información —sugerí—. A lo mejor podría venir de otra fuente. Como yo.

Erica me dio otra de sus raras sonrisas inesperadas, pero negó con la cabeza. «No creo que a ti tampoco te iría mucho mejor. Además, tú tienes problemas más serios por ahora».

Asentí, aunque con cada paso hacia la base del monumento me sentía más reacio a abandonarlo. En primer lugar, había una oportunidad considerable de que el enemigo tan solo hubiese fingido que se había ido para hacernos salir de nuestro escondite. Pero a lo mejor lo más considerable era que este había sido el único lugar en el que Erica se hubiese sentido lo suficientemente cómoda como para confiar en mí.

A mí no me quedaban dudas de que, una vez que nos fuéramos de allí, ella me volvería a ignorar. «¿A dónde vamos?», pregunté.

—De regreso al campus.

Me congelé a medio camino en las escaleras. «¡A mí me secuestraron en el campus! ¡En el búnker más seguro que tiene!».

—Eso es precisamente por lo que vamos de regreso. ¿Piensas que el director de la CIA va a permitir que esto ocurra *dos veces*? Vas a tener más seguridad que el presidente.

—Entonces quizá deberíamos ir directamente a la CIA. A ver al mismísimo director.

—No —dijo Erica—. Vamos a ver a la única persona en la que podemos confiar.

SIMULACIÓN

Academia de Espionaje de la CIA

Dormitorio del profesorado

10 de febrero

02:00 horas

Nos tomó muchísimo tiempo regresar a la academia. Regresamos mediante una vía extremadamente indirecta, zigzagueando a través de la ciudad usando el metro, los taxis y los pies, y constantemente mirando por encima del hombro para ver si nos seguían.

Cuando estábamos por fin a tan solo una cuadra de distancia del campus, vi para mi gran alivio que había agentes de la CIA apostados por todas partes a su alrededor. Tres de ellos se ocupaban de la entrada principal, todavía alertos a pesar de lo tarde que era, engullendo café y soplándose las manos para entrar en calor.

Me encaminé hacia ellos, pero Erica me detuvo. «No tan rápido».

—¿Por qué? —pregunté preocupado—. Ellos están en nuestro bando, ¿no?

—No pongas esa cara de preocupación. Son de los nuestros. Pero en el momento en que te vean, probablemente tienen órdenes de llevarte a la carrera a la oficina del director para una reunión informativa… y lo único que van a hacer es atiborrarte con mentiras. Si queremos la verdad de lo que ocurrió esta noche, la tendremos que encontrar nosotros mismos.

Fuimos alrededor del campus hasta que llegamos a un banco al otro lado de la calle. Entramos al quiosco del cajero automático y Erica tecleó un código en una de las máquinas. Inmediatamente unas cortinas de acero cayeron por encima de las ventanas, ocultándonos de la vista, y entonces el cajero automático se abrió como una puerta, revelando una escalera oculta que descendía. Lo más sorprendente de todo esto fue lo poco sorprendente que me pareció. Para entonces, yo me habría quedado estupefacto si entrara a un edificio con Erica y *no* encontrásemos un pasadizo secreto.

Las escaleras se conectaban al laberinto subterráneo de túneles bajo el campus, excepto que había otra puerta de seguridad por la que teníamos que pasar para ganar acceso al mismo. «Esta es la única ruta de los túneles que sale del campus», explicó Erica. «Por lo tanto, es extremadamente clasificada».

—Por lo tanto, por supuesto, *tú* la conoces.

Erica sonrió como respuesta.

Me guio a través del laberinto subterráneo sin titubeos, como si se hubiese aprendido cada intersección de memoria. A la larga, subimos unas escaleras y salimos por detrás de una máquina que vendía meriendas a un edificio que yo no había visto nunca antes. Estábamos en el vestíbulo central de lo que parecía ser un dormitorio, solo que mucho más agradable. La habitación era cómoda y acogedora, aunque un poco andrajosa. Los sofás de cuero estaban acomodados frente a una hoguera que mantenía un fuego lento. Las paredes estaban cubiertas con libros. Tenía el reconfortante olor de tabaco de pipa y aceite lubricante de armas.

—¿Dormitorio del profesorado? —pregunté. Muchos de los profesores todavía vivían en casa, pero se sabía que algunos tenían residencia en la academia.

Erica asintió y luego me guio por otra escalera a un pasillo pequeño que solo tenía cuatro puertas a sus lados. Usó su llave para que pudiéramos entrar a través de una de ellas.

Los apartamentos del profesorado eran mucho más agradables que nuestros dormitorios… aunque eso no decía mucho. Había celdas en las prisiones más agradables que nuestros dormitorios. Este era un bien acomodado apartamento de un cuarto con una sala de estar y una cocinita. Sin embargo, estaba tremendamente desorganizado, con periódicos tirados por todas partes y vasos de agua a medio beber que se balanceaban desde cualquier superficie disponible.

El profesor Crandall estaba dormido en un sillón frente al televisor; llevaba puesta una bata de felpa medio comida por las polillas, con una planilla de carreras de caballos en el regazo. Cuando entramos, se despertó de golpe y miró a todas partes, desorientado. «¿Eres tú, Thelma?», preguntó, sonando poco más que senil. «¿Ya regresaste de Tuscaloosa?».

—Puedes dejar de hacerte el viejo chocho —respondió Erica—. Ripley es de confianza.

De repente, Crandall se convirtió en otra persona por completo. Su mirada generalmente confusa se aguzó, su postura se corrigió y pareció, por primera vez en toda mi experiencia, que sabía exactamente todo lo acontecía a su alrededor. «Muy bien. Entonces sospecho que están aquí para averiguar hasta dónde llega la metida de pata».

Eso me sorprendió. «Espere un momento», dije. «Toda su personalidad —el profesor que se la pasa divagando— ¿es una farsa?».

—Por supuesto —Crandall sonó un poco ofendido—. La mejor manera de estar al tanto de todo es hacer creer a los demás que no estás al tanto de nada. No te imaginas cuánta información la gente suelta delante de ti cuando piensan que eres un idiota baboso. Además, eso también confunde a tus enemigos, y yo me he ganado unos cuantos a lo largo de los años. Tienden a subestimarte cuando piensan que no juegas con todas las cartas de la baraja —tiró la planilla de carreras a un lado, revelando la pistola semi-automática que tenía rastrillada en el regazo—. ¿Les gustaría un poco de té?

—Me encantaría uno de naranja, si lo tienes —dijo Erica.

—Lo mismo para mí —dije.

Crandall se levantó del sillón y se dirigió a la cocinilla. Ya que no estaba interpretando su farsa, se movía como un hombre cincuenta años más joven, con la misma agilidad de cualquiera en mi clase. «Erica, supongo con tu presencia aquí que has vuelto a limpiar el caos de tu padre».

—Sí —respondió Erica—. ¿Alguien importante lo notó?

—¿Que él volvió a meter la pata hasta el cuello? —dijo Crandall—. Por supuesto que no. Tiene a los jefazos comiendo de la palma de su mano. Sin embargo, uno de los agentes de la sala de seguridad se puso un poco sospechoso —Fincher, creo—, así que tu padre le echó la culpa y acabó luciendo inmaculadamente, como de costumbre. Probablemente le darán otra medalla… una vez que sepan que Ripley está vivito y coleando.

—Pero todavía no lo saben, ¿no? —pregunté.

—No, no lo saben —se rio Crandall—. Sospecho que los mandamases ahora mismo están histéricos.

—Cuáles son los efectos colaterales? —preguntó Erica.

—Bastante pesados —Crandall dejó caer bolsas de té en tres tazas—. Nunca antes ha habido un secuestro aquí. Hoy ya se han ordenado tres investigaciones diferentes. Y pelotones de agentes han sido movilizados para rastrear a Ripley. Es como si fuese el Día-D. El director de la CIA se tragó completamente tu artimaña del Martillo Neumático y está aterrorizado de lo que podría pasar si cayera en las manos incorrectas. Casi creo que se le ha olvidado que fue su idea falsificar las credenciales criptográficas de Ripley.

—Entonces tal vez yo debería informales de que estoy bien —dije.

—¿Tienes muchas ganas de que te interroguen? —Crandall puso agua caliente en las tazas—. Porque eso es lo que va a pasar en el momento en que asomes la cabeza. Te van a tirar a una celda de detención y te van a comer a preguntas de todas las maneras habidas y por haber.

Fruncí el ceño. «¿Y no me podrían preguntar por las buenas?».

—A lo mejor, pero necesitan interrogarte para cubrirse el fondillo —dijo Erica—. Lo último que quiere la administración es que aparezcas luciendo como un héroe por haber podido escaparte del enemigo y que luego le digas a todo el estudiantado la verdad de lo que ocurrió esta noche. Les hace falta tiempo para hacer control de daños y establecer su propia versión de los hechos en su historia, una en la que no parezcan tan idiotas que necesitaron que una adolescente te rescatara.

—Así que, ¿por qué no descansas? —Crandall me dio el té y me ofreció de paso un plato de galletitas de chocolate hechas en casa.

Probé una. Era sin lugar a dudas la cosa más rica que había comido en la escuela de espías. «Esto es delicioso».

—El secreto es que les añado una pizca de lasquitas de coco —dijo Crandall con orgullo—. Ahora probablemente nos toca a nosotros hacer un poco de investigación para darnos una idea de con quién estamos lidiando aquí. ¿Me puedes decir algo de tus secuestradores, Benjamín? ¿Cómo lucían? ¿Cómo sonaban? Incluso, ¿a qué olían?

—En verdad, no —admití—. Estaba inconsciente con una capucha sobre la cabeza la mayor parte del tiempo que estuve con ellos. Lo único que sé es que escuchaban una estación de radio de deportes. En inglés.

Crandall arqueó una de sus pobladas cejas, intrigado. «La teoría prevalente hasta ahora, basada en lo que han escuchado en los chats, es que nuestro enemigo es árabe. ¿Sugieres que eso es erróneo?».

—Posiblemente —dije—. Aunque también es posible que a mis secuestradores tan solo les gusten los deportes. No hay muchas estaciones de radio aquí que transmitan en árabe. Y justo después de que Erica saltara al techo de la furgoneta, uno de los malos dijo algo en una lengua que yo no conozco.

—¿Podría haber sido una variante del árabe? —preguntó Crandall.

—No lo podría decir —admití con tristeza—. No pude escuchar mucho. Erica los dejó inconscientes bastante rápido.

—Ella tiende a hacer eso —Crandall le dio a Erica una sonrisa complacida y se sentó en su sillón con una taza de té—. ¿Y tú, cariño? ¿Cuáles son tus impresiones?

—Definitivamente *lucían* árabes—dijo Erica—. Pero yo estaba demasiado ocupada intentado que no me mataran como para preguntarles de dónde eran. Lo que dice Ben del radio es interesante. A lo mejor tan solo intentaban lucir como si fuesen árabes para despistar a la CIA. Lo mismo es aplicable a las transmisiones en árabe mediante los chats.

—¿Por qué habrían de transmitir los chats en primer lugar? —pregunté.

Crandall me miró con curiosidad. «¿Hay algo que te parece raro de eso?».

—Sí —respondí—. ¿Por qué alertar a la CIA de que venían a por mí? Si conocían el campus tan bien, ¿por qué sencillamente no se infiltraron y me atraparon durante la noche?

Crandall se giró hacia Erica y volvió a arquear las cejas. «Es más listo de lo que pensaste», dijo.

Erica se encogió de hombros. «Está mejorando».

Crandall me devolvió la atención. «Tiene sentido lo que dices. Pero considera esto: el campus ya estaba repleto de agentes. El enemigo tenía un tiempo limitado para atraparte y no podía saber con seguridad en dónde ibas a estar en cualquier momento dado. Pero si nos alertaban, sabrían exactamente dónde estarías: dentro de la sala de seguridad».

—Aun así, eso no toma en cuenta a todos los agentes —dije—. A menos que el enemigo *supiera* que iba a haber una distracción, y no hay manera de que ellos pudiesen haber sabido que Mike venía. Ni siquiera *yo* sabía que venía.

Sin embargo, mientras hablaba se me ocurrió algo. No lo oculté muy bien. Crandall y Erica se inclinaron en sus asientos.

—¿Todavía tienes la nota del Post-it? —le pregunté a Erica.

La sacó de su cinturón de accesorios. Todavía estaba dentro de la bolsa plástica de evidencia. «Esto es de la furgoneta que usaron para secuestrar a Ben», le informó a Crandall.

Tomé la nota. Ahí, en el Post-it, estaba el número 70 200. Exactamente como lo recordaba. Simplemente tenía que verlo una vez más para asegurarme de que mi mente no me estuviera engañando.

—Ellos *sí* sabían que Mike venía —dije.

Erica se sentó a mi lado. «¿Cómo lo sabes?».

Era la primera vez que yo sabía algo que ella no sabía. Probablemente debería haberle sacado el jugo, pero estaba en un apuro tal que no tenía tiempo para impresionarla. «Es una hora. Aunque en lugar de escribirla en horas y minutos la escribieron en segundos. Probablemente para evitar que nadie se diera cuenta de que era una hora. Setenta mil doscientos segundos después de la medianoche es las siete y treinta de la tarde.

—Exactamente la hora en que tu amigo llegó al campus —Crandall dio un manotazo al brazo de su sillón—. ¿Estás seguro de eso? —comenzó a hacer cálculos matemáticos en un papel.

—Eso no hace falta —le dijo Erica—. Las habilidades criptográficas de Ben puede que sean falsas, pero sus habilidades matemáticas son geniales.

Crandall soltó el lápiz. «Entonces plantan estas comunicaciones por chat y hacen que la CIA te ponga exactamente donde ellos quieren que estés. Entonces le dicen a tu amigo que venga a buscarte exactamente a las siete y treinta de la tarde para distraer a la CIA».

—¿Cómo? — pregunté.

—Adivina eso y quizá puedas identificar a nuestro topo —dijo Erica—. Tenemos que hablar con tu socio.

—Espera. ¿Dónde está Mike? —incluso al preguntar ya estaba molesto conmigo mismo por no haber pensado en él antes. Había estado tan involucrado en mis propios problemas esta noche que había olvidado completamente que mi mejor amigo había vivido también unas cosas aterrorizadoras. La última vez que había visto a Mike le apuntaban los cañones de cincuenta armas a la vez. Mike no era nuevo en eso de tener encontronazos con la autoridad, pero este le habría puesto la carne de gallina.

—Lo último que oí fue que lo habían encarcelado —digo Crandall.

—¿Lo metieron en prisión? —pregunté, molesto.

—No —el profesor levantó una mano, indicándome que me relajara—. Sólo lo están interrogando. Pero dadas las circunstancias, yo diría que le va a tomar algo de tiempo demostrar su inocencia. Hasta donde tenemos idea, todavía pueden estar interrogándole.

Me estremecí, suponiendo que eso no sería nada divertido para Mike. «¿Y luego que harán con él?».

—Probablemente una fachada completa —dijo Erica.

—¿Y eso qué es? —pregunté.

—Le van a mentir —respondió Crandall—. La mentira más elaborada que él jamás se haya encontrado, para eliminar cualquier sospecha que pueda tener sobre este sitio. Le dirán que es en realidad una academia de ciencias, pero que se la habían alquilado a los marinos para una práctica y él había aparecido en medio de sus maniobras. O que había una operación del FBI en marcha. O quién sabe qué. Harán lo que tengan que hacer para venderle su historia, incluso involucrar al jefe de las fuerzas armadas si es preciso.

—¿Y si Mike no se lo cree? —yo conocía bien a mi mejor amigo. Nadie tenía menos respeto a la autoridad que él. Yo estaba comenzando a creer que ese era un credo bastante saludable.

Crandall frunció el ceño. «Digamos que más le vale creerles».

Me incliné en mi asiento, preocupado. «¿Lo van a matar?».

—No —dijo Crandall—. La gente a cargo de la CIA puede que sean incompetentes y paranoicos, y que estén al borde de la locura, pero no son psicóticos. Simplemente harán lo que tengan que hacer para que él olvide lo que vio. Hay varios métodos, pero ninguno equivale a paseo por el prado.

Me recosté en la silla, deseando que nunca hubiese oído de la escuela de espías. Ya era malo de por sí que yo hubiese acabado en un lío tremendo, pero al menos yo me había ofrecido voluntariamente para el servicio. Ahora mi mejor amigo había sido arrastrado al peligro simplemente porque me quería llevar a una fiesta en casa de Elizabeth Pasternak. Había intentado hacer algo agradable por mí... y estaba pagando por ello. Comencé a entender por qué Erica mantenía todo contacto humano al mínimo; en su familia habían sido espías el suficiente tiempo como para que ella supiera que, si te acercabas demasiado a alguien, esa persona podría resultar herida.

—O sea, que el enemigo le está dando tres vueltas a la CIA —dije—. Y en lugar de hacer algo al respecto, ellos están ocupados interrogando a Mike.

—Oh, es peor que eso —dijo Crandall—. Están considerando iniciar el Proyecto Omega.

Nunca había visto a Erica lucir tan preocupada respecto a algo hasta ese momento. Señaló a Crandall con los ojos como platos. «¿Por *esto*? ¿Por qué?».

—Porque tienen miedo —le dijo Crandall.

—Esperen un momento —interrumpí—. ¿Qué cosa es Omega?

—La medida desesperada y final —dijo Erica amargamente—. Cerrar la academia.

—¡No pueden hacer eso! —dije. Dado lo enojado que había estado con la escuela de espías hacía un minuto, me sorprendió lo mucho que detesté la idea de que la cerraran. A lo mejor no era el lugar para mí, pero, sin ella, ¿a dónde se suponía que fuera alguien como Erica? ¿Y de qué modo la volvería a ver otra vez?

—Claro que pueden —respondió Erica agriamente—. Un topo puede echar a perder décadas de trabajo. No importa cuán buena yo sea. Si mi nombre se filtra, soy inservible como espía. Lo mismo es aplicable a todos aquí. Así que, ¿para qué molestarse en seguir manteniendo abierto este sitio? Solo sería una pérdida de dinero...

—Bueno, bueno —dijo Crandall en tono reconfortante—. Estás actuando como si ya hubiesen tomado la decisión.

—Bueno, ¿y por qué no habrían de iniciar Omega? —preguntó Erica—. El enemigo ya ha mostrado que conoce el campus como la palma de su mano. ¡Secuestraron a Ben de la sala de seguridad! ¿Cuánto menos fiable podría ser este lugar?

—Lo voy a admitir, no pinta nada bien —dijo Crandall. Luego añadió intencionadamente—: Sin embargo, los mandamases no se van a reunir para debatir Omega hasta esta tarde. Si hubiera algún progreso significativo en la caza del topo antes de ese momento, quizá eso podría colorear su modo de pensar.

—¿Cuán significativo? —pregunté.

—Tendríamos que encontrar al topo —Erica se volvió hacia Crandall—. ¿A qué hora es la reunión?

—A la una —respondió el profesor—. Aquí mismo, en la sala central de conferencias.

—¿Dónde es eso? —pregunté.

—En el edificio Hale, al lado de la biblioteca —me dijo Crandall.

Miré mi reloj. Eran las dos y media de la madrugada. Teníamos menos de doce horas para atrapar al topo que le había jugado cabeza a toda la CIA la noche anterior. No parecía posible.

Sin embargo, Erica estaba impávida. Ahora se había acelerado, decidida a hacer lo que fuese con tal de salvar la academia. «¿Cuál es nuestra mejor pista?», preguntó.

Me tomó un segundo darme cuenta de que *me lo estaba preguntando a mí*, no a Crandall. Pensé a la carrera, buscándole sentido a todo cuanto había pasado ese último día. Un nombre me saltó a la mente antes que los demás… «Eh… Chip Schacter».

—¿Chip? —se rio Crandall—. Ese muchacho es un imbécil.

—O a lo mejor quiere que nosotros *pensemos* que lo es —dije, cosa que dio en el clavo para Crandall y lo silenció rápidamente—. Él quería que me encontrara con él hace unas horas —encontré la nota estrujada en mi bolsillo y se la enseñé: *Nos vemos en la biblioteca esta noche. A la medianoche. Tu vida depende de ello.*

Erica la leyó y luego me miró, sorprendida. «Esa es la caligrafía de Chip, sin duda. ¿Por qué no mencionaste esto antes?».

—Como que se me fue de la mente —respondí—. Tú sabes, con el rollo de que me secuestrara el enemigo y todo eso.

—¿Tienes idea de a qué se refiere esto? —preguntó Erica.

—No —admití.

Crandall puso su taza de té sobre la mesita con un suspiro. «Sin ánimo de ofender, Benjamín: esto no es lo que se llama una pista...».

—Chip está conectado a la última bomba que estaba debajo de la escuela —dijo Erica—. O la plantó o la encontró. Eso lo pone más cerca de la acción que a nadie más. Y ahora está intentando conectarse con Ben.

—Si esta nota es de él —nos advirtió Crandall—. La caligrafía no es difícil de falsificar. Esto podría ser una misión imposible, diseñada para que nos cueste un tiempo precioso.

—También hay otra cosa con respecto a Chip —dije—. Sale con Tina Cuevo.

Erica y Crandall me miraron, sorprendidos con la información... y por el hecho de que yo la supiera antes de ellos.

—¿Y eso cómo lo sabes? —preguntó Erica.

Comencé a responder, pero Crandall de repente se llevó un dedo a los labios, indicándome que me callara.

En el silencio que prosiguió, escuché el ruido distante de pasos que venían por la escalera principal. El sonido era tan lejano que era increíble que Crandall lo hubiera detectado mientras hablábamos. Crandall encendió el televisor. Lucía anticuado, pero en realidad estaba conectado al sistema de seguridad del campus. Crandall rápidamente encontró la cámara de las escaleras del edificio. Seis hombres las subían, armados hasta los dientes.

—¡El enemigo! —exclamé.

—Peor —dijo Crandall—. La administración —se dio la vuelta hacia nosotros—. Si los atrapan será el fin de su investigación. ¡Váyanse! ¡Encuentren a Chip!

Erica ya tenía la ventana abierta.

La seguí. Luego de la calidez del apartamento de Crandall, el aire frío me dio en la cara como una bofetada. Salté desde el primer piso hasta el suelo.

Nos esperaban afuera. El edificio estaba rodeado.

Una docena de luces se encendieron a la vez, encandilándome. Formas oscuras corrían hacia mí desde las sombras. «¡Ripley!», gritó una. «¡No huyas! ¡Sólo queremos cerciorarnos de que estás bien!».

—¡No les hagas caso! —me advirtió Erica en lo que entraba en acción con una ráfaga de giros y patadas. Varios de sus atacantes cayeron al piso rápidamente, agarrándose distintas partes del cuerpo y dando quejidos de dolor. Pero había demasiados como para que ella me salvara a mí también. Ahora que ella había entrado al ataque, los agentes abandonaron la falsa preocupación por mi bienestar y me rodearon. Hice lo mejor que pude por escapar, pero eso no fue mucho. Solo me las arreglé para desajustarle las gafas a un agente antes de que los demás se me tiraran encima. A través del enredo de brazos y piernas, logré ver un destello de Erica, que desaparecía en el bosque con una horda de agentes tras ella.

Entonces alguien me empujó la cabeza al piso y me dijo entre dientes al oído: «Ven con nosotros. La administración quiere hablar contigo».

INTERROGACIÓN

Centro Cheney para la adquisición de información
10 de febrero
12:00 horas

Me pasé las próximas nueve horas en una sala de interrogatorios.

En las películas siempre hacen que los cuartos de interrogatorio parezcan lugares fríos y terribles, pequeñas celdas de cemento amuebladas con tan solo sillas de acero y espejos de visión unilateral que todos saben que son de visión unilateral. En la academia, los cuartos de interrogatorios eran de hecho sitios terribles, pero al menos estaban cómodamente amueblados. El mío tenía un sofá de lujo, alfombras de sisal y una pequeña fuente zen. Música *New Age* salía de una bocina oculta. Era como estar en la sala de espera de un balneario: todo era para hacer que uno hablara hasta por los codos, supongo. Una sucesión de agentes desfiló ante mí, cada cual intentando averiguar qué yo sabía. Eran de todas las edades, formas y etnias e intentaron todo estilo de interrogatorio en el manual. (De hecho, *había* un manual: *Métodos avanzados de interrogación*, de Mattingly. Yo tuve que leerlo para mi seminario de adquisición de información). En su mayoría, eran variaciones de la rutina "agente bueno y agente malo", aunque "agente incompetente y agente menos incompetente" sería una descripción más apropiada. Tan solo unos pocos parecían interesados en lo que yo sabía del enemigo. La mayoría estaban más preocupados con mi propia lealtad, como si *yo* fuese el problema real.

El principal escollo era que nadie creía lo que en verdad había ocurrido: que yo había sido rescatado del enemigo por una compañera de estudios sin ayuda de nadie más... y nada menos que se trataba de una chica de quince años. Nadie dudaba que Erica fuese increíblemente competente; tenían su expediente a mano, aunque no a la propia Erica. No solo se les había escapado, sino que continuaba eludiéndolos, lo que debería servir como evidencia extra de cuán competente era, pero que en su lugar los hizo cuestionar la lealtad de ella también. Lo que parecía tener más sentido a todos mis inquisidores era que yo de algún modo estaba confabulado con el enemigo y que ellos me habían liberado a propósito como parte de un plan complicado.

—¿Cómo fue exactamente que Erica dirigió tu escape? —me preguntaron una y otra vez.

—¿Por qué no intentaste contactarnos una vez que te escapaste?

—¿Qué hiciste en su lugar?

—¿Cuál es tu relación con la señorita Hale?

—¿Qué sientes por los Estados Unidos de América?

—¿Y eso qué tiene que ver con nada? —pregunté.

—Sólo responde la pregunta —me dijo mi interrogador.

Así que lo hice. La contesté y contesté cada pregunta honestamente… aunque, inevitablemente, alguien más entraría en la habitación y volvería a hacer las mismas preguntas otra vez.

También hablé con mucha gente que actuaban como si fuesen agentes, pero que supuse que en verdad eran abogados. Todos parecían preocupados de que, si en verdad fuese inocente, a lo mejor querría demandar a la academia por negligencia grave (por ejemplo: permitir que me capturaran y no poder rescatarme). Me pidieron que firmara docenas de planillas llenas de confusa jerigonza legal. No firmé ni una sola.

En su lugar, de manera constante, les presioné a todos a que dejaran de hacerme preguntas y darme planillas para firmar y que simplemente *me escucharan*. Había que dar con

Chip Schacter. Si había que interrogar a alguien era a *él*. Él salía con Tina Cuevo. Tina Cuevo era la única estudiante que había recibido mi expediente original… y la única estudiante a quien Erica le había enviado el correo electrónico acerca del Martillo Neumático. Chip podía haber accedido fácilmente a esa información a través de Tina y podía habérsela pasado al enemigo. O a lo mejor Tina había pasado la información ella misma. Cualquiera que fuese el caso, había que investigarlos.

Prácticamente todos me ignoraron. La única que no lo hizo fue una mujer rechoncha, con la cara colorada y el pelo con tanta laca que parecía a prueba de balas. Y lo que hizo ella no fue tanto escuchar como sentirse ofendida.

—¿Nos vas a decir cómo hacer nuestra investigación? —preguntó furiosamente.

—Intento pasarles información —dije—. Pensé que ese era el objetivo de este interrogatorio.

—Porque a mí me suena como si nos estuvieras diciendo cómo hacerla —gritó—. Tú. Un estudiante de primer año. Que no sabe nada de espionaje. ¿Por qué no les dejas esto a los profesionales?

—La última vez que hice eso, me secuestraron —respondí.

La mujer se puso de un furioso tono rojo y luego salió de la habitación hecha una furia.

Después de eso, nadie vino en largo rato. Ellos no querían que yo supiera cuán largo era en verdad, porque no había relojes de pared en la habitación y me habían confiscado el mío de pulsera. Creo que era una especie de táctica de interrogación, aunque es posible que no tuvieran idea de qué hacer conmigo. Durante un rato les grité a la gente al otro lado del espejo de visión unilateral, pero ya que nadie respondió, no me quedó otra cosa que hacer excepto sentarme en el sofá y hacer un espectáculo de lo enojado que estaba.

Por fin, luego de lo que parecían horas, la puerta se abrió y Alexander Hale entró.

Aunque mi imagen de Alexander había palidecido grandemente durante el curso del día pasado, aun así era un colirio para la vista. Llevaba un traje gris hecho a la medida, con un elegante pañuelo blanco en el bolsillo. Sin embargo, en lugar de sentarse, aguantó la puerta y miró furtivamente al espejo de visión unilateral. «Vamos, Ben. Nos vamos».

No me lo tenían que decir dos veces. Me puse de pie en el acto y lo seguí. No fue hasta que estábamos fuera de la habitación, en lo que reconocí como el complejo de túneles debajo del campus, que me atreví a preguntar: «¿Estoy en libertad?».

—No exactamente —dijo Alexander—. Pero hasta donde me concierne, sí. Pedí un poco de tiempo contigo para hablar de hombre a hombre. Extraoficial. Sin observadores.

—¿Me vino a sacar de aquí? ¿No se meterá en problemas por eso?

—Digamos que te debo una. Y, además, Erica dice que tú eres más útil afuera que adentro. Alexander me guio a través de los túneles rápidamente, incluso a la carrera cuando no había nadie a nuestro alrededor que nos viera, hasta que llegamos a la entrada secreta del cajero automático que Erica me había enseñado la noche anterior. Abrió la puerta a la escalera secreta, pero solo me indicó con la mano que entrara.

—¿Usted no viene? —pregunté.

—Tengo que regresar y cubrirte la pista —Alexander me dio una palmada afectuosa en la mejilla—. Pero no te preocupes. Estás en buenas manos.

Antes de que yo pudiera decir otra palabra, cerró la puerta detrás de mí.

Subí apresuradamente las escaleras y salí por detrás del cajero automático al falso quiosco del banco. Luego salí a la acera… y así como así, era libre. El muro de piedra de la academia se alzaba al otro lado de la calle, pero yo estaba de este lado.

—Bienvenido de vuelta, Ben —dijo Erica.

Me sobresalté hasta darme cuenta de que la voz venía desde dentro de mi cabeza. Alexander me había puesto un radio transmisor en el oído.

Había mucha gente en la calle. El enemigo me había quitado mi teléfono móvil, pero me llevé la mano a la oreja y simulé que hablaba a través de uno de todos modos. Nadie me miró dos veces. Prácticamente todos los demás también estaban usando sus teléfonos. «¿Me oyes?», pregunté.

—Claro como el agua —respondió Erica.

—¿Dónde estás?

—Todavía en el campus, investigando unas cosas. Pero me hace falta que le sigas los pasos a alguien.

—¿A Chip?

—No. Creo que él está limpio.

—¿Qué? Pero...

—Te lo explico luego. Ahora mismo necesito que sigas a Tina. Ella es el topo... y ya se ha puesto en marcha.

EMBOSCADA

Washington, DC

Calles aledañas a la escuela de espionaje

10 de febrero

12:30 horas

Erica me informó que Tina iba rumbo a la entrada de la academia, así que me acerqué a la carrera alrededor del perímetro para intentar llegar antes que ella. Me detuve a una cuadra de la entrada y me uní a un pequeño grupo que esperaba un autobús.

Dos limosinas con matrículas diplomáticas vinieron por la calle y entraron por las verjas de la academia.

Dos agentes que estaban de posta las dejaron entrar.

—Parece que los mandamases están llegando para hablar de Omega —dije.

—Oh, sí. Aquí hoy lo que hay es un quién es quién del espionaje —respondió Erica—. Tenemos directores de la CIA, del FBI, de la NSA; los presidentes congresales de comités de inteligencia; un par de enlaces de la Casa Blanca y, por supuesto, ninguna fiesta podría estar completa sin mi padre... Bueno, por aquí viene Tina.

Tina Cuevo emergió de la entrada un segundo después, envuelta en un abrigo de moda con una gorra de lana muy ajustada en la cabeza. Miró alrededor cautelosamente, aunque no sé si era porque tenía miedo de que la estuvieran siguiendo o si simplemente era un reflejo para cualquier estudiante en el año final en la escuela de espías. Fuese lo que fuese, no me notó y se apuró a cruzar la calle.

—Dale media cuadra de distancia y luego síguela —me dijo Erica. Por lo visto, ella sabía que, aunque yo había estudiado cómo hacerle la sombra a alguien, nunca lo había hecho. Nuestros experimentos de campo en persecución clandestina no eran hasta la primavera.

Hice exactamente lo que me dijo.

Tina se movió rápidamente por las calles, mirando su reloj más o menos a cada minuto, como si tuviese una agenda ajustada. De vez en cuando, soltaba un vistazo precipitado por encima de su hombro, pero eran tan rápidos que no pienso que ella me habría visto, a no ser que yo llevara puesto un traje de gorila. Me sentía lo suficientemente cómodo como para hablarle a Erica en mi "teléfono". «¿Tienes idea de a dónde va?».

—No, pero recibió un texto y salió como una flecha. Y no fue mucho antes de que comenzara la reunión. Eso es sospechoso.

—¿Lo suficientemente sospechoso como para pensar que ella es el topo?

—Oh, tengo más información sobre ella que eso. Cortesía de Chip.

—¿Chip?

—Sí. Después de que me escabullí del escuadrón de matones, lo encontré y le pregunté qué quería contigo anoche. Resulta que te había ido a buscar para pedirte que lo ayudaras.

—¿Yo? —no pude ocultar mi sorpresa—. Yo sólo he estado aquí unas cuantas semanas. ¿Por qué no a ti?

—Por lo visto, intimido a la gente. Él estaba preocupado de que yo lo entregaría a las autoridades.

—¿Por hacer qué?

—Una investigación no autorizada. Chip no plantó la bomba debajo de la escuela. Él intentaba descubrir quién lo había hecho.

Tina se apresuró a cruzar la calle antes de que cambiara la luz. Yo me quedé atrapado al otro lado del tráfico y tuve que esquivar unos cuantos carros para cruzar a salvo.

—¿Y por qué acaso no fue a uno de sus profesores? —pregunté.

—Por un lado, no estaba seguro de que *fuese* una bomba. Al menos, una de verdad. Pensó que podría ser una prueba. Ese es el tipo de paranoia que inspira cuatro años en la escuela de espías. Por otra parte, Chip temía que, si la bomba era real y su primera reacción fuera simplemente decírselo a otra persona, la administración podría considerarlo un inútil.

—¿A pesar de que eso podría salvar vidas?

—Estamos hablando de Chip. Él está acostumbrado a que los demás piensen por él. Por lo que se puso en contacto *contigo*. El respetó que tú no lo hubieras delatado ante el director.

—No lo delaté porque él me *amenazó* para que no lo hiciera.

—Repito, este tipo no es exactamente Albert Einstein. También se quedó muy impresionado con que te hubieses puesto a fanfarronear con las autoridades. Pensó que querías congraciarte con él.

Tina entró en un banco. Ahora estábamos a seis cuadras de distancia del campus. Era un banco normal, común y corriente, demasiado pequeño como para que yo pudiese entrar y seguirla sin que me viera. Así que me aposté afuera en la ventana y vi a Tina en la fila del cajero.

—Ha entrado a un banco —reporté.

—¿A hacer qué?

—No sé. Solo está esperando a un cajero.

—¿Supongo que no tendrás un telescopio contigo?

—Lo siento. Me lo confiscaron todo. Ni siquiera tengo un teléfono. Estoy simulando que hablo con la mano.

—Vale. No la pierdas de vista.

—¿Y qué es lo que Chip tenía que decirme? —pregunté—. Que él no es el topo. Que es Tina.

—¿Y tú le creíste?

—Por supuesto que no. ¿Piensas que soy una principiante? Me lo comí a preguntas y le metí mucha presión. Pero quienquiera que sea tu fuente se equivocó de lado a lado. Chip no sale con Tina. Él la ha estado *investigando*.

—¿Y Chip tenía razón?

—Bueno, él no es un idiota *total*. Después de todo, lo aceptaron en la escuela de espías.

Y a mí no, pensé. «¿Qué sabe sobre ella?».

—Tiene una buena cantidad de evidencia. Cosas tangibles: correos electrónicos, fotos y demás. A montones. No he tenido tiempo de revisarlo todo, pero creo que puedo demostrar que fue ella quien plantó la bomba. Además, él tiene otra información circunstancial. Tengo que seguir indagando.

—¿Dónde? No te escucho muy bien —la conexión radial se había debilitado, interrumpida por estallidos de estática.

—Estoy en los túneles debajo del edificio Hale. Tengo una idea respecto a qué se trae entre manos el enemigo.

Antes de que pudiese preguntarle a Erica de qué se trataba, alguien me agarró por la espalda.

Me volví rápidamente, listo para una pelea.

Mike Brezinski estaba allí. Pegó un brinco para apartarse de mí, no tanto por el susto de ver mis puños como por estar todavía un poco asustadizo luego de haber sido atrapado por un enjambre de agentes de la CIA la noche anterior. «¡Tranquilo! ¡Solo soy yo!», exclamó.

Yo estaba feliz de ver que se veía bien… y aun así su presencia era un poco desconcertante. «¿Qué haces por aquí?».

—Quería hablar contigo —dijo Mike.

—¿Y qué hiciste? ¿Me seguiste desde el campus?

—Sí. Porque la última vez que intenté hablarte en el campus por poco me cosen a balazos.

—Ben, no puedes tener a tu amigo contigo ahora —me advirtió Erica—. Va a poner sobre aviso a Tina. Te tienes que deshacer de él.

—Lo sé —dije, olvidándome por completo de que no debía responderle a Erica cuando hubiera alguien cerca.

—¿Lo sabías? —Mike pensó que le había respondido a él—. ¿Cómo?

—Uh... No puedo hablar de eso ahora —dije con tristeza—. Este no es el mejor momento.

—¿Me escuchaste? —preguntó Mike—. ¡Anoche por poco me matan porque traté de venir a buscarte para ir a una fiesta!

—Lo sé —dije de nuevo—. Y lo lamento. Pero hemos tenido problemas de seguridad en el campus y parece que a la patrulla de guardia se le fue la mano.

—Ah, Ben, por favor, no te burles de mí —gritó Mike—. Esos idiotas intentaron hacer que me tragara a la fuerza esa mentira. Bueno, con ellos me hice el tonto para que me dejaran ir. Pero eso no lo voy a hacer contigo. O sea, en serio, no me importa cuán malo sea el nivel de crimen, nadie le da a la patrulla de vigilancia gafas de visión nocturna. Esos tipos eran profesionales, ¿no es cierto?

—Así mismo —admití. Ya no tenía sentido continuar con la mentira.

—¿Qué parte de "líbrate de este tipo" no entendiste? —me preguntó Erica.

Aunque sabía que Erica tenía razón, yo no me podía forzar a deshacerme de Mike. Él había sido usado y prácticamente traumatizado por cuenta mía y me sentía muy mal por eso. Además, Tina parecía estar involucrada en una prolongada conversación con el cajero y no iba a ir a ninguna parte durante un rato.

—Esto no es una escuela de ciencias normal, ¿verdad? —preguntó Mike.

No estaba convencido del todo de cómo responder ahora que Erica podía escucharlo todo, así que traté de esquivar la pregunta. «¿Qué te hicieron?».

—¿*Después* de que casi me mataron? Bueno, para comenzar, ni siquiera se disculparon. En vez de eso, me metieron en una habitación con música *New Age* y un espejo de visión unilateral y me acribillaron con preguntas hasta la medianoche. Y aunque me hice el tonto, aun así, no me soltaron hasta después de la una de la mañana. Después me condujeron a casa y me delataron a mis padres. Así que no solo me perdí la fiesta de los Pasternak, sino que además me han castigado.

—¿Entonces, cómo estás aquí ahora?

—¿Cómo si no? No fui a la escuela.

—Ay, Mike, lo siento mucho.

—Eso dices, pero, ¿en serio lo sientes?

—¿Qué? —pregunté, sorprendido por la acusación—. ¿Por qué dices eso?

—Porque desde que me atraparon anoche tratando de sacarte de aquí, me has hecho el caso del perro —respondió Mike—. Te he llamado, te he pasado mensajes de texto, correos electrónicos… y los has ignorado todos.

—No he tenido mi teléfono y…

—Y anoche me dejaste plantado por completo.

Yo estaba intentando no perder de vista a Tina, pero ahora dirigí toda mi atención a Mike. «¿Cuándo?».

—Justo fuera del campus. Te vi desde el carro cuando me iba. Tú y una preciosura entraron juntos al vestíbulo de un cajero automático. Te llamé, pero me ignoraste por completo.

Solté un gemido al darme cuenta de lo que había ocurrido. Aunque el campus había sido un avispero de agentes de la CIA la noche anterior, ninguno de ellos me había visto. Mi mejor amigo sí. Así es como ellos habían sabido que Erica y yo habíamos regresado. La única razón por la que les tomó a los agentes tanto tiempo para encontrarnos fue porque jamás habrían sospechado que iríamos al apartamento de Crandall.

—Mike, te juro que no te oí —dije.

Mike levantó las manos y retrocedió. «Muy bien. Te voy a dejar pasar esa. Puedo entender que esa chica te robara toda la atención. ¿Esa era Erica?».

—¿Cómo sabe mi nombre? —preguntó Erica, sospechosa.

—¿Cómo sabes su nombre? —pregunté.

—Macho, tú *me lo dijiste* —dijo Mike—. Por teléfono hace unas semanas. Te jactaste de que ella se había metido en tu habitación después de la hora de dormir.

—¿Le dijiste eso? —Erica sonaba enojada.

—No fue una cita romántica —dije rápidamente—. Ella solo quería trabajar en un proyecto juntos.

—Este no fue el tono que usaste al contármelo —Mike dijo con una risotada—. Y, francamente, eso no es lo que parecía anoche. Ustedes dos fugándose del campus juntos a la una y media de la mañana, ¿pero no era una cita romántica? Ben, admítelo. ¡Deberías estar orgulloso! Cuando me dijiste que Erica era un bombón, pensé que estabas alardeando, pero tenías razón. ¡Es un caramelo!

—Ben, tenemos que hablar —dijo Erica fríamente.

—Entonces, ¿ya la besaste? —preguntó Mike.

Miré hacia el banco con la esperanza de que Tina estuviera a punto de marcharse. Estaba desesperado por que *cualquier cosa* interrumpiera la conversación. Un tiroteo habría sido preferible a que Erica escuchara otra oración. Por suerte, Tina se acercaba a la puerta.

—Mike —dije—. Ella y yo no tenemos nada. En serio.

El estado de ánimo de Mike fue de emocionado a herido. «Yo puedo aceptar que esos gorilas me mientan, Ben. Pero tú eres mi *amigo*. O al menos solías serlo. Pero no has actuado como tal desde que viniste a esta estúpida escuela.

—Es complicado...

—No, es bastante simple. Te estás portando como un cretino. Me has mentido. Me has ignorado. Y has armado todo un estira y encoge conmigo.

—¡No lo he hecho! —protesté.

—Me dijiste que vinieras a buscarte anoche y después me

abandonaste por completo cuando me metí en problemas.

Tina iba saliendo del banco con un paquete debajo del brazo. Sabía que debía seguirla, pero en vez de eso me volví hacia Mike. «Espera un momento. ¿Qué quieres decir con que *yo* te dije que me vinieras a buscar?».

—¡Me escribiste un mensaje de texto!

—No, no lo hice.

—¿Entonces qué es esto? —Mike sacó su teléfono y empezó a buscar algo en él.

Tina estaba a punto de doblar la esquina y desaparecer de vista.

Esperaba que Erica me diera un sermón por no seguirla, pero Erica parecía estar distraída con algo al otro lado del enlace radial.

Así que me quedé donde estaba. Fue una intuición basada en algo que Erica me había dicho esa mañana: si dábamos con quien había manipulado a Mike, tal vez encontráramos a nuestro topo. Ahora Mike decía que *yo* le había enviado un mensaje importante, pero yo no lo había hecho. Descifrar lo que había ocurrido de repente pareció ser la clave de todo.

Mike encontró lo que buscaba y me puso el teléfono en la mano con un gesto brusco. «Ahí lo tienes. Prueba pura y dura».

Tenía razón. Había un mensaje de texto de mi teléfono.

Me apunto a la fiesta. Pasa a buscarme. A las 7:30 en punto.

Luego había instrucciones explícitas. La ubicación precisa

de por dónde saltar por el muro. Qué ruta tomar rumbo al dormitorio. Una advertencia de evitar las cámaras. Todo para convertir a Mike en el chivo expiatorio.

Y la hora exacta en la que había sido enviado: 1:23 p.m.

Por fin, mi habilidad de saber qué hora es tenía una aplicación práctica. Yo sabía *exactamente* lo que había estado haciendo a la 1:23 p.m. del día anterior. Y, por tanto, sabía quién había usado mi teléfono.

Todo encajaba en su sitio. De repente entendí cuál era el plan del enemigo.

Ya no tenía que seguir más a Tina. Al igual que Mike, ella había sido usada como chivo expiatorio. Una distracción de lo que era verdaderamente importante.

Lo que quería decir que yo tenía que regresar al campus tan rápido como fuese posible.

Le puse el teléfono en la mano a Mike. «Lo siento mucho. Pero me tengo que ir. Te prometo que voy a arreglar esto. Tú eres mi mejor amigo. Eso es más importante para mí que cualquier cosa».

—Epa —Mike dio un paso atrás, incómodo con toda la emoción—. Disculpas aceptadas. No hay que ponerse ahora sentimental. ¿Cuál es la emergencia?

—Tengo que encontrar a Erica —dije.

—¿Entonces qué estás haciendo aquí conmigo? —Mike sonrió pícaramente—. Ve y búscala, tigre.

Salí como un bólido por la calle hacia la academia. Llevaba demasiada prisa como para fingir que hablaba a través de mi teléfono imaginario.

—¡Erica! —dije—. ¡Sé quién es el topo!

No respondió. En su lugar, escuché un golpe seco y el reconocible quejido de Erica al desplomarse, inconsciente.

REVELACIÓN

CIA

Academia de Espionaje

Subnivel 2 del sótano

10 de febrero

13:00 horas

Usé la entrada secreta a través del portal del cajero automático para regresar al campus. Había considerado ir directamente a la entrada principal y reclutar a los agentes que estaban ahí de posta, pero temía que me fueran a encarcelar de nuevo. Había ido por la ruta subterránea lo suficiente como para aprendérmela un poco, y tan solo me perdí en una ocasión.

Sabía que estaba siendo descuidado al apresurarme a

confrontar al enemigo. Sabía que debía encontrar a alguien que me apoyara, pero no estaba seguro de en quién confiar, y sin mi teléfono no tenía idea de cómo localizar a nadie sin perder un tiempo valioso. Ni siquiera tenía tiempo para pasar por la armería para obtener un arma. Siempre tomaba al menos cinco minutos llenar la planilla para el pedido de armas, cinco minutos que yo no tenía. Ahora mismo, cada segundo contaba.

Erica me dijo que estaba bajo el edificio de Nathan Hale. No estaba exactamente seguro de dónde, pero supuse que se había puesto a husmear directamente debajo de la sala de conferencias, ya que allí era donde se llevaba a cabo la reunión respecto al Proyecto Omega. Todo personaje importante en el mundo del espionaje de Estados Unidos estaba allí. Con una simple bomba, el enemigo los podía eliminar a todos a la vez.

¿Pero dónde estaba? Había dos niveles debajo de la biblioteca… y esos eran tan solo los que yo conocía. Era posible que hubiese otros diez niveles más abajo. Y cada nivel era un laberinto de túneles, agujeros y habitaciones cerradas. Yo ni siquiera estaba seguro de dónde estaba exactamente la sala de conferencias del edificio Hale, que era una construcción enorme, la más grande del campus, con una extensión del tamaño de un campo de fútbol americano. Podría haber mil lugares en donde esconder la bomba allí abajo.

Sin embargo, al acercarme al edificio, escuché un distante

pitido en mi oído. Venía del transmisor y se hacía más alto con cada paso que daba.

Erica, pensé. Debió haber activado algún sistema de rastreo antes de que la noquearan. Obviamente, solo funcionaba a corta distancia, pero eso era todo lo que yo necesitaba. Dejé que el pitido me guiara a través de túneles, bajando al subnivel 2, hasta que me encontré frente a una puerta de acero marcada CUARTO DE CALDERAS. Los pitidos se pusieron tan altos que me tuve que quitar el transmisor del oído.

Había un clóset de mantenimiento al otro lado del pasillo. La puerta estaba cerrada, pero era endeble. Tan solo me hicieron falta tres patadas para abrirla. Los anaqueles estaban llenos de productos de limpieza industriales, perfectos para hacer un arma química... de haber tomado la clase Química 105: construcción de armas con suministros de limpieza. Así que tuve que optar por algo un poco más básico: rompí de un rodillazo un palo de trapear, convirtiéndolo en un garrote con una parte relativamente filosa. Luego regresé al otro lado del pasillo.

El cuarto de calderas no estaba cerrado. La puerta crujió suavemente al abrirse, pero al sonido se lo tragó el de un enorme horno antiguo que rechinaba y resoplaba en lo que penaba por calentar al edificio de arriba.

Erica estaba inconsciente, recostada contra una pared, con un pequeño hilo de sangre que le brotaba detrás de la oreja.

En la pared opuesta estaba la bomba. Era la que yo había

visto con Chip en los túneles, solo que cientos de veces más grande. El bloque de explosivo C4 era del tamaño de un archivo, lo suficientemente grande como para derribar el edificio Hale. Un laberinto de cables se extendía de él y todos iban a parar a un despertador digital, que en ese momento estaba siendo instalado como gatillo... por Murray Hill.

Estaba de espaldas a mí, pero yo sabía que era él. Lo había sabido desde el momento en que vi el mensaje en el teléfono de Mike. Había sido enviado en el momento exacto en el que Murray había ido a buscar el pastel el día anterior.

Me había sacado el teléfono de la chaqueta, le había enviado el texto a Mike y luego había borrado el mensaje enviado de mi historial de mensajes textos. No habría sido difícil de hacer. Le habría hecho falta mi código de acceso, pero eso posiblemente no había sido difícil de conseguir. Debí haberlo tecleado descuidadamente en frente de él en algún momento de las semanas pasadas, pensando que él en verdad era mi amigo. Todo cuanto Murray había tenido que hacer era prestar atención y recordarlo. Una vez que había engatusado a Mike para que fuese la distracción, había notificado a uno de sus compinches que plantara las conversaciones en los chats, luego había buscado un poco de pastel y me había deslizado el teléfono en la chaqueta. Entonces, después de que Alexander me había sacado del comedor, Murray se había ido a coordinar mi secuestro.

La única cosa que no podía hacer era borrar mi mensaje de texto del teléfono de Mike. Pero lo más probable es que hubiese supuesto que Mike jamás me enseñaría el mensaje de texto en su teléfono… o que cuando llegara el momento en que lo hiciera, el edificio Hale sería un humeante agujero en la tierra.

Por lo que podía ver, Murray todavía no había terminado de instalar la bomba, aunque no podía estar seguro. Yo no sabía mucho de bombas, aunque sí lo sabía todo sobre Murray: no podías confiarte de nada con respecto a él.

Puse el mango del palo del trapeador por encima del hombro como un bate de béisbol y me le acerqué sigilosamente, enfocándome sobre el punto débil en la parte trasera de su cráneo —el mismo lugar en el que él probablemente le había dado el trastazo a Erica— con la intención de pegarle con todas mis fuerzas y dejarlo inconsciente. El rechinar de las calderas cubrió el sonido de mis pasos mientras yo acortaba la distancia.

—Si fuera tú, yo no lo haría, Ben —Murray ni siquiera se dio la vuelta. En vez de eso, levantó la mano izquierda, en la que sostenía un gatillo de esos que hay que mantener apretados o explotan. «Si me noqueas, suelto esto y… prucutún».

—Aléjate de la bomba —dije, con la voz más amenazadora que pude sacar.

—Por supuesto. Solo dame un segundo más. ¡Ah! Ahí lo tienes —Murray conectó el cable final al despertador digital y se dio la vuelta para enfrentarme con una sonrisa—.

¿Por qué no bajas esa arma para que podamos tener una conversación civilizada? Anda, dale, que te voy a comprar un helado—comenzó a moverse hacia la puerta.

—Detente o te pego —dije.

Murray se congeló y me miró con enojo. «No. No lo harás. Tan solo vas a hacer volar a todos por los aires... incluyéndote a ti mismo. Y no quieres hacer eso».

—También te haría volar *a ti* por los aires —puntualicé—. Y *tú* no quieres eso. Así que parece que estamos atascados.

—No exactamente —Murray sacó un arma de debajo de su chaqueta y me la apuntó al estómago—. La pistola le gana al palo. Gano yo —descuidadamente, tiró a un lado el gatillo a presión, lo que resultó ser un trasto viejo e inservible. Como decía, no te puedes confiar de nada con respecto a Murray.

Ahora estaba demasiado lejos para poderle pegar con el palo del trapeador. Lo bajé, derrotado, mirándolo con rabia y con furia.

—No me mires así —dijo—. Si hubiera querido dispararte, ya te habría disparado.

—¿Y entonces por qué no lo has hecho? —pregunté.

—Porque te tengo una propuesta de negocios —se movió hacia la puerta con el arma—. ¿Te importa si lo hablamos en un sitio más cómodo que este? No era broma lo del helado.

—Yo preferiría quedarme —dije.

—Pago yo. Hasta le puedes poner *sprinkles* por encima.

—La vez que me trajiste el postre fue un truco para coordinar mi secuestro.

Murray suspiró, exasperado. «Tú te habrás dado cuenta de que eso que está ahí es una bomba, ¿no? Bueno, no explota si yo no digo que explote, pero, aun así, mientras más lejos estemos de ella, más a salvo vamos a estar.

—¿Quieres hablar conmigo? Pues entonces habla —no estaba seguro de por qué yo pensaba que era necesario quedarnos en la habitación, pero me pareció que, si me iba, perdería la oportunidad de evitar la explosión. O de rescatar a Erica—. ¿Qué me quieres proponer?

—¿Qué te parece la idea de ser agente doble? —preguntó Murray.

Aunque yo esperaba que dijese algo que me fuera a tomar por sorpresa, con esto me caí de la mata. «¿Me estás ofreciendo un trabajo?».

—*Yo* no. Mis superiores lo hacen. Han visto tu expediente. Yo se lo filtré, por supuesto. Y les ha gustado lo que han visto... aunque todos sabemos que lo de lo ser un especialista en criptografía es mentira.

—Me lo imaginaba —hice lo mejor que pude por sonar reverencial, con la esperanza de que bajara la guardia—. Tú sólo le seguiste la corriente para planificar lo de Escorpión, ¿no es cierto? Primero, le hiciste obvio a la CIA que había un agente doble en la escuela. Filtraste algo de información. Enviaste a un asesino a mi habitación para demostrar que podías infiltrar el campus. Entonces, cuando Erica sale con lo del Martillo Neumático, haces que tus muchachos me secuestren. Todo eso para asustar al gobierno y hacerlo considerar el Proyecto Omega. Porque sabes que sólo una crisis de esa magnitud hará que todos los mandamases del espionaje se reúnan, lo que brinda una oportunidad perfecta para eliminarlos a todos.

—¿Y eso lo descifraste tú solito? —preguntó Murray. Sonaba impresionado, pero igual lo estaba fingiendo—. Yo sabía que tenía la razón con respecto a ti. Este es el tipo de razonamiento deductivo que buscamos.

—Oh, yo he descifrado mucho más que eso —respondí—. Has manipulado a todo el mundo a tu antojo. Por ejemplo, fingiste que te habías ido de lengua cuando me dijiste que Chip salía con Tina para distraer mi atención hacia él, pero en verdad *eres tú* quien la ha usado —recordé los manuales de tutoría que había amontonados en el cuarto de Tina—. Tú no suspendiste tus clases el semestre pasado para agenciarte un trabajo de oficina. Lo hiciste para que Tina fuese tu mentora.

Murray sonrío. «Me declaro culpable».

—Así fue como obtuviste tu información. Se la sacaste a ella. Pero entonces, cuando Chip —nada más y nada menos— comenzó a sospechar que había un plan en marcha con una bomba, desviaste su atención hacia Tina.

Murray se encogió de hombros. «Tengo que admitir que

eso fue un poco chapucero. Pero déjame decirte que no es fácil colar toda esa cantidad de explosivos en una instalación de la CIA. Se me cayó un poco en los túneles. Por suerte, fue ese tarugo quien la encontró y no alguien inteligente».

—Pero cometiste un error —dije.

—¿Cuál?

—Que a ti *te gusta* Tina. Así que le pediste que te hiciera un mandado para poder sacarla del campus hoy antes de que la bomba explotara.

—No lo hice para proteger a Tina —Murray puso los ojos en blanco—. Lo hice para sacarte a *ti* del campus. Yo no pensaba tener esta conversación hasta después de volar esto en pedazos, pero lo descubriste más rápido de lo que esperaba. Te digo yo que vas a ser un agente doble fenomenal.

—¿Desde hace cuánto tiempo tú eres agente doble? —pregunté—. ¿Ya lo eras cuando empezaste aquí?

—No. ¿Recuerdas cuando te dije que yo solía ser como tú pero que alguien me enseñó la luz? Ese fue mi reclutador. Me hizo cambiar de parecer más o menos hace un año.

—¿Para quién trabajas? —pregunté—. ¿Los sauditas? ¿Los rusos? ¿Los yijadistas?

—Mejor aún —respondió Murray orgullosamente—. ¿Sabes que Estados Unidos ahora subcontrata a terceros para preservar la paz y que en ocasiones son contratistas independientes? Bueno, pues los malos están haciendo lo mismo.

Di un paso atrás, sorprendido. «¿Los malos están sub-contratando para hacer el mal?».

—Bueno, no nos referimos a eso como "el mal", pero sí. Trabajo para un consorcio internacional de agentes independientes que causan caos y confusión por un precio. Un precio muy alto. Nos llamamos ARAÑA.

—¿Por qué?

—Porque nos gusta como suena. Y, francamente, porque "un consorcio internacional de agentes independientes que causan caos y confusión por un precio" se enreda en la lengua.

Yo estaba sorprendido de lo indiferente que sonaba Murray con respecto a todo aquello. Era como si estuviese hablando de un club social escolar en lugar de una organización criminal que lo había reclutado para tramar la muerte de docenas de personas. «¿Acaso tú sabes quién te contrató para hacer esto?», pregunté.

Murray se volvió a encoger de hombros. «¿Y eso qué importa si cuando deposito el cheque no hay problemas? Bueno, ya sé lo que estás pensando: que soy un cretino egoísta y superficial. Vale, es verdad. Yo solía ser un Fleming, como tú, que sólo quería hacer el bien en el mundo. Pero entonces aprendí que, incluso si tú siempre quieres hacer lo que es correcto, no significa que la gente para la que trabajas tenga la misma intención. La cosa es que *nadie* es bueno. Es decir, sí, hay unas cuantas personas que lo son… pero las organizaciones no lo son. Los gobiernos no lo son. Mira a Estados Unidos, el bastión de la democracia y la libertad, ¿cierto? Excepto por todos los golpes de estado que hemos financiado en el Tercer Mundo, las guerras inútiles que hemos luchado y la degradación ambiental que hemos causado. Mira a esta misma academia. ¿Cómo te ha tratado este sitio a ti? Te ha usado de *carnada*. Te ha mentido desde el primer día. Te convirtió en un peón. Te puso en la punta de la mirilla del enemigo…

—¡Pero *tú* eres el enemigo! —protesté.

—Y nunca te matamos, incluso cuando tuvimos la oportunidad —dijo Murray—. Ahora piensa en cuánto mejor te vamos a tratar cuando trabajes para nosotros. ¿Sabes cuánto vas a ganar de agente de la CIA, dando tumbos por las fosas sépticas del mundo, haciendo el trabajo sucio para beneficio de los políticos? Un pepino. Por otra parte, ARAÑA paga muy bien. Y todo es por debajo de la mesa, completamente libre de impuestos. La mayoría de nuestros empleados se retiran multimillonarios antes de cumplir los cuarenta. Claro, primero tendrías que simular tu propia muerte para que te pierdan la pista, pero después te puedes pasar el resto de la vida en medio del lujo en una isla tropical. ¿Cómo te suena eso?

—Muy bien —admití, sin fingir. Excepto la parte de hacer el mal, el argumento de Murray tenía muchos puntos válidos—. ¿Cómo encajaría yo en la organización?

—Oh, este es el momento perfecto para que te nos unas —dijo Murray—. La mayoría de los agentes doble comienzan abajo, como lo tuve que hacer yo, trabajando de topo en una escuela de espionaje. Pero, después de hoy, una vez que hayamos descabezado a todas las organizaciones de espionaje simultáneamente, el complejo de espionaje de los Estados Unidos va a ser un caos. ¡No van a saber ni dónde están parados durante meses! Y ARAÑA ha infiltrado a agentes en altas esferas a través del gobierno que tendrán incluso más poder ahora. Te podríamos ofrecer pasantías en la CIA, el FBI o el Pentágono, todas con acceso a material sensible y altamente clasificado. O podríamos buscarte un trabajo por el verano de ordenanza en el Capitolio. O, me atrevo a decir, en la Casa Blanca. Y de ahí, ¿quién sabe cuán alto puedas llegar? ARAÑA ha estado hablando desde hace rato de poner un presidente en la oficina oval que sea agente doble. A lo mejor ese podrías ser tú. El mundo será tu pañuelo, Ben. Lo único que tienes que hacer es decir que sí.

Murray bajó el arma ligeramente y me miró esperanzado.

Pensé cuidadosamente en lo que había dicho.

—Sí —dije.

—¿En serio? —Murray lucía emocionado.

—En serio —repetí—. Tienes razón. Este sitio me ha tratado como a un trasto viejo —yo no estaba interesado *en verdad* en ARAÑA; tan sólo fingía para hacer que Murray bajase la guardia. Pero la frustración que sentía con la escuela de espías era genuina. Casi no la podía contener—. Me trajeron de carnada, a sabiendas de que me podían matar, y ni siquiera tuvieron la decencia de decírmelo. Me han usado, humillado, maltratado, encerrado en La Caja y hacer que me atacaran unos ninjas. Dejaron que me capturaran y luego —cuando me escapé— actuaron como si *yo* fuese el malo de la película. Si esto sirve de muestra de lo que será mi vida cuando sea un espía verdadero, es una porquería en patines. Así que metámosle mano a esto de lo del agente doble. ¿Dónde me apunto?

Murray soltó una sonrisa enorme. «Acabas de tomar una muy buena decisión, amigo mío. Vamos. Compremos un helado y sentémonos a mirar los fuegos artificiales». Me dio la espalda y se encaminó hacia la puerta.

Le lancé un escobazo a la coronilla.

Todo el tiempo que estuvimos en el cuarto de calderas, yo tenía la esperanza de que, en algún momento, de repente Erica se pondría de pie de un brinco a espaldas de Murray, revelando que sólo había *fingido* estar inconsciente… y que se ocuparía de él. Pero no lo había hecho. Lo que me dejó a cargo de la situación y no iba a tener una mejor oportunidad que esta.

Por desgracia, Murray no me había perdido el ojo; él solo había fingido *su* emoción para ver si yo estaba fingiendo la mía. Ahora se agachó cuando yo hice el swing. El trapeador estuvo a una pulgada de darle en el cráneo.

Perdí el equilibrio como un jugador de pelota que se va en blanco con una bola rápida, y cuando recuperé la postura, Murray me apuntaba con un arma y una mirada decepcionada.

—No lo puedo creer —dijo—. ¡*Me mentiste*!

—Tú lo único que has hecho ha sido mentirme —le respondí.

—Eso era una cuestión de negocios —espetó Murray—. No era personal. Te acabo de dar la oportunidad de tu vida, ¿y así es como me pagas? Eres tan Fleming.

—Lo prefiero a ser un agente doble —le grité.

—Al menos yo voy a *vivir* como un agente doble —se burló Murray—. Y después de hoy todos van a pensar que eres un agente doble muerto. Acabas de tomar la peor decisión de lo que resultó ser tu muy corta vida.

Manteniendo el arma apuntada hacia mí, apretó un botón en el despertador que activaba la cuenta atrás de la alarma a cinco minutos. Luego salió echando humo por las orejas y dio un portazo, dejándome encerrado con Erica dentro de una habitación con una bomba de tiempo.

24

DESACTIVACIÓN DE LA BOMBA

Edificio administrativo Nathan Hale

Sótano, Subnivel 2

10 de febrero

13:15 horas

La primera vez que te encuentras encerrado en una habitación con una bomba de tiempo, te pasan muchas cosas por la mente.

Y mucho líquido amenaza con salírsete de la vejiga. Lo que quiere decir que una de tus ideas primordiales es: *Por favor, no te orines.*

Morirse ya es bastante malo, pero dejar un cadáver con una mancha húmeda en los pantalones es simplemente una vergüenza.

Hice lo posible por ignorar las ganas de orinar y lidiar con la crisis que tenía entre manos. Mi primer —y único— plan era despertar a Erica; ella probablemente llevaba desactivando bombas desde que tenía tres años. Corrí hacia ella y la sacudí levemente y, cuando eso no surtió efecto, la sacudí un poco más fuerte. Luego grité cosas al estilo de «¡Erica! ¡Si no te despiertas vamos a morir!». A pesar de esto, ella siguió testarudamente inconsciente.

Así que la dejé en la esquina y corrí a examinar la bomba. En las películas, las bombas siempre parecen estar conectadas a solo dos cables, uno verde y el otro rojo. Si arrancas el cable correcto, la bomba no se detona, mientras que si arrancas el incorrecto, sí. Aun así, eso era un cincuenta por ciento... considerablemente mejor que mis probabilidades de sobrevivir si no hacía nada.

Por desgracia, una bomba real resultó ser bastante más complicada. Había cientos de cables que serpenteaban alrededor del explosivo C4, en tonos que iban del verde marino al magenta al azul cerúleo. Conociendo a Murray, supuse que la mayoría de ellos probablemente no servían de nada; tan sólo los había puesto para hacer que el acto de desactivar la bomba fuese enloquecedoramente más complejo. No tenía idea de dónde comenzar.

Así que decidí huir. Es cierto que esto permitiría que la bomba se detonara y destruyese el edificio, pero si cargaba a Erica, al menos sobreviviríamos. Sin embargo, Murray había trancado la puerta desde el exterior. Metí el mango del trapeador entre la brecha que había entre la puerta y la pared e intenté abrirla a la fuerza. En su lugar, el mango se rompió en mil pedazos.

El reloj ahora decía que nos quedaban noventa segundos. Había malgastado tres minutos y medio y no había progresado ni una pizca.

El pánico me cundió. No tenía idea de cómo desactivar una bomba ni la habilidad de contactar a alguien que supiera. Y el tiempo se me esfumaba rápidamente.

Hice un esfuerzo por calmarme. Perder control de mis acciones —o de mi vejiga— no iba a servir de nada. Pensé en las semanas que había pasado en la escuela de espías a ver si podía recordar *cualquier cosa* que me fuese útil en esta situación, pero no me vino nada a la mente.

Hasta la última conversación que había tenido.

En algún punto, Murray había dicho algo raro. Algo que no tenía mucho sentido.

El reloj mostraba tan solo cuarenta segundos para la detonación.

El comentario me vino súbitamente. Era prácticamente la última cosa que Murray había dicho antes de salir disparado por la puerta. *Al menos yo voy a vivir como un agente doble. Y después de hoy todos van a pensar que eres un agente doble muerto.*

¿Qué había querido decir con eso?, me pregunté. *¿Por qué todos iban a pensar que yo era un agente doble?*

El reloj ahora mostraba tan solo treinta segundos.

¡El reloj!

Corrí de vuelta a la bomba. Había estado tan enfocado en los cables que no le había prestado ninguna atención al cronómetro en sí. Pero ahora veía de lo que hablaba Murray. No solo tenía planeado matarme, sino que había planeado involucrarme también. Luego de que la bomba detonara, el gobierno traería a un escuadrón de investigación de crímenes para que recogieran cada pedazo de escombro, sin importar lo pequeño que fuese. Y en medio de ese embrollo, encontrarían los restos achicharrados y descuartizados de mi reloj, el cual me conectaría a la bomba. Una vez más, Murray distraería la atención lejos de sí y haría que alguien más pareciese el malo.

Entonces probablemente volvería a lo mismo de siempre.

Pero había algo con lo que no había contado Murray. Mi reloj era una chatarra.

No puede ser tan simple desactivar la bomba, pensé. Pero era la única cosa que se me había ocurrido.

Quedaban diez segundos.

Le di un manotazo con la palma de la mano.

Se congeló en 00:07.

Me pasé los próximos siete segundos en agonía, temiendo

que la alarma no tuviese en absoluto nada que ver con la bomba y que de todos modos iba a volar por los aires.

No lo hice.

La bomba no se detonó.

—¿Qué es lo que hay?

Me di la vuelta y vi a Erica agarrándose la cabeza, medio aturdida.

—¿*Ahora* es que vuelves en ti? —pregunté—. ¿No lo podías haber hecho hace cinco minutos?

Erica miró a su alrededor y se dio cuenta de lo que había ocurrido. En un instante estaba de pie y lista para la acción. «¿Paraste la bomba?», preguntó.

—Eso creo.

—¿Cómo?

—Paré la alarma —dije, intentando sonar como si no fuera la gran cosa.

Erica le dio un vistazo, luego se volvió hacia mí, impresionada. «Muy bien hecho. Aunque la bomba sigue activa».

—¿Sabes cómo desactivarla? —pregunté.

—Por supuesto —dijo—. Lo he hecho desde que tenía tres años.

—Eso me había figurado —le dije.

Erica rápidamente se puso en acción; sacó un par de tijeras pequeñitas de su cinturón de accesorios, inspeccionó los cables que iban a la alarma, los siguió hasta donde conectaban con la bomba y seleccionó los que tenía que cortar.

Di un paso atrás para darle espacio. «¿Y tú cómo viniste a parar aquí abajo?».

—Estaba revisando la evidencia de Chip contra Tina mientras hablaba contigo —Erica cortó un cable azul marino—. Pero no encajaba; era como si alguien la hubiese falsificado para hacer que Tina luciera mal. Y entonces me puse a pensar en por qué habrían puesto una bomba en los túneles. Ahí abajo no hay nada que valga la pena destruir… aunque si construyes una bomba lo suficientemente grande, como esta que aquí tenemos, podrías derribar todo el edificio encima de ella.

Cortó dos cables más, de color hueso y carmesí. «Y en el momento en que pensé eso se me ocurrió que no había blanco más fácil que la conferencia Omega. Así que vine aquí abajo a ver qué podía encontrar. Por desgracia, Murray me tomó por sorpresa. Estaba un poco distraída con esa conversación que tú y tu socio entablaban sobre mí.

Sentí que se me ponían las orejas rojas. «¿Por qué no me dijiste lo que estabas haciendo? Te podría haber ayudado».

—Creo que me confié demasiado. Ya me conoces y estás al tanto de mi complejo de héroe —Erica cortó un enredo de cables de color fucsia, luego soltó un suspiro de alivio—. Ahí lo tienes. Ya la bomba no está activa —para demostrar su argumento, le dio un golpecito al C4.

Hice una mueca por puro instinto, pero Erica tenía razón. Sin la conexión a la carga, era tan peligroso como jugar con plastilina.

Erica arrancó un trozo y se encaminó a la puerta. «¿Qué vas a hacer?», le pregunté.

—¿Quieres salir de aquí o no? —metió el explosivo en la ranura alrededor del pestillo, retrocedió al otro extremo de la habitación y se levantó la pata del pantalón, lo que reveló una cartuchera atada a su pierna.

Miré la pistola. «Me habría gustado saber eso cuando Murray estaba aquí».

—¿Por qué? ¿Intentó matarte?

—No. Me ofreció un trabajo.

Erica se volvió hacia mí, sorprendida. «Eso es interesante. Luego señaló en dirección a la caldera. No estaría mal que te cubrieras detrás de eso.

Lo hice. Ella se apiñó a mi lado y le disparó al C4 alrededor de la cerradura.

Hubo una explosión. Cuando saqué la cabeza de detrás de la caldera para dar un vistazo, la puerta colgaba de sus goznes, abierta, con un hueco del tamaño de una bala de cañón donde antes estaba la cerradura.

—Vamos —dijo Erica, corriendo hacia el pasillo—. Antes de que Murray se escape.

Le seguí los pasos. «¿Quieres decir que *quieres* que te ayude?».

—Diría que hoy has demostrado lo que vales —Erica sacó un radio de su bolsillo (otra cosa que me habría gustado saber antes) y habló a través de él—. Papá, soy yo. Hay una bomba en la sala de calderas debajo de la biblioteca. Oye... no te pongas nervioso. Ha sido neutralizada. Ben y yo estamos en el subnivel 2 del sótano, persiguiendo al topo. Se llama Murray Hill... No, no sospechaba de él... Porque no sospechaba de él, pues por eso. Este no es momento de hablar de mis habilidades analíticas. Ahora voy a colgar —apagó el radio y soltó un suspiro exasperado—. Padres. No me des cuerda, que no tengo para cuando acabar.

—¿Tienes idea de dónde está Murray?

—No exactamente. Aunque apostaría a que sigue en el campus. Un buen topo no huiría antes de que la bomba explotara. Eso luciría sospechoso. Pero él sabe que *algo* anda mal. La bomba no se detonó, lo que quiere decir que tú y yo estamos vivos... y sabemos quién es. Ahora *tiene* que huir. Pero solo ha sabido eso desde hace... —Erica miró su reloj.

—Tres minutos y trece segundos —dije.

—Correcto. Entonces solo tenemos que revisar las cámaras —llegamos a la sala de seguridad de la que me habían secuestrado el día anterior. La puerta todavía colgaba de sus goznes. Un equipo de construcción la reparaba. Erica pasó a través de la ranura que estaba en lugar de la puerta—. Demonios.

El sistema de seguridad estaba desactivado. Todas las pantallas estaban apagadas. Uno de los agentes que las controlaba pasaba las páginas de un manual nerviosamente. Al otro, los del servicio técnico lo habían puesto en espera al teléfono.

—¿Qué pasó aquí? —preguntó Erica.

—Esto se vino abajo —dijo el agente con el manual.

—¿Hace tres minutos y quince segundos? —la sorpresa en su cara era toda la respuesta que nos hacía falta.

—Murray —Erica y yo dijimos a la vez.

Erica le dio una patada furiosa a un cesto de basura. «El campus mide doscientos noventa acres cuadrados y él tiene una ventaja enorme. Nunca lo vamos a encontrar sin las cámaras».

—Eso no es del todo cierto —dije—. ¿Tienes un teléfono?

25

ARRESTO

Campos de entrenamiento de la academia

10 de febrero

13:40 horas

Una de las ventajas de tener un don para las matemáticas es que nunca olvidas un número. Primero llamé a Zoe porque ella siempre estaba al tanto de lo que ocurría en el campus. Respondió al tercer timbrazo. «Hola». Era la hora del almuerzo y pude escuchar la cacofonía del comedor alrededor de ella.

—Zoe, es Ben.

—Cortina de humo. ¿Dónde has estado? Hoy te perdiste una conferencia fenomenal sobre la guerra psicológica.

—¿Has visto a Murray en los últimos minutos?

Erica me llevó escaleras arriba hasta un pasadizo secreto que salía detrás de un estante de armas en la armería. Greg Hauser, que trabajaba en el mostrador, se despertó de un golpe y quiso lucir como si no hubiera estado durmiendo, aunque había un hilo de baba que le colgaba del labio.

—¿Por qué buscas a Murray? —preguntó Zoe.

—¡Porque él es el topo! —le dije.

—¿Pobre diablo? No me lo creo. Es demasiado holgazán.

—Es una fachada. Acabó de intentar volar en pedazos el edificio Hale y ahora se dio a la fuga. ¿Sabes dónde está o no?

—No lo he visto, pero espera un momento —escuché a Zoe gritar a todo pulmón—: ¿Alguien ha visto a Murray? —alguien gritó una respuesta y luego Zoe volvió al teléfono—. Cinturón negro dice que vio a Murray salir del auditorio Bushnell hace dos minutos y que iba rumbo a los campos de entrenamiento.

Eso tenía sentido. El campo de entrenamiento estaba en la dirección opuesta a la entrada principal, la cual tenía la seguridad más rigurosa. Murray probablemente intentaba fugarse a través del bosque y trepar el muro.

—Los campos de entrenamiento —le dije a Erica.

Erica ya había tomado dos ametralladoras M16 de los estantes.

Me tiró una con un par de cargadores extra de munición. «Vamos».

—¡Esperen! —protestó Hauser—. ¡No se pueden llevar eso sin llenar el formulario H-33 para el pedido de armas semiautomáticas!

—Estamos a la caza de un topo —dije—. Vamos.

—¿De veras? —Hauser puso la cara de un niño al que le acaban de regalar un cachorrillo—. ¡Fabuloso!

Erica me frunció el ceño, pero no perdió el tiempo con protestas. Sencillamente salió corriendo por la puerta. La seguí. Detrás de nosotros, escuché a Hauser tomar un arma a toda prisa.

Volví al teléfono. «Zoe, reúne a todo el que puedas y vayan a los campos de entrenamiento. Tenemos que encontrar a Murray antes de que se escape».

—Ya estamos movilizados —dijo—. ¿Tiramos a matar?

—Pues… no creo que eso sea necesario —respondí—. Mejor sería tirar a dejarlo cojo.

Erica cruzó el patio interior como un bólido. Me hizo falta toda mi energía para seguirle el ritmo. Ella ni siquiera jadeaba. «¿Hay alguien más que quieras invitar a la fiesta?», me reprendió. «¿A tu abuela, tal vez?».

—No podemos cubrir los doscientos noventa acres por nuestra cuenta —resollé—. Mientras más ojos tengamos disponibles, mejor.

Erica trató de lanzarme una mirada desaprobadora, pero vi que ella sabía que yo tenía razón.

En el patio interior frente a nosotros, las puertas del Hedor se abrieron de par en par. Los estudiantes salieron en desbandada hacia los campos de entrenamiento. Las tropas se habían movilizado en un dos por tres. Pero ya que esta era la primera llamada real a la acción en un campus lleno de estudiantes que querían ser espías, eso no era verdaderamente sorprendente.

Sin embargo, Erica y yo íbamos muy por delante de los demás. Nos adentramos en el bosque.

Había habido un frío que calaba los huesos en el par de días desde nuestro juego de guerra y la nieve que quedaba en el suelo ahora estaba tan dura como el cemento. Lo que quería decir que Murray no habría dejado huellas frescas sobre ella.

—Bueno, genio de la matemática —dijo Erica—. Murray probablemente va de Bushnell hacia el punto más próximo del perímetro y tiene dos minutos de ventaja. ¿Qué vector nos da la mejor oportunidad de interceptarlo?

Consideré todas las variables y señalé ligeramente al noroeste. Erica corrigió el rumbo y se encaminó hacia allá. La seguí obedientemente.

Nos movimos rápidamente a través de la selva, saltando por encima de árboles caídos, esquivando ramas, patinando sobre el hielo. Erica se quedó callada, conservando su aliento y energía, así que yo hice lo mismo. Muchos de nuestros compañeros de clase no eran tan profesionales. Los podía escuchar dando gritos y hurras mientras avanzaban a través de los árboles, como si fuese una fiesta y no una misión de vida o muerte.

Llegamos a la hondonada donde Zoe me había salvado hacía dos días, lo que quería decir que nos estábamos acercando al perímetro. No vi ninguna evidencia de que Murray nos llevara la delantera. Ni una huella, ni un destello de movimiento, ni una nube blanca del aliento exhalado en el frío. O había llegado a la pared más rápido de lo esperado o...

Una ráfaga de balas dio en el suelo delante de mis pies.

—¡Emboscada! —me lancé detrás de un tronco.

Erica pegó la espalda contra un árbol delante de mí.

—¿Ves dónde está? —le pregunté.

—¡Ese no fue Murray! —refunfuñó—. ¡Eso fue fuego amigo! —luego gritó hacia el bosque—. ¡Alto al fuego, cabezas de chorlito! ¡Somos Erica y Ben! ¡Somos los buenos!

—¡Lo siento! —oí gritar a Warren—. ¡Fue culpa mía!

Erica salió disparada de nuevo.

Sin embargo, en lo que me ponía de pie, la capa de nieve congelada bajo mis pies cedió y se colapsó en la hondonada, llevándome consigo. Rodé patas arriba, le pasé por encima a un arbusto de aulaga y fui a parar con un golpe seco al riachuelo congelado.

Arriba, en la cresta, Erica continuó sin siquiera mirar dos

veces en mi dirección. Yo sabía que detenerse para ayudarme habría perjudicado cualquier oportunidad que tuviese de atrapar a Murray, pero aun así me enojó.

Intenté sentarme, pero mi M16, que colgaba por encima de mi hombro, se había trabado en unas rocas. Mientras intenté inútilmente desatascarla, el resto de los estudiantes pasó como un trueno por la cresta, dejándome atrás.

—¿Estás bien?

Me di la vuelta y encontré a Chip, que se deslizaba por la nieve rumbo a mí.

—Sí, solo atascado —dije—. ¿Cómo supiste…?

—Hauser me llamó. Yo estaba en el campo de artillería. ¿Tina se dio a la fuga? —Chip se estiró para alcanzar algo detrás de mí. Zafó el arma y me ayudó a ponerme en pie.

Al pararme, las tres libras de nieve que se habían incrustado en mi chaqueta se deslizaron por mi espalda y se me metieron dentro de los pantalones, congelándome el fondillo. «No es Tina. Es Murray. Él le tendió una trampa».

La quijada de Chip por poco llega al piso. «¿Murray Hill? De ninguna manera. Ese tipo es un haragán.

—No, es un experto en hacer que la gente lo subestime… —perdí el impulso de lo que decía al escuchar mis propias palabras.

Murray constantemente había desafiado nuestras expectativas. Había convencido a todos de que era un pobre diablo, le había filtrado información falsa a nuestra investigación y había hecho que jugáramos un todos contra todos. Cada vez que pensábamos que sabíamos lo que iba a hacer, había hecho algo diferente.

Tuve una revelación. «¡Murray no va al muro! ¡Regresó a la escuela!».

Escalé la pendiente de la hondonada lo más rápido que pude.

—¡Espera! —gritó Chip—. ¿Cómo lo sabes?

—¡Sólo sé que lo sé! —no había tiempo para explicárselo. Tan sólo lo estaba descifrando mientras corría. Murray sabía que lo habían visto rumbo a los campos de entrenamiento. Qué va, conociendo a Murray, a lo mejor había *dejado* que lo vieran. Sin embargo, Murray no era muy atlético. Él sabía que no tendría oportunidad de ganarle a Erica en una carrera al muro, pero si le hacía *pensar* que iba rumbo al muro —al igual que al resto del estudiantado en el campus— entonces se le abriría el camino hacia la entrada principal. Otra distracción. Lo único que tenía que hacer era encontrar un lugar donde esconderse, esperar a que pasara la estampida e ir en otra dirección.

Corrí de vuelta a través del bosque. Detrás de mí, escuché a Chip arengar a los demás en su estilo personal. «¡Regresen, partida de idiotas! ¡Ben dice que Murray volvió al campus!».

Bastante delante de mí, a través de los árboles, vi un

destello de Murray trepando un roble inmenso. Él también me vio, hizo una pausa mientras consideraba sus opciones y huyó como un cobarde.

Para el momento en que salí del bosque, él estaba al otro lado del patio interior, rodeando el edificio Hale rumbo a la entrada principal.

—¡Murray! ¡Detente! —antes de que yo mismo supiera lo que hacía, tomé el arma—. ¡No me hagas usar esto!

Murray se congeló y se dio la vuelta, mostrándome que él también tenía un arma en la mano. La apuntó hacia mí. Cuando habló, la amistad que alguna vez me hubiese profesado había desaparecido de su voz. En vez de eso, su tono era frío y despectivo. «Date la vuelta y déjame que me vaya, Ben. No tienes que enfrentarme en un duelo. Yo sé que no le puedes dar ni a la pared de un establo desde esa distancia».

La adrenalina me corría por las venas. El corazón me martillaba el pecho. «¡Suelta el arma, Murray! ¡Estás arrestado por...!».

Murray ni siquiera me dejó terminar. Abrió fuego. Las balas le dieron a un árbol a dos pies a mi derecha.

Tuve oportunidad de devolverle el fuego sólo dos veces antes de parapetarme. Al lanzarme al piso, sentí que una bala atravesaba la manga de mi chaqueta y me rozaba el brazo izquierdo.

Ninguno de mis disparos le pasó ni remotamente cerca a Murray.

Pero yo no apuntaba hacia él. Se había equivocado respecto a una cosa. Yo le *sí* le podía dar a la pared de un establo desde aquella distancia. Ya que estamos, le podía dar al techo del edificio Hale.

El hielo en el techo inclinado se había congelado en una costra de varias pulgadas de grosor. Mis dos balas le habían dado, creando una red de fracturas. Unos pequeños pedazos de hielo se desprendieron y cayeron del techo, tumbando a su paso una docena de enormes témpanos en los aleros.

Murray estaba demasiado ocupado con dispararme para notar lo que se le venía encima. El hielo cayó de cuatro pisos de altura y lo aplastó.

Quedó bocabajo en la nieve, inconsciente.

Me levanté y tomé mi arma. En las películas, cuando a los héroes les dan balazos, siempre actúan como si nada, como si los hubiese picado un mosquito. En la vida real dolió muchísimo. Sentí como si alguien me hubiese pasado por el brazo un atizador al rojo vivo… y luego me hubiese dado unos cuantos puñetazos por si acaso. Por fortuna, la herida no era muy profunda y no sangraba mucho.

Mi corazón latía tan fuertemente que no escuché a los demás estudiantes hasta que casi los tenía encima. Chip fue el primero en llegar, aunque el resto casi le pisaba los talones.

—¿Eliminaste al malo de la película? —preguntó Chip—. ¡Bien hecho! —levantó la mano para chocar los cinco.

—Lo siento, pero no puedo hacer eso ahora mismo —dije, señalando mi brazo herido.

—¿Te dieron un tiro? —Zoe de pronto estaba a mi lado, con los ojos más abiertos que de costumbre—. ¡Fabuloso! ¡Eres el primero en la clase en tener una cicatriz de guerra!

—No fui yo, ¿verdad? —preguntó Warren—. Hace un rato, en el bosque, te parecías a Murray —hizo una pausa y se quedó boquiabierto al ver a Murray—. ¡Santo cielo! ¡Lo mataste!

Una serie de susurros se expandió entre la multitud.

—Ay, por el amor de Dios, relájense —dijo Erica, saliendo de entre los árboles—. Ripley no es un asesino. Murray está inconsciente —se detuvo a mi lado y me inspeccionó la herida con desinterés—. Ay, eso ni siquiera es un rasguño. No te va a pasar nada. Solo mantén presión en la herida.

Miró entre la nieve al cuerpo inerte del topo, analizándolo todo. Por unos pocos momentos pareció volver a ser la misma persona distante y me pregunté si acaso la había ofendido al eliminar al malo delante de toda la clase cuando ella en verdad era quien quería hacerlo. Pero entonces se volvió hacia mí, me dio una palmada en el hombro y sonrió. «Bien hecho».

Otra serie de susurros se expandió entre la multitud. Pero ahora reaccionaban a Erica. Era la primera vez que muchos de ellos la habían visto tocar a otro ser humano sin que involucrara combate cuerpo a cuerpo. Creo que, para muchos de mis compañeros de clase, hacer que Erica sonriese era más impresionante que haber erradicado al topo.

Le devolví la sonrisa. En ese instante, todas mis dudas con respecto a la Academia de Espionaje se esfumaron. Era cierto que el sitio era gestionado terriblemente, estaba en total decadencia y en ocasiones constituía una amenaza contra la vida, pero ahora yo sentía que pertenecía allí. Había demostrado mi valía, había hecho amigos y me había ganado el aprecio de la chica más hermosa que había conocido… y había frustrado los planes de un genio criminal de descabezar a toda la comunidad de la inteligencia de los Estados Unidos.

La escuela normal no podía competir con eso.

Por primera vez desde que había llegado a la escuela, sentía que las cosas me iban a ir bien allí.

Al otro lado del patio interior, Alexander Hale salió de detrás del edificio de química con su arma en la mano. Se acercó cautelosamente al cuerpo bocabajo de Murray y lo tocó con el pie unas cuantas veces para cerciorarse de que en efecto estaba inconsciente.

Una puerta se abrió de golpe y una docena de hombres en trajes y con uniformes militares salieron del edificio Hale. Reconocí la cara roja del director entre ellos. «¿Ese es el chico que plantó la bomba?», preguntó.

—Sí, pero ya no nos va a causar más problemas —Alexander

le puso un pie encima de la cadera y posó dramáticamente, como si Murray fuese un oso pardo que él hubiera abatido—. Lo he neutralizado.

La élite del espionaje y los líderes militares reaccionaron con asombro. Hubo gritos de "¡Bien hecho" y "¡Bravo!". Unos cuantos hasta aplaudieron.

Alexander se inclinó dramáticamente, regodeándose en medio de los elogios.

Me volví hacia Erica, estupefacto. «¿Tu papá se acaba de robar el crédito por lo que yo he hecho?».

—Eso parece —Erica me puso una mano amistosa por encima de los hombros y sonrió—. Bienvenido al maravilloso mundo del espionaje.

De:
Oficina de Coordinación de Inteligencia
La Casa Blanca
Washington, DC

A:
████████████
Director de Investigaciones Internas
Cuartel General de la CIA
Langley, Virginia

Adjunto: Documentos clasificados
Nivel de seguridad AA2
Sólo para sus ojos

Luego de leer la transcripción adjunta, es evidente que tenemos una considerable cantidad de trabajo por delante. Parece que es necesaria la revaluación de ████████████████████████████, así como del gobierno de la Academia de Espionaje y de toda la CIA. Es escandaloso y desalentador que la única persona en toda la comunidad de inteligencia que haya descubierto evidencia directa de ARAÑA sea un estudiante de primer año. Lo que es peor, un estudiante de primer año quien oficialmente no cumplía los requisitos para matricularse. Se impone una investigación inmediata y a fondo de esta nefaria organización, cueste lo que cueste.

Con tal de eso, recomiendo que se oficialice la aceptación de Benjamín Ripley a la escuela. Él ciertamente se lo ha ganado. Como sigue siendo un objetivo de ARAÑA, se le debe dar un estatus de seguridad K-24, aunque en este momento es probablemente demasiado temprano para ponerlo al tanto de la Operación Asalto Duradero. Si supiera que ████ ████████████████████████, probablemente perdería los papeles. En su lugar, déjenle otra vez que crea que es un estudiante normal en la academia, cuya vida no está en peligro en lo más mínimo.

Además, en lo concerniente a la investigación de ARAÑA, recomiendo una inmediata activación de ████████████, alias Klondike. Soy completamente consciente de los peligros de esto, pero en tiempos desesperados hay que tomar medidas desesperadas. Si ARAÑA no es neutralizada rápidamente, podría augurar el fin de la comunidad de inteligencia —y tal vez de los Estados Unidos de América— tal como los conocemos.

Mis saludos a Betty y a los muchachos,

████████████
Director de Operaciones Encubiertas